UMA
PRIMAVERA
NA
PROVENCE

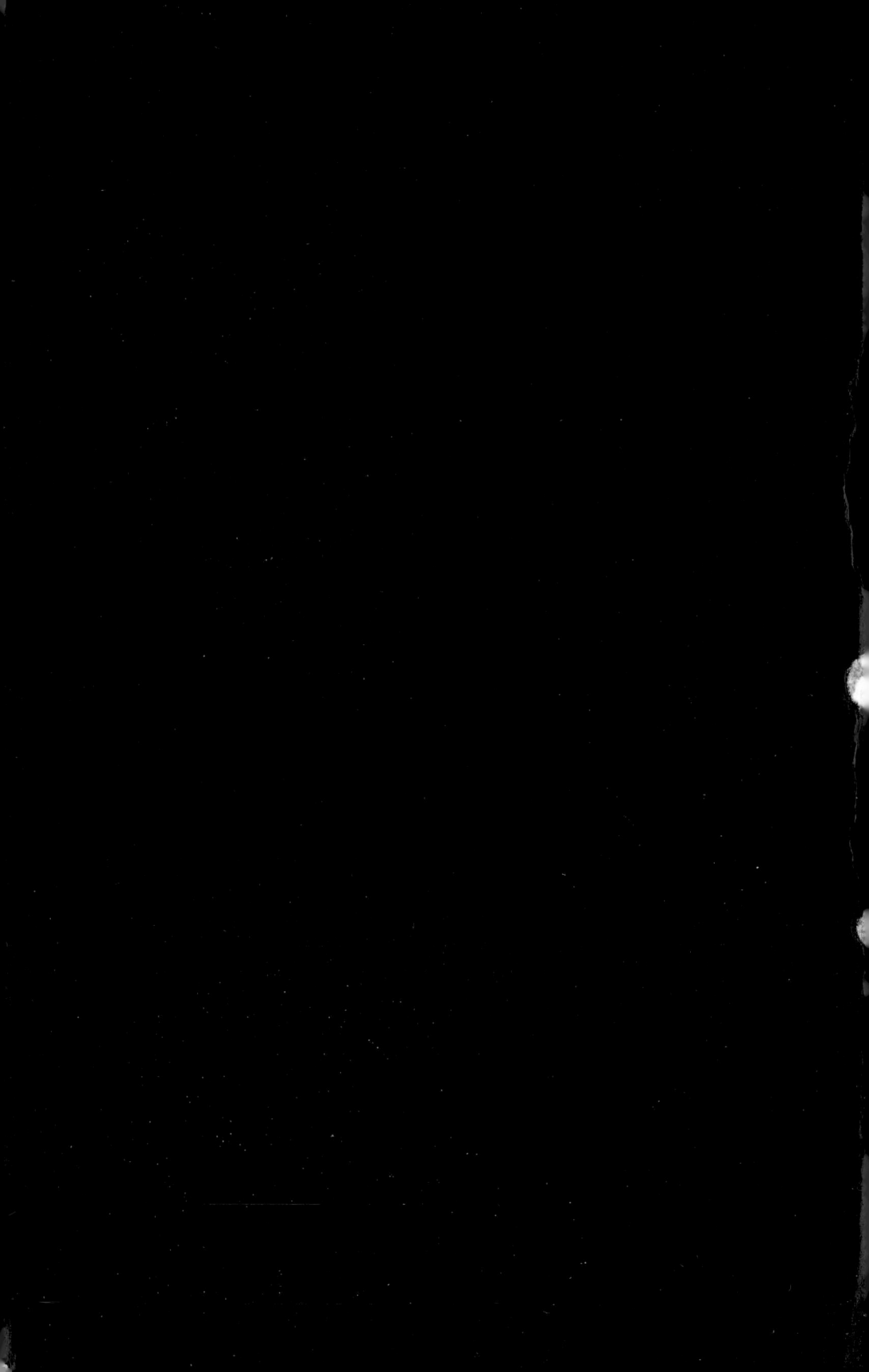

UMA
PRIMAVERA
NA
PROVENCE

UM ROMANCE DE
ANATÉ MERGER

sarvier

Copyright © 2021 Editora Sarvier

Capa:	Denis Lenzi
Copidesque:	Felipe Colbert
Revisão e Diagramação:	Carla Santos

Esta obra segue as regras do Novo Acordo Ortográfico da Língua Portuguesa.

```
Dados Internacionais de Catalogação na Publicação (CIP)
        (Câmara Brasileira do Livro, SP, Brasil)

    Merger, Anaté
        Uma primavera na Provence / Anaté Merger. -- 1.
    ed. -- São Paulo : Sarvier Editora, 2021.

        ISBN 978-65-5686-016-9

        1. Romance brasileiro I. Título.

21-61122                            CDD-B869.3
```

Índices para catálogo sistemático:

1. Romance : Literatura brasileira B869.3

Aline Graziele Benitez - Bibliotecária - CRB-1/3129

sarvier

EDITORA SARVIER
www.sarvier.com.br

À Chloé, minha filha amada, apaixonada pela fotografia e a todos aqueles que têm uma paixão e se dedicam a ela.

"Ele foge da vida que tem. Ela está paralisada na dela. Ambos precisam vencer o medo para voltar a viver e a amar. Uma estação será suficiente?"

SOPHIE, A PROFESSORA FRANCO-BRASILEIRA

A SINFONIA ESTRIDENTE E LANCINANTE DA serra elétrica e dos martelos cessa.

Sophie eleva os olhos da tela do computador. Ergue os ombros e mexe a cabeça de um lado para o outro. Estica os braços e pernas, e deixa escapar um gemido. Finalmente retira os fones que protegiam parcialmente os ouvidos e saboreia o silêncio, preciosa sensação morta e enterrada desde o começo da obra.

Levanta-se e vai até o quadro branco onipresente na maior parede do escritório. A sua vida está resumida ali em linhas retilíneas perfeitamente traçadas. Três cores sinalizam o que é urgente, importante e realizado. Muitos *post-its* (também em vermelho, amarelo e verde) ocupam dias estratégicos no calendário pendurado ao lado.

Ela pega um *post-it* e desenha um boneco. Com muito cuidado e um certo prazer traça uma corda em volta do pescoço dele. Poderia ser o pedreiro, o arquiteto, o bombeiro, ou o eletricista. Todos colaboram

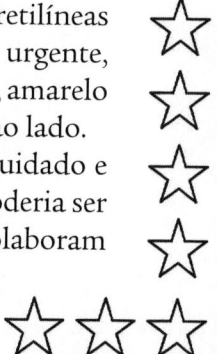

para o ritmo (lento, muito lento) da reforma do antigo depósito. O projeto para aumentar o número de quartos da escola de francês está atrasado.

Junta as mãos. O que pede é muito simples: que o banco aceite o empréstimo. Ela tem duas semanas para concluir tudo antes do começo da primavera.

Um grito longínquo chama a atenção de Sophie. O som vem de fora da casa. Aos poucos, se intensifica e ganha clareza. Alguém berra o seu nome.

O relógio indica 11h12. Se as ferramentas pararam antes do almoço, é sinal de problema. A serenidade se tornou um luxo, um luxo mesmo, com o qual ela não pode mais contar.

Corre e chega na porta ao mesmo tempo que batidas firmes ressoam no interior da sala. Abre e encontra o mestre de obras ofegante.

— Desculpe incomodar, *madame* Favre, mas tivemos um acidente. — O homem encorpado e com um ventre proeminente em um macacão um pouco apertado faz uma pausa para recuperar o fôlego.

— O que houve, Luís?

— Uma prancha de madeira caiu sobre um dos rapazes.

— Como ele está? — Sophie faz a pergunta ao mesmo tempo que olha para as pantufas.

— Um braço ficou bem machucado.

— Vou calçar os tênis e os levo ao hospital.

— O meu assistente fez isso enquanto eu vim avisá-la. — Esfrega as mãos sobre a calça coberta de manchas.

— Imagino que o trabalho retorne ao normal amanhã?

— Não sei o que o patrão vai decidir. — Acena. — Preciso ir.

Sophie acompanha a silhueta robusta e atarracada deixar uma trilha de pegadas no lamaçal que um dia foi um canteiro de flores. Permanece parada até deixar de sentir o nariz e as orelhas. Está trêmula, mas sem saber se é por causa da rajada de vento gelado ou pela certeza de que a sua prece não foi ouvida. Pelo menos, em parte.

O toque do celular a leva para dentro de casa. Atende com um fio de voz.

— Oi, Ângela.

— *Minha nossa, que desânimo é esse?*

— A obra pode parar de novo.

Depois de um breve silêncio, Ângela continua:

— *Não era o melhor momento para começar uma reforma tão grande. Foi muito complicado encontrar uma "filial" provisória para dar continuidade aos cursos.*

— Eu sei, você repetiu isso várias vezes. Mas eu precisava fazer isso, Ângela. Eu devia isso à mamãe.

Sophie lança um breve olhar ao porta-retratos em cima da lareira. Está entre os pais com um sorvete nas mãos. Não consegue se lembrar de onde tiraram a foto, nem quando, mas tem a impressão de que foi há muito tempo, como se tivesse 80 anos e não apenas 33.

— *A maioria dos alunos vêm durante a primavera e o verão, mas novos grupos chegam na próxima semana. Temos três opções: manter a "filial", adiar ou anular os cursos. Temos que avisar os pré-inscritos e os outros professores o quanto antes.*

— Não recebi nenhuma resposta positiva sobre o novo pedido de empréstimo. Com o atraso, a obra está saindo mais cara do que o previsto e as despesas simultâneas com a casa que alugamos diminuíram ainda mais os recursos no banco. Eu usei praticamente todo o dinheiro da empresa e o que tinha na minha conta pessoal. — Coça o queixo.

— *Você tem certeza de que não gostaria de conversar com um novo contador?*

— Francis me explicou, Ângela: a escola não ia tão bem e os meus pais não queriam me preocupar.

— *Ainda acho que seria prudente obter a opinião de outros profissionais. Deixar as contas da empresa nas mãos do seu marido é muito... delicado.*

— Apesar do emprego que tem, Francis nos ajuda há anos. Ele não faria nada para nos prejudicar.

Sophie escuta um profundo suspiro.

— Francis não tem nada a ver com o nosso problema, Ângela, vamos nos concentrar nos alunos.

— *Enquanto o barulho dos infernos durar e o vai-e-vem dos carros e funcionários da empresa contratada destruírem o jardim, vai ser impossível reabrir a escola na fazenda.*

— Eu sei.

Ângela percebe a voz da amiga tremer e desvia a atenção para um assunto mais agradável:

— *Pelo menos, a nova decoração dos antigos quartos ficou pronta.*

— E linda.

— *Linda, não! Um verdadeiro arraso! Nunca pensei que tivesse tanto talento para lixar e pintar móveis velhos quanto tenho para a cozinha. Eu sou formidável!*

— Tão modesta. — Sophie ri e agradece em silêncio o dia em que a mãe decidiu contratá-la como secretária e professora de culinária provençal.

— *Lembra de pendurar as cortinas. Passo amanhã para levar as almofadas que terminei e discutimos o que vamos fazer pessoalmente. Levo croissants quentinhos.*

— Amanhã é domingo, Ângela, descanse e conversamos na segunda.

— *Levo pão de queijo* — ronrona.

— Isso é golpe baixo, Ângela!

— *Não, é para matar a saudade da mamãe brasileira.* — Limpa o nó na garganta, abre um grande sorriso ao lembrar da amiga e continua: — *Vamos achar uma solução para esse perrengue, minha linda!*

Sophie termina a ligação com o peito apertado e guarda o celular no bolso.

Levanta o queixo. Não, não iria baixar a cabeça agora que está tão perto de conseguir o seu objetivo.

Com passos rápidos atravessa o salão, passa pela cozinha e chega na ala sul, onde cada suíte ganhou um nome e uma decoração inspirada em um vilarejo da *Provence*. Ajeita a delicada plaquinha feita com a tradicional porcelana branca e azul onde está escrito *Moustiers-Sainte-Marie* e entra. Acende as luminárias modernas que se harmonizam ao ambiente com uma luz difusa. As paredes cobertas com um papel onde aqui e ali aparecem minúsculas borboletas azuis em relevo, realçam os móveis em pátina clara. Uma poltrona coberta com uma mistura de tecidos e texturas em diversos tons de violeta está ao lado de uma estante repleta de livros.

Sophie pega a cortina branca, leve, quase transparente, de dentro do armário. Pendura e arruma mais um pouco. Começa a empurrar a cômoda, mas o movimento para quando ouve a campainha.

Sai do quarto a passos rápidos, atravessa o corredor e chega na sala ampla.

Com um toque, ilumina a tela do vídeo-porteiro. Vê o aceno que faz o carteiro e aperta o botão para abrir o portão automático da velha fazenda. Uma das primeiras mudanças que o pai colocou em prática assim que se mudaram.

Veste um casaco por cima do *jogging* e espera na varanda. Sopra e esfrega uma mão na outra ao dar passos rápidos de um lado para o outro.

Minutos depois, uma moto amarela e azul atravessa a longa alameda de ciprestes e oliveiras. Ela estaciona a alguns metros do pórtico elegante da fachada em pedra com dois andares e inúmeras janelas pintadas em lavanda.

O rapaz levanta a proteção do capacete e a cumprimenta com um sorriso que ilumina os pequenos olhos azuis. Entrega um envelope e mostra a tela de um aparelho retangular. Sophie faz uma assinatura meio torta com um dedo, acena e corre para casa enquanto ele deixa a propriedade com um rastro no caminho de pedrinhas brancas.

Sophie rasga o envelope e desdobra o documento. Lê duas vezes, para ter certeza de que entendeu; e uma terceira, para controlar a raiva que a atravessa da cabeça aos pés. Com um grito, amassa o papel e o joga contra a parede.

Mais um banco recusou o empréstimo.

KEUN-SUK,
O ASTRO COREANO

K EUN-SUK ESTÁ ENCOSTADO NA JANELA da van e o seu olhar amendoado e indiferente ignora o que vê. Mudou tanto de paisagem nos últimos dias, que se pergunta se realmente passa ao lado do rio *Han* (한) ou apenas sonha com o retorno à Coreia (대한민국).

Ajeita os fones e, com a mão, acompanha os acordes.

Fecha os olhos. Tenta aproveitar um dos raros instantes do dia em que pode se isolar nele mesmo. O que acontece apenas quando está dentro de um carro e, normalmente, nem isso dura muito.

Tapinhas leves em sua coxa fazem com que volte a sua atenção para o rosto bochechudo e sorridente à sua frente.

— O que está ouvindo?

Retira os fones.

— O que "estava" ouvindo, não é? — reforça o tempo verbal com uma dose de ironia.

Kim faz uma careta e revira os olhos.

— Agora que me interrompeu pode continuar.

O agente faz um muxoxo com os lábios.

— Pensei que verificava os arranjos do seu novo álbum.

O cantor encara o agente.

— Eu fiz isso ontem. Posso? — Keun-Suk mostra os fones.

— Infelizmente, não.

O rapaz guarda os aparelhos, cruza os braços sobre o peito e volta a dar atenção à paisagem invernal que passa diante dos seus olhos apáticos.

— O que foi, senhor Kim?

O empresário esfrega as mãos sobre a calça e depois passa uma delas pelos cabelos cacheados.

Keun-Suk finalmente se inclina na direção dele.

— O que a minha mãe aprontou dessa vez?

— Ainda não sei como lhe dizer.

Keun tira um tablet da mochila.

— O senhor está falando disso? — Mostra a tela.

O empresário segura o aparelho e faz uma careta.

— Ela fala de uma enorme surpresa até o fim da turnê. — O agente encara Keun com os olhos fechados em frestas. — O que acha que pode ser?

O cantor volta a se encostar na poltrona e deixa a cabeça cair pesadamente.

— Não faço a menor ideia.

O agente junta os lábios e assopra, como se com isso pudesse enviar os problemas para bem longe.

— Eu só tenho certeza de uma coisa. — Limpa a garganta. — Desde que ela decidiu transformá-lo em um astro da música e um ator premiado, não tem outro objetivo na vida.

— E, para glória e alívio da mamãe, faço um sucesso atrás do outro desde que ela decidiu que eu seria um artista melhor do que ela.

— E você ainda estava no primário. — O empresário mexe as pernas rapidamente quase encostando um joelho no outro.

O motorista avisa que chegam ao teatro em dez minutos.

Keun-Suk volta a olhar pela janela. Milhares de pessoas se aproximam do local do concerto com inúmeros cartazes, tiaras coloridas cintilantes e camisetas com o seu nome. Observa a cena por um momento e tenta entender por que sente inveja daquelas pessoas, que agora correm para chegar mais rápido dentro do prédio e se proteger da neve fina que começa a cair.

A garganta fecha diante da ansiedade provocada pela proximidade com o inevitável. Dentro de alguns minutos, estará de novo em cima de um palco. Um deus vivo, admirado e amado incondicionalmente, mesmo que esse amor não seja correspondido.

Será que um dia ele amará alguém assim? Alguém que possa perdoá-lo por qualquer coisa, como os seus fãs?

— Anulamos o concerto? — Keun pergunta.

O agente ri da ironia.

— Esse é o terceiro show extra da *tournée*. O último! Os bilhetes foram vendidos em três horas. Não, meu caro, o teatro é fechado e nem o mau tempo pode atrapalhar a sua apresentação.

— A minha mãe pode...

— Jamais ela faria isso. Qualquer que seja a surpresa que ela prometeu, vai ser para o bem da sua carreira.

Keun abaixa os olhos por um breve momento.

— Nem sempre o que é bom para a minha carreira é bom para mim, senhor Kim.

Kim guarda o tablet.

— Não vi nenhuma mudança no roteiro — comenta pensativo. — Realmente não faço ideia do que ela pode estar preparando. — Da última vez, ela concordou com a publicidade de uma nova rede de cosméticos.

— E o senhor precisou pagar uma multa gigantesca pela minha desistência.

— Ela não sabia que havia fechado na semana anterior com um concorrente.

Keun-Suk fecha os olhos.

— Ela prometeu que não interferiria novamente na minha carreira — lamenta.

— E você acreditou?

— Mas conversamos com o advogado! O senhor me garantiu que daria um jeito de retirar os poderes da minha mãe em relação à minha carreira.

— Eu sei. — Kim desvia o olhar.

— Mas... — Keun vê nos olhos fugidios do empresário o que as suas entranhas estão gritando.

— Eu tive que aceitar a nova condição de Hana.

— Como assim? Eu não assinei nenhum novo documento.

Keun lembra dos últimos dias. Um concerto atrás do outro, mudança de hotéis, encontros com fãs, campanhas publicitárias, fotos para os posts das redes sociais. Na sua memória, os eventos são os elos da corrente pesada que carrega nos pés. Mas em nenhum desses momentos assinou nada parecido com um contrato. Os olhos vão de um canto a outro e finalmente as pupilas se dilatam.

— Dei muitos autógrafos no último encontro com as fãs de Taiwan, em camisas, bonés, papéis... — Deixa a cabeça cair e a segura com as duas mãos. — O senhor não faria isso, faria?

O agente pega o celular, procura por um momento e abre uma pasta com os documentos. Passa as páginas até chegar na que procura e mostra ao rapaz.

— Eu sinto muito, Keun, mas a sua mãe nunca vai se afastar de você, muito menos abrir mão da carreira indireta como celebridade. — Kim pousa uma mão no ombro do rapaz e continua: — É através da sua vida que ela respira.

O cantor pega o telefone com um movimento brusco e lê a alteração no contrato. No pé da página, em letras minúsculas, está a nova diretriz da mãe: Hana deixaria de interferir na carreira de Keun quando o cantor aceitasse se casar com a pessoa escolhida por ela.

SHOW DE HORRORES

O CARRO PARA NO estacionamento.

Seguranças cercam Keun e o acompanham até o camarim.

As palavras chegam aos seus ouvidos de forma estranha, como se fossem ditas em uma língua desconhecida.

Acena para as pessoas que trabalham no interior do teatro. Uma delas pede para tirar uma foto, ele sorri. Faz leves reverências com a cabeça. Gestos automáticos e mecânicos, repetidos exaustivamente até perderem a autenticidade. Keun-Suk não se lembra mais da última vez que se sentiu feliz.

As tentativas de falar com a mãe foram inúteis. Ela o ignorou sem nenhuma culpa ou remorso. Ela ditava a relação; e ele, preso à gaiola imposta, não via como se livrar dela.

Keun escuta atentamente as orientações da responsável pelos trajes que vai usar no palco, se veste e se senta para ser maquiado e penteado. Fecha os olhos aliviado por mais esses minutos de sossego, mas volta a abri-los em seguida para pegar e agradecer uma garrafa d'água. Bebe alguns goles lentamente com o olhar fixo no espelho. Apesar da aparência simpática e educada com a equipe e fãs, sente-se distante.

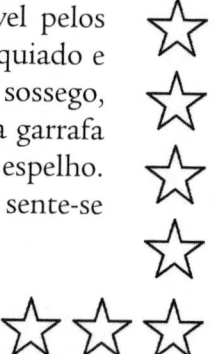

Keun-Suk não está aqui, como não esteve nos últimos meses. Há algum tempo se pergunta se teria escolhido essa vida se tivesse tido a liberdade para isso. Na sua cabeça, é apenas uma marionete sem vida, com fios costurados à mão materna. Abaixa o rosto avermelhado pela vergonha.

— Pensando em mim?

A frase dita por uma voz rouca e firme é seguida pelo estalar de saltos na cerâmica.

Keun-Suk sente o sangue gelar, reabre os olhos e vê a mulher alta e elegante pelo espelho.

— O que veio fazer aqui? — Ele se levanta devagar e se afasta.

Hana joga a bolsa nos braços de uma assistente bem mais baixa do que ela e ajeita o cinto dourado que enlaça a cintura fina.

— Vim acompanhar o último concerto da temporada.

— O último aconteceu há meses. A senhora — apontou para a mãe — convenceu o senhor Kim a shows extras, apesar de saber que estamos exaustos.

— Cansaço... isso é uma grande bobagem! — Balança uma mão no ar com desdém. — Você é um sucesso extraordinário, seria uma tolice deixar de mostrar todo esse talento para mais pessoas! — Lança um beijinho em direção dele.

Keun vira o rosto, pega a garrafa e toma mais alguns goles de água, mas tem a impressão de que engole álcool puro.

Aproxima-se da mãe.

— Eu não estou de acordo com a alteração do contrato.

— Não? Pensei que quisesse se ver livre de mim a qualquer custo. — Hana o encara.

Um rapaz com um fone, ar aflito e um script, entra no camarim.

— Faltam dez minutos!

— Que pena! — Ela faz um biquinho.

Ele chega mais perto.

— De qual surpresa você falava naquela entrevista?

— Oh! — Hana levanta o queixo altiva, segura, confiante. — Você vai adorar!

Um dos músicos lhes interrompe:

— Desculpe, mas está na hora.

Ele olha, mais uma vez, para a mãe com uma mistura de raiva, impotência e apreensão. Hana abre um imenso sorriso. O efeito é imediato. Keun sente o seu coração se aquecer e, independente da sua vontade, sorri de volta antes de seguir o colega.

O burburinho dos profissionais que finalizam os últimos detalhes continua até que Keun entra no palco através de um elevador.

Gritos ensurdecedores e luzes coloridas, que apontam em todas as direções, transformam o local em uma grande pista de dança. Milhares de mãos balançam bastõezinhos luminosos no ritmo dos novos sucessos de Lee Keun-Suk. Ele, o cantor mais popular entre os asiáticos, sabe como levar o público ao delírio com baladas dançantes e outras mais românticas. Algumas delas, usadas em trilhas sonoras das muitas séries de TV que protagonizou.

Canhões jogam pequenos pedaços de papéis coloridos e laminados sobre a plateia e dançarinos experientes iniciam uma coreografia bem treinada. Vozes, na maioria femininas, se juntam ao coro de profissionais e o estádio treme no mesmo ritmo.

O jovem alto, com um corpo bem definido pelas repetições e musculação, preenche o palco imenso como se fosse vários. E nesse momento, é bem provável que o que o público veja sejam apenas cópias mesmo. O Keun-Suk original não se mostra em nenhum momento. Permanece escondido em algum lugar da sua mente, protegido de todo esse barulho, luzes e olhares que o aterrorizam. A figura carismática e poderosa que faz todo o teatro suspirar, executa os movimentos como um autômato. É apenas uma bela embalagem, uma casca vazia.

A entrada de novos dançarinos indica a pausa para trocar de roupa.

A concentração continua nos bastidores. Ele não pode se despedir do personagem que criou para enfrentar o palco antes do tempo ou ficaria refém da situação. O cansaço começa a aparecer depois de quase duas horas de show.

Keun-Suk volta a desaparecer do palco por mais alguns minutos enquanto o cenário ganha cores e uma decoração diferente. Termina de mudar de novo de figurino quando uma colega com quem dividiu cenas românticas em uma série sai de trás de um biombo. Ela usa um minivestido com paetês prateados e botas até o joelho.

— Você está linda, Min-Ah. — Sorri.

Ela faz uma reverência divertida.

— Vamos. — Com um movimento com a cabeça, ele indica o caminho.

De volta ao palco, Keun-Suk começa um dos seus maiores sucessos. Os acordes se repetem com doçura até se expandirem em notas coloridas de melancolia. Min-Ah se junta a ele pouco depois.

As fãs nas arquibancadas acompanham a melodia romântica com gritos, choros e vozes quebradas, que formam um coral mais ou menos harmônico. Palmas espalham uma onda de energia quando os atores se aproximam e seguram as mãos, mas é com olhares surpresos e um estardalhaço que as pessoas presentes acompanham o beijo que a moça dá no rapaz quando a música termina. Keun-Suk a olha assustado e levanta uma sobrancelha. Não estava no script. Decididamente, não estava no script.

Min-Ah levanta a mão dele e a beija. Com um sorriso, anuncia que estão noivos e que o casamento será em breve.

Os gritos explodem em todas as bocas.

O único movimento que Keun-Suk consegue fazer é soltar a mão da atriz. Pego de surpresa, não sabe o que dizer ou o que fazer diante do público histérico. Sente um inimigo conhecido e adormecido voltar a acordar. O seu estômago se contrai e queima como se uma fornalha tivesse sido aberta. O ar some dos seus pulmões. O coração acelera e um frio inexplicável lhe atinge da cabeça aos pés. A transpiração surge em gotas sobre a testa e as mãos.

"Noivos?!"

O chão parece oscilar, mas ele é incapaz de mexer um músculo. O medo irracional de falar em público, o pânico de estar na frente de centenas de pessoas, volta a amarrar a sua vontade. Sem saber como agir ou falar, Keun perde a voz em uma nova crise de glossofobia.

As orientações gritadas pelo diretor através do ponto eletrônico na sua orelha esquerda se tornam confusas.

Olha para os músicos, mas não reconhece nenhum. Os rostos conhecidos perderam a forma e a definição. Os colegas agora são tão estranhos e indefinidos como o público. Uma massa compacta que o encara em êxtase.

As luzes que piscam no palco e na plateia se transformam em agressões visuais, mas ele não consegue nem fechar os olhos.

Os gritos das fãs atravessam a sua alma como punhais.

Permanece paralisado com uma sensação de peso no peito. Transpira cada vez mais enquanto Min-Ah dá voltas em torno dele, lança beijos e termina uma música solo usada em um improviso.

Dançarinos entram em cena, envolvem o casal e o leva até o elevador que é abaixado imediatamente.

Ao chegar nos bastidores, todo o corpo de Keun-Suk treme em uma convulsão incontrolável. Cai de joelhos. Tem a impressão de que dentes de ferro o abrem de dentro para fora, em uma mordida lancinante, e vomita.

Kim corre para lhe entregar uma toalha e o ajuda a se levantar. Ofegante, Keun se apoia no agente, limpa a boca e procura a atriz. Trava os dentes quando a vê encostada em um canto roendo as unhas.

Min-Ah tem os olhos brilhantes de lágrimas, mas quando encara Keun abre um sorriso estranho que contradiz com o olhar aflito. No rosto jovial e arredondado, Keun não consegue identificar a razão da decisão estapafúrdia.

O cantor empurra Kim e anda trôpego até ela. Min-Ah tem braços cruzados sobre o peito. Olha para o teto e para a mãe de Keun antes de encará-lo.

Keun faz um esforço. A voz sai rouca, com dificuldade e irregular.

— O que foi... aquilo? Somos... colegas, nada mais. — Coloca uma mão sobre a testa para tentar fazer a sala parar de girar. — Que ideia foi essa? Perdeu... o juízo?!

— A ideia do *chungmae* (중매) foi da sua mãe.

Keun-Suk vira os olhos lentamente.

Hana ajeita os cabelos cortados na altura do queixo e vira o perfil afilado de um lado para o outro. Admira-se no espelho. O rosto redefinido por bisturis e pela maquiagem mostra uma juventude eterna e por isso mesmo estranha, como quando admiramos uma bela flor e percebemos que ela é de plástico. Nos olhos levemente inclinados, na testa larga e no queixo altivo, a impressão que temos diante dessa beleza é a mesma: tudo nessa mulher é falso.

— Min-Ah é a filha do dono da produtora de discos — Hana responde sem olhar para o filho. — O casamento de conveniência vai mantê-lo no topo. Com ela, você nunca vai correr o risco de ser descartado, como eu fui. — Ela se aproxima e continua em um sussurro: — E de quebra, vai se livrar de mim.

— E ela? — Aponta para Min-Ah. — O que... ganha... com isso? Rica... jovem... bonita e famosa... — Respira ofegante. — Pode escolher... quem quiser!

Sua mãe ri.

— É verdade, não é, minha querida? — Pisca para a moça. — Por isso ela escolheu você.

Keun-Suk se aproxima da mãe. A encara por um momento e esmurra a parede atrás dela. Pega o casaco e sai com passos irregulares antes que perca muito mais do que o controle.

IDEIAS PARASITAS

S OPHIE ABRE AS JANELAS E empurra com força as proteções de madeira. O sol encoberto por nuvens acinzentadas lhe dá um bom-dia tímido e o vento frio traz frescor ao rosto inchado.

Troca o pijama por uma roupa confortável, sai do quarto com passos abafados pelas pantufas e desce a escada.

Vai de uma porta-balcão a outra metodicamente: salão, biblioteca, cozinha, quartos, escritórios. O imenso casarão é invadido por listras horizontais douradas que aumentam de largura e mudam de lugar de acordo com a hora do dia. Deixa algumas abertas para renovar o ar e tem a impressão de sentir a fazenda fazer uma grande inspiração.

Pega um pano de prato e um produto de limpeza na lavanderia atrás da cozinha, calça luvas de borracha e volta para o salão onde a lareira está adormecida. Joga algumas toras de madeira e acende o fogo. Permanece parada até que as chamas voltem a dançar. O calor a abraça e ela geme de prazer. Fecha os olhos. O perfume da casa é uma agradável mistura de madeira, poeira, lavanda e lembranças.

Sente a paz que emana da propriedade que os pais restauraram. Olha para a foto do casal. O porta-retratos está iluminado pela pálida luz do inverno que desenha sombras divertidas sobre a escrivaninha.

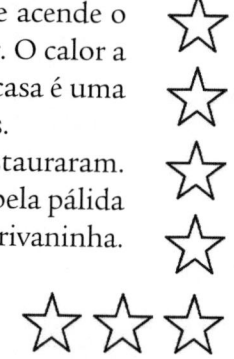

Toca levemente a moldura envelhecida. Como as infernais ferramentas, caladas no domingo, a saudade cessaria um dia ou gritaria essa ausência eternamente?

Ela não tem a resposta para essa e muitas outras perguntas que a atormentam com frequência. Ideias parasitas que surgem de uma hora para outra, quando menos espera.

Recupera a carta do banco amassada, a deixa sobre a mesinha e começa a limpar a casa com a energia. Seria perfeito se pudesse se livrar dos problemas com a mesma facilidade.

Será que está à *altura para ampliar o INFE – Instituto de Imersão de Francês para Estrangeiros – que os pais criaram quando se instalaram na Provence? Como a escola ficou sem dinheiro de um dia para o outro?*

Estapeia e muda as almofadas de lugar, dobra com cuidado os cobertores coloridos que esquentam o ambiente e as noites com temperaturas negativas.

Algum dia, um filho sentiria a mesma ternura ao ver uma foto sua?

Ajeita os bibelôs em porcelana em cima da escrivaninha e retira a poeira da mesinha baixa. Móveis e objetos recuperados com a mãe em vendas de garagem e antiquários.

Por que o seu coração não se sente mais aquecido ao pensar em Francis?

O seu olhar se perde em outras fotos, onde ela e o marido também sorriem, mas ela não se lembra do motivo. Sem os porta-retratos sobre a lareira onde os pedaços de madeira estalam e a aliança no dedo anular esquerdo, ninguém poderia dizer que é casada.

Cola um lábio no outro. Alguns silêncios podem ser muito eloquentes.

Balança a cabeça como se ouvisse uma melodia triste e levanta os olhos para o teto alto. Busca encontrar alguma resposta entre as vigas de madeira que dão um charme nostálgico ao local. Falha miseravelmente e vai até a janela. Sacode o pano do lado de fora. Sophie acompanha os pontos dourados se espalharem com a brisa até desaparecerem.

A névoa suave que encobre uma parte da alameda e transforma em espectros as montanhas ao longe, ganha um tom amarelado. Os contornos opacos e sem definição lembram uma fotografia antiga e, ao pensar nisso, sente uma fisgada dolorosa no peito.

Aproxima-se do *buffet* provençal, onde estão guardadas as lentes que viam o mundo de um jeito diferente e se tornaram cegas desde aquele dia. Aquele dia terrível do qual tem lembranças toscas, pedaços sem sentido, como se fossem registros em preto e branco. Sem foco.

Será que voltaria a usar uma câmera de novo?

Guarda os produtos.

Arrasta as pantufas ao subir as escadas. Toma um banho rápido e desce para o salão quase ao mesmo tempo que a campainha toca. Recebe Ângela com dois beijinhos no rosto. Orgulhosa, a secretária da escola mostra os pães de queijo. Sophie sorri e pega um.

— Não, mocinha!

— Agora é tarde! — brinca Sophie antes de dar a primeira mordida e pegar a travessa.

— Vou buscar as almofadas. — Ângela volta ao carro.

Sophie coloca os pães de queijo em cima da mesa baixa.

A secretária retorna, entrega as sacolas e pendura a bolsa e o cachecol em um velho porta-casacos. O rosto amável com bochechas altas e olhar determinado mostra uma força de caráter que só é menor do que o carinho com que trata os verdadeiros amigos. A mãe de Sophie era um deles.

— Que tempo de merda!

Ângela treme e vai para a frente da lareira. Abre as palmas diante das chamas e depois vira a bunda na direção do calor.

— Aaagora, sim! — Sente todos os músculos relaxarem. — Nada como o fogo da lareira para aquecer o nosso... — balança o bumbum — coração.

O riso de Sophie é substituído por um grito quando Ângela pega um atiçador e começa a mexer nas brasas.

— NÃO!

Ângela se vira com o objeto apontado para Sophie, paralisada no meio da sala.

— O que houve?

Sophie avança e arranca o atiçador das mãos de Ângela.

— Não mexa nisso NUNCA MAIS!

Com as mãos trêmulas o coloca no lugar e aponta para os aquecedores nos cantos das paredes.

— Eles estão ligados.

Ângela franze a testa e se senta na poltrona confortável tão larga quanto os seus quadris.

— O seu marido não mandou desligar para economizar energia?

— Por que ele faria isso, Ângela? — Sophie mexe instintivamente na aliança, onde uma placa avermelhada e com bolhas se instalou. Há semanas, ela ganha mais terreno em volta dos outros dedos e parece se eternizar.

— O seu homem invisível passou quase todo o inverno fora. — Ângela analisa Sophie da cabeça aos pés, como se pudesse escaneá-la antes de mudar de assunto. — O café está pronto?

Sophie se desculpa e minutos depois, volta com uma bandeja. Serve duas xícaras. Entrega a mais fumegante à secretária.

— Agora vamos ao que interessa. — Ela aponta para a bola de papel sobre a mesa.

Ângela a pega e vai até a bolsa buscar os óculos de leitura.

— O seu dedicado marido não aceitou o divórcio?

— Deixa de brincar, Ângela.

— Quem disse que estou brincando? Não sei até quando vai levar esse casamento — Ângela aponta para a janela —, que parece com o tempo lá fora.

— Exagerada como sempre. — Morde um pão de queijo. — Ele viaja muito, é só isso. Quando está em casa, ficamos bem.

Ângela balança a cabeça de um lado para o outro e se senta.

— Hum... Você pode me lembrar por que se casou com ele mesmo?

— Eu lhe contei. — Coça a cabeça. — Ele era um aluno no doutorado do meu pai, tinham os mesmos hobbies. Francis estava sempre por perto. — Bebe um gole.

— Você me contou, só não me convenci até hoje de que eram as razões certas.

— Eu me apaixonei por ele.

— Se acredita nisso... — Coloca os óculos e começa a ler.

Sophie faz uma pausa e continua em um tom mais baixo, quase que para si mesma:

— Ele foi o único que conseguiu se aproximar de mim, apesar da doença.

— Ah, bom! — Ângela levanta os olhos. — Francis conseguiu a proeza de transformar um cisne em patinho feio, isso sim! — Bate com a mão na coxa. — Não entendo como pode defender esse homem.

— Cisne? Eu? Você e eu sabemos muito bem que não tenho nada de cisne — reforça a frase com um movimento da cabeça. — Seria muito complicado trabalhar com o que queria tendo o que tenho.

— A sua doença nunca foi empecilho para nada. O que você tem é uma autoestima minada por um homem que soube usar a culpa e o remorso que sente contra você mesma.

— Culpa e remorso? Do que está falando, Ângela?

A secretária percebe que foi longe demais e desvia o olhar.

— O seu maior problema não é a doença que maltrata a sua pele.

— Claro que é! Francis fez o possível para suportar tudo isso. — Aponta para os braços.

Ângela deixa o papel no colo e encara Sophie.

— Quando é que volta para as sessões do *psi*?

— Eu não preciso mais dele. — Sophie coça o cotovelo e continua em um tom mais baixo. — Quando decidi deixar de lado a fotografia, eu parei com a sessões. Eu não poderia ter abandonado a escola dela, Ângela. Ainda bem que estava aqui, quando o acidente aconteceu, e você sabe muito bem que não teria assumido essa responsabilidade sem o apoio de Francis.

— "Escola dela..." — Ângela bufa e revira os olhos. — Quando é que vai assumir que a escola agora é sua? Enfim, vamos falar sobre isso aqui. — Balança o documento. — Vai tentar de novo?

— É o terceiro que nega o empréstimo. E, dessa vez, usei o pedido especial para pessoas com doenças crônicas. Não sei mais o que fazer.

— Falou com o seu marido?

Sophie olha para o tapete com o mesmo tom areia da cerâmica do chão.

— Ainda não.

— O que você está esperando? Que a sua amiga poderosa aqui fale com ele? — Ajeita os cachos escuros como os olhos e a pele e faz uma pose sensual. — Que eu tenho cara e cintura de fada madrinha vá lá, mas o seu marido não tem nada de príncipe encantado. Senhor! Deus me livre de um homem como esse!

Sophie ri alto.

— Ainda vou ver você casada, Ângela!

— Se encontrar alguém que valha a pena, quem sabe? Só não pode ser da mesma estirpe que Francis. — Ela deixa o documento sobre a mesa e bate na madeira.

— A vida a dois não lhe faz falta?

— Eu tenho mais vida a dois do que você! E sem o *Tinder*! — Ri alto. — Adoro ir aos bares de Marselha, ao cinema, namorar vendo o pôr do sol, mas o único compromisso que tenho é comigo mesma. Nada como passar a noite vendo as minhas séries preferidas na *Netflix* com um excelente vinho e um bom prato de macarrão! Comer, comer muito bem, isso sim é casamento!

— Ver TV é uma perda de tempo.

— Você precisa arrumar esse casamento ou um amante, vai ser chata assim lá no Brasil!

— Ir para o Brasil? — Ri. — Só se for de navio, né? Você sabe que... não... suporto... — Não completa a frase.

Ângela sorri compreensiva.

— Aviões, eu sei... — Suspira. — Não tem saudades?

— Saí de lá muito pequena, não lembro mais porque ter saudades.

— Coxinha, picanha, churrasco, baião-de-dois, feijão preto, tapioca, pamonha, brigadeiro... A lista é longa e pode ser devorada não necessariamente nessa ordem. Continuo? — Ângela enfia um pão de queijo na boca.

— Você só pensa em comida!

— Praia, carnaval, música, novelas...

Sophie balança a cabeça de um lado para o outro.

— Não tenho cabeça para mais nada além dos problemas da escola.

— Por isso mesmo deveria ver mais séries! — sussurra como se conspirasse contra o governo. — A gente se diverte vendo os outros sofrerem.

Sophie joga um pão de queijo em Ângela e ri.

Ângela pega a bolinha em pleno voo e a coloca na boca.

— No dia que quiser, faço caipirinha e vemos algumas séries espanholas quentes; inglesas mal-humoradas e por isso engraçadíssimas; e coreanas fofas, você vai amar!

— Ângela — Sophie suspira —, coreanas? Sério? Você já encontrou um coreano na sua vida?

— Infelizmente, ainda não! Mas eu também nunca cruzei com um indiano ou alemão e não é por isso que vou deixar de ver filmes feitos por eles. Os diálogos aparecem escritos em português, sabe? Chama le-gen-da.

— Você é muito besta! — Sophie ri e joga outro pão de queijo em Ângela.

Um bip anuncia uma mensagem e faz Sophie olhar para a tela do celular. Ela encara o aparelho por longos minutos.

Ângela vem se sentar ao lado dela.

— Mais alguma reunião de último minuto?

— Francis não volta amanhã.

— Fale com ele sobre a escola.

— Como você, Francis tentou me dissuadir da reforma quando me contou que a empresa estava à beira da falência. — Coça a dobra do antebraço esquerdo.

Ângela se mexe incomodada.

— Vocês moram na fazenda, que era dos seus pais, e onde funciona o INFE. Além disso, ele continua controlando a contabilidade. O mínimo que pode fazer é ajudar você nesse momento! Do que tem medo?

Sophie fica em silêncio por um momento e se levanta.

— Não tenho medo, apenas esperava falar com ele aqui em casa.

— Não é culpa sua se ele nunca está aqui. Ligue!

Ângela faz um gesto com a mão e Sophie vai para o escritório.

DECEPÇÃO

A CAMPAINHA TOCA E ÂNGELA vai até a porta.

— Luís?! O que veio fazer aqui hoje? — Levanta a sobrancelha. Ele ajeita o casaco, o cachecol e sobe o queixo como se buscasse o melhor ângulo para uma máquina fotográfica.

— Volto da missa e, como a fazenda fica no meu caminho, decidi aproveitar para falar com *madame* Favre. Ela está em casa? — Espicha o pescoço e procura com o olhar que passa primeiro pelas pernas bem torneadas e busto farto de Ângela, que aproveita para ajeitar os cabelos exatamente nesse momento.

— Está ocupada agora. Posso ajudá-lo? O que há de tão urgente, que não pode esperar até amanhã?

— O rapaz que se machucou...

— Sim?

— Ele quebrou o braço direito em dois lugares e a mão esquerda. Foi operado e vai ficar de recesso por, pelo menos, três meses.

— E? — Ângela deixa a cabeça cair de lado.

O chefe do canteiro de obras aperta o chapéu entre os dedos.

— Pelo amor de Deus, Luís! — Coloca as mãos sobre os quadris, movimento que Luís acompanha com um rubor que colore o rosto. — Você quer ser mais claro?

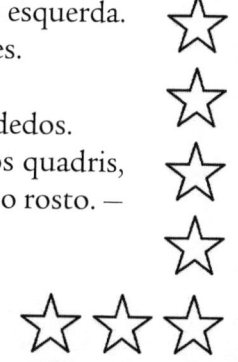

— Temos outros canteiros e todo mundo está ocupado. — Coça o queixo liso de barba feita e tenta um sorriso, que sai forçado. — Não conseguimos ninguém para substituí-lo até o momento.

— A obra vai parar?

Luís coça a cabeça e se balança entre um pé e outro.

— Sinceramente, não sei se vai ser possível manter o mesmo ritmo. — Aponta para o céu. — O tempo também não ajuda.

— Óbvio! A primavera vai começar, ainda vai chover muito. — Ângela levanta as mãos e as balança com vigor. — Não é possível!

— Fique tranquila. Não vamos parar imediatamente, mas o chefe mandou fazer uma pausa sempre que houver uma nova tempestade como a de antes de ontem.

Sophie entra na sala e o seu rosto se transforma em uma estátua de mármore.

— Quanto o ritmo vai ficar mais lento?

Os seus olhos refletem a raiva que a consome por dentro quando percebe que Luís abre e fecha a boca sem emitir nenhum som e abaixa o olhar para os sapatos enlameados.

— Quantos dias a mais, Luís? — Sophie se aproxima.

— Bom dia, *madame* Favre. Pelos meus cálculos, pelo menos mais uns cinco. Talvez sete... ou dez, difícil dizer. Se não achar um substituto vai ser complicado.

Luís não espera uma resposta. Abaixa a cabeça em um cumprimento e se afasta com passos apressados.

Ângela fecha a porta.

— O que o seu marido disse?

— Que não tem dinheiro para terminar a obra.

— Mais alguma coisa?

— Que eu podia declarar falência e vender a fazenda.

Ângela fecha os olhos e pensa em uma praga. Para ser mais sincera, em várias.

— O que vai fazer?

— Terminar os pães de queijo antes que esfriem.

— Já esfriaram, minha linda.

Sophie ignora o comentário e se senta na frente da lareira com a travessa no colo.

Ângela se ajoelha ao lado dela.

— Aviso aos professores e alunos que as próximas aulas estão anuladas e providencio o reembolso?

— Quantos alunos temos na "filial"?

— Cinco em pensão completa, três em meia-pensão e oito nas aulas de culinária.

— Quando eles vão embora?

— As datas variam. — Ângela franze a testa. — O que pensa em fazer?

— Se não podemos receber ninguém aqui, vamos renovar o aluguel da "filial".

— Não podemos acomodar mais ninguém na mesma casa! Em vez de ganhar com esses alunos, pode perder ainda mais dinheiro. Essa é uma péssima ideia!

— Eu sei, mas não podemos anular os cursos. Ajuste as saídas e entradas, Ângela. — Encara a secretária. — Temos que tentar.

— E o dinheiro?

— Vou vender as joias, o meu carro e até a minha alma se alguém se interessar.

Ângela se levanta, pega o documento do banco e joga na lareira.

ACORRENTADO

Keun-Suk olha para a tela do interfone. O sinal toca insistentemente.

Passa a mão na barba por fazer.

Aperta um botão e vai até o quarto. Os passos arrastados com as pantufas fazem um barulho de lixa no assoalho. Entra no *closet* e tira algumas peças de várias gavetas. Coloca tudo sobre a cama de casal. Abre a mala.

— O que está fazendo?

— Oi, senhor Kim. — Olha para o relógio. — Não vai para casa jantar?

— Faz dias que tento falar com você.

— Eu sei, recebi todas as mensagens. — Sorri para o agente. — Parei de contar na cinquenta e seis. — Dobra uma camiseta.

— Por que não quis ver o médico depois do show?

— Eu não preciso dele. — Enrola as meias.

— Você ficou paralisado depois do anúncio do noivado.

— Qualquer um ficaria.

— Você tem certeza?

Keun-Suk desvia o olhar para o chão.

— A glossofobia está sob controle — afirma em um fio de voz.

— Nos últimos anos, você se concentrou mais na carreira de ator e nas gravações em estúdio, e com a psicoterapia comportamental feita com o doutor Jang conseguiu controlar o medo do palco. Por isso cumpriu os últimos compromissos. — Kim faz uma pausa e balança a cabeça negativamente. — Mas você parou o tratamento, há meses não vai às sessões.

— Pensei que estava curado.

— Não está! Quando passou mal e não conseguiu voltar para a última canção, o transtorno mostrou isso claramente. A glossofobia ganhou de você. De novo!

Keun-Suk dobra uma calça.

— Voltar ao palco foi um erro.

Kim se aproxima, retira as roupas da mala e as joga no chão.

— Ei!

— Você quer parar de agir como uma criança? Vai fugir de novo? Toda vez que a sua mãe cria um problema, você pega um avião. Vai para onde desta vez? — Kim passa as mãos pelos cabelos. — Aos vinte e seis anos, isso não é mais permitido.

— Por quem?! — Keun-Suk pega a mala e a arremessa contra a parede. — POR QUEM? — repete e fecha os punhos. — O senhor? — Aponta para o agente. — A minha mãe? Mãe? Será que ela sabe o que é isso? — Passa violentamente a mão sobre uma coleção de bonecos de histórias em quadrinhos que enfeita uma estante e eles se espalham pelo quarto.

Keun-Suk se senta na cama com as mãos sobre a cabeça. O agente se coloca na frente dele.

— Você precisa ver o seu médico antes de pensar em sair daqui.

O cantor levanta o rosto.

— Eu só preciso viver a minha vida e não a que a minha mãe escolheu para mim.

— E qual seria essa vida?

Keun-Suk desvia o olhar.

— Eu não sei! O que sei é que qualquer que fosse a minha escolha, ela não estaria disponível e em exposição 24h por dia. Eu sempre fui e continuo sendo uma pessoa introspectiva. Gosto do silêncio, de ficar sozinho. Estar diante de milhares de pessoas é uma tortura. — Apoia as mãos na cama e deixa a cabeça cair. — Eu não vivo para mim, senhor

Kim, eu vivo para os outros. Não me lembro da última vez que andei na rua sem ser abordado, jantei com amigos de verdade, beijei uma mulher que não quisesse fazer uma foto comigo para publicar nas suas redes sociais, que cozinhei para alguém que amo ou tirei férias.

Kim se senta ao lado dele.

— Você viajou muito no ano passado. Quase toda a Ásia, Paris...

— Para os shows.

— Nova York...

— Onde gravei uma publicidade.

— Milão...

— Semana da Moda.

— Bucareste?

— O novo videoclipe.

Deixa o corpo cair pesadamente na cama. Cobre o rosto com os braços.

— Só consigo me lembrar dos quartos dos hotéis.

— Você alugou aquele iate enorme em Mônaco por várias semanas...

— Até "ela" me descobrir. — Balança a cabeça de um lado para o outro. — Faz tanto tempo que não me lembrava mais.

— Gostaria de parar com a música?

— O que me incomoda não é cantar ou atuar, mas a exposição e o controle. A primeira é violenta e sem limites. O segundo me impede de respirar. Parece que estou dentro de uma bolha transparente lançada de um lado para o outro dependendo dos interesses da minha mãe, dos produtores, dos fãs.

Kim cruza as mãos sobre o peito.

— Eu sinto muito, mas essa exposição e a falta de liberdade fazem parte do pacote.

— Será? — Keun-Suk levanta o torso e olha para o agente. — Será mesmo que eu preciso expor todos os aspectos da minha vida e estar sempre sob o controle de alguém para ser um artista?

Kim suspira e coloca as mãos sobre as coxas.

— Não tenho a resposta para a sua pergunta. O que sei é que o público e os jornalistas estão em polvorosa desde o anúncio do seu noivado.

— Eu tenho certeza. — Aponta para a imensa janela. — Alguns não saem da frente do portão.

— E o que pretende fazer em relação a Min-Ah?

— O que sugere? Casar?

Kim se levanta.

— Sinceramente? Eu não sei. Talvez?

Keun-Suk olha para o agente com os dentes travados.

— Não acredito que pode pensar seriamente nisso. Que a minha mãe perdeu o juízo até posso entender, mas o senhor?

— Dessa vez, ela foi mesmo longe demais.

— O que mais me surpreende é que Min-Ah concordou com isso. Eu não consigo entender. — Vira os olhos em várias direções como se a resposta que procurasse estivesse em algum canto do quarto.

— Nem eu. — Kim pega o celular e mostra a mensagem ao jovem. — Temos visita. A sua mãe está lá fora.

— Para quê? Enfiar uma faca no meu peito?

— Você não tem outra opção. Ela começou essa bagunça. É ela quem tem que terminar.

Keun-Suk fecha os olhos por um momento e volta para a sala. Aperta um botão e aguarda a mãe o mais longe possível da porta. Ela entra.

— Nossa! Está muito quente aqui! Você precisa diminuir o aquecedor. — Ela tira o casaco, joga em cima do sofá junto com a bolsa e vai até a cozinha americana. Ajeita os brincos ao ver o reflexo na geladeira em inox, abre e se serve de água. Suspira alto e olha para o filho. — Quando é que vamos fazer a coletiva?

— Coletiva?!

— Claro! Todo mundo quer saber mais sobre o noivado do maior astro da Coreia. — Desenha um arco invisível com os braços e depois se abraça. — O meu único bebê!

Keun-Suk dá alguns passos rápidos. Kim se coloca entre eles. O rapaz aproxima o seu rosto e fala entredentes:

— Não existe noivado e muito menos a possibilidade de casamento.

— Claro que sim, Min-Ah anunciou. Agora só precisamos marcar a data e organizar a coletiva. — Levanta um dedo e cola um lábio contra o outro. — Acho que vou procurar uma xamã para descobrir a data mais favorável.

— Eu não amo aquela mulher! — Ele se afasta com as mãos nos cabelos.

— E daí? Sabemos que é um casamento de conveniência, mas os seus fãs não sabem.

Keun-Suk levanta uma mão e baixa a voz:

— Isso é um absurdo! Eu não vou me casar com ela, nem com ninguém tão cedo. — Fecha os punhos como se preparasse para uma luta iminente contra um adversário muito maior do que ele.

— Então, posso voltar a cuidar da sua carreira junto com o senhor Kim?

— De forma alguma! — Bate na mesa com o punho.

— Nesse caso... — Hana passa a língua no interior da bochecha. — Só precisa marcar a data do casamento. Senhor Kim, pode convencê-lo, por favor?

— Senhora Lee, eu também acho que não é uma boa ideia.

— Não? Mas é tão óbvio! O casamento vai protegê-lo. A carreira dele vai ser eterna.

— Não existe carreira eterna no mundo do espetáculo, nem fora dele, mãe!

— Existe sim! — Ela joga o copo no chão e o vidro se espatifa. — Eu teria chegado no topo e teria ficado lá se não tivesse engravidado. — Aponta para o rapaz. — De você!

— Quem disse isso?! — Keun-Suk levanta o tom de voz. — A senhora era uma cantora medíocre. A gravidez a salvou de um triste fim de carreira, isso sim!

Keun-Suk sente o impacto violento de uma mão sobre o rosto. Os seus olhos se arregalam ao mesmo tempo que dá um passo para trás. O ardor dura alguns minutos e ele movimenta o queixo sem acreditar que levou um tapa pela primeira vez na vida. Fica parado, sem ação, olhando para a mãe, que enxuga as lágrimas e levanta o rosto altiva.

— Você vai se casar com ela! E eu vou permanecer no topo a vida toda. Você me deve isso! Interrompi a minha carreira quando engravidei. Quando voltei à música era tarde demais. O seu pai nunca me apoiou e saiu de casa. Um desastre completo por sua causa!

— Senhora Lee, por favor... — Kim interfere com as duas mãos espalmadas. — Keun-Suk precisa voltar ao tratamento. A senhora viu como ele ficou...

— Tratamento?! — Ela faz não com as duas mãos. — De forma alguma! Não é o momento para que a imprensa descubra que ele tem um problema psicológico. Jamais!

Ela pega a bolsa e o casaco.

— Eu espero você no show especial que vai celebrar o meu aniversário! — Sorri, cantarolando e sai com um aceno: — Amanhã!

Kim a acompanha em silêncio.

Keun-Suk permanece inerte no meio da sala com a impressão de que está em chamas. Sente todo o seu corpo vibrar e tem a certeza de que bolas de ferro gigantescas o mantêm no chão.

Olha para os pés como se pudesse ver as grossas correntes.

Deixa os olhos vagarem pelo amplo salão decorado com elegância. Observa o piano de cauda, as guitarras, os aparelhos de som de última geração. O aperto no peito aumenta ao ver as obras de arte. Entre elas, imensas paisagens de diversos fotógrafos célebres que mostram lugares que nunca iria visitar.

Keun cai de joelhos e se rende à evidência: ele mesmo ajudou a colocar esses grilhões. Como encontrar a força e a coragem para rompê-los?

MIRAGEM

A MANHÃ COM TEMPERATURA BAIXA CRIA uma névoa que faz o bosque em torno da fazenda mergulhar em uma atmosfera quase mágica. A estrada sem movimento lhe parece estranha, como se entrasse ou saísse de um mundo à parte.

"O meu pedacinho de conto de fadas."

Sophie lembra do que a mãe dizia. Ela caiu de amores pela região durante uma viagem e, pouco tempo depois, a família desembarcou.

A adaptação de Sophie foi delicada. Teve que lidar com o novo ambiente, colégio e língua ao mesmo tempo que deixava de ser criança. As raízes da menina com duas culturas diferentes tiveram dificuldade para penetrar na terra argilosa e de difícil manejo. Foram muitas tentativas, algumas infrutíferas. Criou uma armadura com fones de ouvido, roupas dois números maiores e um vocabulário limitado a meia dúzia de palavras e longos silêncios. Nesse período, descobriu que o seu corpo podia ser um inimigo implacável que atacava as próprias células. Assoprou as velinhas dos quinze anos na companhia de enfermeiras e médicos.

Depois de uma curva, Sophie olha para a propriedade que surge ao longo da margem da estrada. De longe, vê a ponta de uma torre

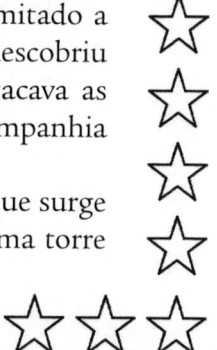

triangular. O veículo passa na frente do imponente portão de ferro e começa a acompanhar o traçado do muro. Alto, desigual, ondulado e com musgo entre as pedras, está no mesmo lugar desde a Idade Média, mas, por um momento, Sophie não sabe dizer se ele está em volta do castelo ou dela mesma. Apesar de ter consciência de que não saberia como escapar do que construiu em volta de si, acelera. As folhas que jazem no chão voam com a força das rodas e os esqueletos adormecidos de árvores frondosas balançam com o sopro violento do mistral[1].

Sophie fez tantas vezes esse caminho para recuperar os pais que o conhecia de cor. A mãe viajava para rever a família no Brasil pelo menos uma vez por ano. Nos Estados Unidos, onde o pai francês deu aulas, tinham amigos próximos. Eles conheciam quase toda a Europa e alguns países da Ásia.

A garganta se fecha. Essa é primeira vez que faz esse trajeto depois do enterro.

Aperta um botão no volante e liga o rádio.

Precisa urgentemente pensar em outras coisas.

Conseguiria o dinheiro para terminar a obra e renovar o aluguel da "filial"?

O carro passa por um redutor de velocidade e ela entra em uma rua à direita.

Por que ainda não engravidou apesar de todos os exames mostrarem que não há nenhum problema? Quando começou a distância entre ela e Francis?

Aumenta o volume.

Na verdade, não quer pensar em nada.

Acelera e desaparece no meio da névoa desejando que todos os seus problemas também pudessem sumir assim, como que por magia. Mas as dúvidas continuam ao seu lado. Insistentes, insidiosas, involuntárias. Ganham cores e formas reais em pensamentos que começam a se tornar maiores do que a certeza de que encontraria a solução para cada um deles.

Levanta os olhos para uma placa e os revira em seguida. Solta um palavrão. Lança um olhar para o relógio e aperta o acelerador. Precisa fazer um retorno de quinze minutos para voltar à estrada certa. A vida é estranha em sua simplicidade. Como encontrar um caminho se não

---

1   Vento frio que vem do norte da Europa, atravessa as montanhas e chega ao sul da França com mais de 100 Km/h.

estamos concentrados nele?

Estaciona sem pressa e atravessa a porta automática.

Para diante da tela com as informações.

Mais de cem destinos. Não lembra de ter ido a nenhum deles.

Olha para os pés para ter certeza de que não estão pregados ao chão. Não, o que a impede de embarcar de novo em um avião não está nos pés, mas no medo. Da última vez que entrou em uma cabine pressurizada, a crise foi tão violenta que quase teve uma parada cardíaca. O avião não decolou e o marido a levou para o hospital. Foi a última vez que tentou fotografar o mundo. Guardou a máquina sem saber como e quando começou a ter horror de voar.

O voo de Francis está na hora.

Ajeita o capuz e sai do hall de embarque. Atravessa o pátio descoberto e chega ao portão do desembarque internacional com os batimentos acelerados. Sente um nó no estômago se formar. Repete mentalmente que não vai entrar em nenhum avião. Cruza os braços e tenta se concentrar em algo que sempre lhe emocionou: a chegada. Casais se jogam nos braços uns dos outros, como se fosse o único local seguro no mundo. Crianças risonhas reveem os avós. Amigos sorriem ao reencontrarem a juventude perdida nos rostos de antigos colegas.

Em todos eles, via a si mesma quando esperava pelos pais.

Aos poucos, a intensidade dos abraços e beijos cessa.

Sophie confirma que todos os passageiros desembarcaram.

Liga para o marido em viva-voz.

— Francis, onde você está?

— *Meu Duende, que saudades!* — Solta uma risadinha. — *Ainda estou em Montreal...*

Ela desliga o viva-voz e, com um certo receio, coloca o celular perto da orelha (o níquel presente no telefone aumenta a irritação na pele).

— Perdeu o avião?

— *Preciso ficar por aqui mais alguns dias.*

Sophie fecha os olhos.

— Por que não me avisou?

— *Eu lhe disse que não precisava me buscar, não? O aeroporto não lhe traz boas lembranças.*

Sophie ouve uma voz feminina chamar Francis. Tem a impressão de levar uma chicotada sem saber exatamente o porquê. Ou mais exatamente, sem querer encarar de frente o tal "porquê".

— Michelle viajou com você?

— *Claro, ela é minha secretária. Ligo mais tarde.*

Sophie calcula quantas horas precisaria trabalhar para pagar um novo celular e decide que não é um bom momento para arremessá-lo na parede.

Permanece parada por longos minutos.

Um rosto sem foco se aproxima e uma voz que parece vir de muito longe a cumprimenta:

— Sophie?

Identifica o sorriso no rosto harmonioso do homem de meia-idade.

— Doutor Pinet?

— Estava em um congresso. — Estende a mão.

Ela levanta ainda mais a gola alta do pulôver.

— A crise voltou, não é? — Ele observa a mancha avermelhada que avança em direção da orelha direita e da bochecha.

Sophie concorda com a cabeça.

— Você tem tudo o que precisa em casa?

— Acho que sim.

Ele se aproxima mais e pega nas mãos de Sophie. As examina por um momento.

— Vou prescrever uma receita atualizada com uma nova pomada corticoide e imunodepressores. Se não puder passar no consultório, mando por e-mail. Lembre-se de me ver se as placas se espalharem muito. A situação pode ficar fora de controle como da última vez.

— Obrigada, doutor. Vou comprar os remédios, não se preocupe.

— Evite os produtos que causam a alergia.

— Eu sei...

— Começou a diminuir o estresse com exercícios? Voltou a ver o psicólogo depois que saiu do hospital?

Ela pensa na academia que deixou de frequentar há meses e nas poucas consultas da terapia.

Ri amarelo.

— Não adianta fugir dos seus medos, Sophie, eles sempre vão surgir de uma maneira dolorosa até que encontre a coragem para vencê-los.

O médico sorri com ternura, faz um aceno e se afasta.

MONSTROS

O TRAJE ESCOLHIDO PELA MÃE ESTÁ em cima da cama. Keun-Suk permanece sentado ao lado dele. Imóvel, tem os dedos cruzados uns contra os outros.

Um bip anuncia uma mensagem:

Hana: *Onde você está?*

Joga o telefone displicentemente sobre o travesseiro.

O pedido que fez à mãe de uma festa simples e com poucos convidados foi ignorado. Ela não economizou energia nem os *wons* (₩) ganhos por ele para fazer da noite um momento memorável. Até uma orquestra estaria presente na mansão que alugou para o evento.

Fecha os olhos e visualiza o local. A visita que fez mais cedo e as fotos enviadas pela assistente de Hana o ajudaram a ter uma ideia do ambiente com a iluminação e o palco instalados. Faz mentalmente todos os trajetos, da casa até o camarim e vice-versa. Passa pelas mesas onde os convidados vão estar dispostos entre o jardim e a piscina.

Testa os seus movimentos e as brincadeiras com o público. Repassa a primeira música na cabeça.

Sem mexer um músculo, sente a transpiração lhe incomodar. Esfrega as mãos contra a calça e se levanta. Começa uma série de exercícios de concentração e de voz ao mesmo tempo que diz para si mesmo que são apenas três canções para um público de duzentas pessoas. Ele sempre fez muito mais do que isso e para muito mais gente. Não haveria nenhum problema em subir no palco.

Certo?

O aperto no peito que dificulta a sua respiração e a voz que oscila não lhe dão certeza alguma.

Os rostos amáveis e sorridentes do público começam a se transformar. Em poucos minutos, a sua imaginação cria monstros estranhos e abomináveis. Alguns têm o rosto deformado da mãe dele. Todos o encaram com o mesmo olhar cheio de raiva e desprezo.

As mãos se tornam trêmulas e o coração acelera.

Um novo bip e ele volta a olhar para a tela do celular.

> **Hana:** *Os convidados começaram a chegar.*

Levanta-se para afastar as imagens cada vez mais grotescas.

Veste o terno sem pressa.

Vai para o *closet* e abre uma gaveta onde estão vários relógios. Pega um. Olha para outro. Tamborila a madeira do armário. Opta pelo menor e mais simples.

Desce as escadas. Para no meio. Arrasta as pantufas até a entrada e calça os sapatos. Coloca um casaco pesado sobre os ombros, pega as chaves do carro e vai para o estacionamento.

Leva a mão sobre o peito. Os batimentos continuam acelerados e ele se pergunta se não deveria ter tomado um dos remédios recomendados pelo médico.

— Você está atrasado.

— O que faz aqui, senhor Kim?

— A sua mãe mandou buscá-lo. — O agente descruza os braços e vai até o local do motorista.

— Ela acha que não vou aparecer?

Kim apenas concorda e entra no veículo.

— Eu deveria, não? — Keun-Suk coloca o cinto de segurança. — Sumir para nunca mais voltar.

— Do jeito que fala, parece que detesta a sua vida. Algumas pessoas matariam para ser o que você é e ter o que têm.

Abaixa levemente a cabeça com um sorriso de canto.

— Muito obrigado por me fazer sentir ainda mais culpado.

— Sabe o que acho? — Kim olha pelo retrovisor e faz uma curva. O cantor não responde e permanece olhando para a janela. — Que você culpa a sua mãe por toda essa pressão, mas nunca disse não a nada. Como saber o que realmente você quer? Quando foi que brigou por alguma ideia ou projeto?

— E isso adiantaria? — Ele permanece com o olhar perdido. — Qualquer que seja a minha ideia ou sugestão, ela vai ser reprovada. Lembra do curso de inglês na Escócia? Das férias na França? Ou, ainda, quando tentei namorar uma moça que não era uma celebridade? Para o bem da minha carreira, aceitei todos os "nãos" da minha querida mãe.

— Você não é mais um menino. Pode começar a lutar pelo que quer.

— Pedi para que essa festa fosse algo pequeno, não pedi?

— Pediu.

— Adiantou?

Kim para em um sinal vermelho.

— Sinto muito.

Keun-Suk afrouxa o nó da gravata e puxa o ar com força.

— Dificuldade para respirar? — Ele liga o pisca-pisca e entra à esquerda em uma rua bem iluminada.

— Dificuldade para viver — murmura.

Alguns minutos depois, o carro é estacionado e eles descem.

Kim olha para o relógio.

— Faltam dez minutos para a sua apresentação. A maquiadora e a sua mãe devem estar histéricas.

— A maquiadora pode ser, mas mamãe não acredito. Ela sabe que viria.

— Por quê?

— Como você disse, eu preciso saber o que quero antes de mudar de vida. Se é que quero mudar.

Dá um tapinha nas costas do empresário, coloca as mãos nos bolsos da calça e segue dois seguranças até o camarim improvisado em uma tenda no jardim.

Para ao ver a mãe cumprimentando os convidados, com um vestido assinado por uma grande grife francesa, cercada por luzes, flores, velas e muitos desconhecidos, que a bajulam como se fosse uma grande estrela, está no seu elemento. Parece feliz.

Será?

Ela vira a cabeça e vê o filho. O rosto se ilumina com um sorriso amplo. Magnético, hipnótico, poderoso. Por causa dele, o cantor não consegue se livrar das suas amarras. É apenas nesses momentos, onde ela se vangloria de ser a mãe de uma celebridade, que ele parece merecer essa atenção. A migalha aquece o seu coração e, mais uma vez, retribui o sorriso. Hana acena ao ver Min-Ah se aproximar. O encanto se quebra e ele se lembra de uma das frases preferidas da mãe: "O excesso de amor pode transformar homens em seres patéticos. Eu fiz um favor a você".

Keun tem a impressão de ter uma pedra na garganta e, com dificuldade, engole em seco.

Min-Ah e outros rostos se viram na sua direção.

O seu coração acelera novamente.

Dezenas de olhares o observam.

Escuta cochichos e risinhos. Algumas moças mais excitadas soltam gritinhos e acenam freneticamente.

Abaixa a cabeça e acelera o passo atrás dos seguranças.

As mãos estão trêmulas de novo. Os monstros voltam a surgir cada vez que pisca os olhos. A respiração fica ofegante. Afrouxa ainda mais a gravata e abre um botão da gola da camisa. Não é suficiente. Vê os rostos monstruosos se aproximarem. Nos seus olhos imensos e vermelhos, o reflexo de um menino apavorado. Encontra-se diante do seu maior medo: o olhar dos outros. O coração dispara, a boca fica seca. O seu estômago vira pelo avesso e ele sente que todo o seu corpo vai se desmanchar.

Olha para o palco que parece estar sobre um barco que afunda ou seria ele?

Procura uma saída, mas não encontra porta nenhuma diante do círculo que começa a se fechar sobre ele. Os monstros estão cada vez mais perto e agora tentam tocá-lo. As pernas perdem a firmeza...

Até que Keun titubeia para a frente e para trás, antes de cair pesadamente sobre um canteiro de flores.

O GRITO

N UA DIANTE DO ESPELHO DO banheiro, Sophie observa por um momento os círculos avermelhados e disformes cada vez maiores espalhados pelo corpo. Eles se descamam, coçam e deixam a pele áspera, inchada e desagradável ao toque. Se fosse verde, lembraria um réptil.

Não é à toa que Francis me chama de Duende...

Abre a pomada e espalha atrás da dobra de um dos joelhos e dos cotovelos, nas coxas, no pescoço e na orelha direita. Em seguida, corta as unhas bem curtas e as lixa com cuidado. Precisa resistir à tentação de coçar para evitar infecções e o agravamento da doença. Está com problemas demais e não poderia se dar ao luxo de perder tempo em um hospital. Toma o imunodepressor.

— O estresse aumenta a crise e a crise desencadeia o estresse.

Repete em voz alta as palavras do doutor Pinet e a resposta irônica que ela lhe deu:

— Como evitar o estresse nos dias de hoje?

— Dando importância ao que realmente importa.

— Ele deveria ser um monge budista e não um médico...

Guarda os remédios.

Lava as mãos com um sabonete neutro e passa um creme antirrugas.

Veste um pijama e ouve o barulho de um carro que se aproxima.

Vai até a janela. O céu permanece nublado. Cinza triste, azul-escuro e vermelho sanguíneo criam curvas aleatórias. O fim de tarde tem a mesma atmosfera pesada de "O Grito", de Edvard Munch. O vidro reflete um rosto emagrecido e os olhos grandes parecem ainda maiores. Nesse momento, Sophie é a própria angústia representada na obra do pintor norueguês. A respiração cria um vapor contra a superfície lisa e transparente. Com a mão, distorce ainda mais a imagem. Algumas verdades são difíceis de serem percebidas, mesmo quando surgem diante dos olhos.

Volta para a penteadeira. Desembaraça os fios escuros, longos demais, com pontas duplas. Não se lembra quando foi ao cabeleireiro.

Ouve as chaves na porta.

— Sophie! — Francis grita. — Meu Duende!

Ela fecha os olhos. Talvez isso lhe ajude a ver melhor o que se passa no seu interior estranhamente silencioso e triste.

— Sophie! Onde você está?

Ouve algumas portas sendo abertas e depois os passos pesados sobre os degraus. Veste o roupão. Sorri, mais por hábito que por vontade, ao ver o marido entrar no quarto.

— Eu consegui!

Ele a abraça. A gira no ar por um momento e lhe dá um beijo rápido. Sophie levanta a mão e toca os lábios. Fecha o roupão com as duas mãos e se afasta.

— Quanta euforia! — Pega o casaco dele e vai até o *closet* para pendurá-lo. — O que houve?

— Eu consegui a promoção, meu Duende! Vamos para a *Réunion*! — Francis se senta na poltrona e tira os sapatos.

Sophie fica paralisada com o cabide e o casaco nas mãos.

— Você ouviu? Finalmente consegui a promoção! — Espicha o pescoço e aumenta o volume da voz. — Vamos para a *Réunion*! — repete.

Sophie volta para o quarto ainda com o casaco nos braços.

— Ouvi, mas não entendi. — Joga o casaco em cima do sofá e se senta na cama com a impressão de que pesa uma tonelada.

— Fui promovido, vamos mudar daqui em breve. — Ele se levanta, tira a gravata e o paletó e leva os sapatos para o armário.

— Mudar? — Sophie tem a nítida impressão de que o quarto gira. — E a escola?

Ele volta para o quarto com roupas mais confortáveis e pendura o casaco na frente de uma janela.

— Você não está com problemas para finalizar a obra? — Encara Sophie e ela confirma com um movimento de cabeça.

Senta-se ao seu lado.

— Vou ter um posto muito melhor, com um salário maior e inúmeras vantagens. — Faz um carinho nos cabelos dela. — Você vai poder fechar a escola, meu Duende.

A frase entra no seu peito como um punhal afiado. Lentamente, corta músculos, destrói ossos, quebra ilusões. Sophie treme da cabeça aos pés.

— Eu sei que brigou muito para conseguir isso, mas por que não podemos permanecer aqui? E o cargo em Marselha? — Ela se levanta e cruza os braços. — Não posso fechar a escola, assim do dia para a noite. — Sente uma bola de fogo começar a se formar no estômago.

— A escola não é tão importante assim...

Nova punhalada.

— Você não pode estar falando sério!

Francis olha para a esposa e limpa a garganta.

— Desculpe, não foi isso o que quis dizer. — Levanta uma mão e fecha os olhos por um instante. — Os seus pais não estão mais aqui e permanecer na fazenda lhe faz mal, Sophie. — Ele se aproxima e a segura pelos ombros com firmeza. — Vender a fazenda é a melhor opção e, caso você queira, pode montar uma estrutura similar ao INFE na ilha.

— Mas essa ilha fica muito longe! Precisamos de um avião para chegar lá...

— Os seus alunos são todos estrangeiros e precisam de um avião para chegar aqui. Não seja ridícula, Sophie...

Sophie dá às costas ao marido para não ver o riso irônico dele.

— A sua ex-esposa e seus dois filhos moram lá.

Ele a vira para ele com um sorriso terno.

— Você não precisa ter nenhum receio em relação a isso. — Toca no nariz dela com a ponta de um dedo. — O meu primeiro casamento acabou há muito tempo e, em contrapartida, os meus pais também moram na ilha. Vai ser bom contar com eles, principalmente quando o novo netinho chegar. Acho que isso é o suficiente para superar esse medo tolo, não?

Ela se afasta novamente e olha pela janela. A coceira no pescoço volta a incomodá-la. Mexe os ombros.

Encara o marido.

— Você deveria ter conversado comigo antes de aceitar a promoção.

— O meu salário vai triplicar e eu vou estar perto da minha família em um local que amo. Onde está o problema?

— Na pessoa do verbo.

— O quê?

— Não existe "nós" nos seus planos, apenas "eu". Tem certeza de que esse é mesmo o melhor momento para ter um filho?

— Você tem razão. Talvez esse não seja o melhor momento para uma criança. Podemos esperar mais um pouco. Esperamos até agora. — Ele retira o relógio do pulso e vai até o armário. — Você preferiu terminar o mestrado e se concentrar na escola. Quando estiver pronta, podemos pensar nisso com mais seriedade.

Sophie olha para o chão, para a cama e o teto. Passa a mão nos cabelos e solta um riso nervoso diante da nova coincidência. Quando o assunto do filho surge, Francis desaparece.

— Vou pensar no assunto — diz com um aperto no peito.

— Não há o que pensar, embarcamos em um mês.

MUDANÇA

S OPHIE ACORDA COM UMA MÃO sobre o seu quadril. A respiração de Francis se aproxima da sua orelha. Ele pede desculpas por não ter avisado com antecedência que ficaria mais alguns dias em Montreal.

Abre os olhos e se vira.

— Esse pedido de desculpas chegou meio tarde, não acha?

Ele passa uma mão sobre os cabelos dela.

— Nunca é tarde para se desculpar. — Sorri e se aproxima para um beijo.

Sophie vira o rosto, levanta a coberta e se senta.

— Dor de cabeça?

— Eu nunca precisei desse tipo de desculpa cretina. Não estou interessada. — Olha para o marido. — A conversa de ontem não terminou e você age como se nada tivesse acontecido?

Francis se senta.

— Como assim, não terminou? O que você não entendeu?

Sophie vai até a janela, abre o vidro e as proteções de madeira. Precisa urgentemente de ar fresco para voltar a respirar.

— Ei! — ele reclama com a mão sobre os olhos. — Está muito cedo e frio. Feche isso! Vai pegar uma gripe!

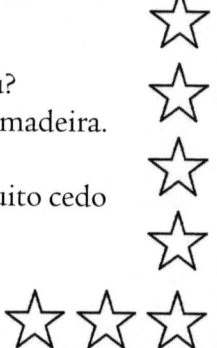

Ela fecha a janela de vidro, pega o roupão, veste sobre o pijama e o amarra com força.

— Você não pensa mesmo que fechar a escola que os meus pais construíram é algo tão simples, que posso resolver em alguns minutos?

Francis bate as mãos na cama.

— A escola faliu, Sophie! Não temos dinheiro para terminar a obra. — Suspira e a encara. — A sua mãe nunca teve coragem para fazer uma reforma desse porte. Ela tinha experiência e sabia das dificuldades da empreitada em um prédio antigo como esse. Ela lhe contou as complicações para colocar essa fazenda de pé de novo, não?

— Eu sei de tudo isso, Francis. — A voz dela falha. — E com o empréstimo que os meus pais fizeram anos atrás para comprar a fazenda e que precisei assumir, não consegui nenhum outro.

— Eu sempre fui contra a reforma...

— Mas eu tinha que fazer isso, Francis. Esse era o sonho da mamãe! Francis afasta a coberta e se levanta.

— A sua mãe está morta e enterrada! — Aponta para o lado de fora. — Não é ela quem vai pagar essa obra infernal!

Sophie ouve cada palavra como se recebesse um tapa na cara. Sente o rosto ficar em chamas e o coração acelerar. Fecha os punhos e aumenta a distância entre ela e o marido. Vira-se de costas para controlar a ânsia de estapeá-lo e ouve um palavrão.

Francis se aproxima e faz um carinho nos ombros da esposa.

— Desculpe.

Ela se afasta.

— Se não achar nenhum banco, o que vai fazer?

— Não sei. — Encara o marido. — Mas não é por isso que vou fazer as malas e me esconder em uma ilha vizinha de Madagascar! — Levanta as mãos. — E você sugere que eu abra uma escola para ensinar francês para estrangeiros? No meio do oceano Índico?! Deve estar brincando, não?

— Não, não estou brincando. — Francis passa a mão na barba por fazer e usa um tom de voz mais cordial. — Não tenho outra opção.

Sophie começa a arrumar a cama. Precisa se mexer ou vai quebrar alguma coisa.

— Os meus pais decidiram todas as mudanças na minha vida. Primeiro, saíram do Rio de Janeiro onde se conheceram e foram para Brasília trabalhar na Escola Francesa. — Puxa o lençol com força e levanta o colchão. — Depois, foram para a Argentina e em seguida para os Estados Unidos. — Dá a volta na cama e puxa o lençol do outro lado. — Eu estava no segundo grau quando decidiram vir para cá. — Joga as almofadas com força em cima do edredom.

— Não seja tola. — Francis abre a torneira, pega a escova de dentes e espreme a pasta de qualquer jeito. — Era uma criança, claro que os seus pais iriam tomar todas as decisões por você — diz com a boca cheia de espuma.

— Eu não era mais uma criança quando chegamos aqui! — Sophie fecha os punhos trêmulos. — Ninguém nunca me perguntou o que eu achava da ideia. Pela primeira vez tinha amigos, um namorado, raízes. — Seca uma lágrima. — Bastou um avião, algumas horas de voo e "puf"! — Fecha e abre os dedos. — Não havia mais nada. E agora você quer que eu feche a escola, venda a casa e me mude?! Sem saber o que penso sobre tudo isso? De novo?!

Francis começa a fazer a barba.

— Você é a minha esposa, é óbvio que quero que me acompanhe.

— Não, não é, e eu não quero me mudar agora! — Sai do quarto e desce as escadas correndo.

Sophie abre as portas-balcão do grande salão. Anda de um lado para o outro com os braços cruzados contra o peito. Afasta-se para um canto ao ouvir os passos morosos do marido chegarem até ela e uma onda de irritação profunda lhe atinge da cabeça aos pés.

— O meu trabalho é importante, Sophie — diz ainda com espuma de barbear no rosto.

— O meu também! — Ela fecha a boca com medo de que o coração escape a qualquer momento. — Fechar a escola? Mudar? Simples assim?!

O ruído agudo de uma serra invade o local e faz Sophie se arrepiar como um gato pronto para arranhar e morder o adversário.

— E a obra? — Aponta para o lado de fora.

— Se for preciso, paramos tudo e alugamos apenas a casa principal da fazenda. — Francis dá de ombros. — Terminamos quando pudermos. Mas a melhor solução é vender a propriedade.

Sophie sente a temperatura do seu corpo aumentar, como se todas as suas células se chocassem umas às outras gerando um calor infernal, e imagina o que faria a Francis se a serra estivesse na sua mão nesse momento.

— Por que não vai sozinho?

— Pensei que quisesse ter um filho...

Sophie percebe uma ponta de ironia na voz do marido, levanta o queixo e rebate:

— Você diz que eu não quis engravidar para terminar o mestrado e cuidar da escola. Mas você também nunca insistiu. — Levanta um dedo como se lembrasse de alguma coisa. — Parecia aliviado quando eu mudava de assunto, isso, quando não estava viajando, e agora decidiu finalmente ter um filho?

Francis suspira.

— Quando penso em passar novas noites sem dormir...

Sophie franze as sobrancelhas.

— Como assim?

Observa o marido e, pela primeira vez, se pergunta se realmente ele quer ter outros filhos, como sempre afirmou. Afinal, foi ele que incentivou para que procurasse um médico quando a gravidez não acontecia.

— Escute, Sophie. Esse não é o problema. Mudamos e depois estudamos melhor essa questão. — Vai até a escada e começa a subir os degraus.

Sophie levanta a voz.

— Vai fugir de novo?!

— Eu não terminei de fazer a barba...

— Você não pode me impor uma mudança dessas! — Pega um vaso e o arremessa contra a parede.

Francis para, olha para os cacos de vidro espalhados pelo chão e balança a cabeça negativamente.

— Você está com medo, por isso eu não posso esperar que decida pegar um avião sozinha. — Olha para ela. — Nós sabemos que isso nunca vai acontecer. — Volta a subir. — Infelizmente, não há outro jeito: resolva a questão da escola rapidamente. Você vem comigo.

Sophie sente todo o seu corpo tremer. Passa as mãos pelo rosto e fecha os olhos ao ouvir uma britadeira começar uma batucada histérica. Entre uma pausa e outra, ouve o marido gritar que tem uma reunião em Paris:

— Viajo essa noite!

CRETINO MENTIROSO!

Sophie se agarra à rotina. Tem que se manter em movimento ou vai afundar a qualquer momento.

Faz um anúncio para vender o carro e vai até a obra.

Olha para a divisória de gesso que separa a futura suíte da sala de banho.

Não pode deixar espaço para o vazio. O vazio leva ao ócio, ao pensamento e às perguntas sem respostas.

Tenta imaginar o novo quarto pronto, mas a discussão com o marido surge como um filme projetado na parede branca.

Ela sabia que ele brigava por uma promoção, mas em momento algum mencionou que isso poderia mudar radicalmente a vida deles. A vida dela.

Enterra as unhas contra as palmas das mãos. Tenta fazer essa dor esquecer a outra, mais profunda que a dilacera por dentro. *Por que tem esse estranho sentimento acorrentado à sua memória? Conseguiria se perdoar? Perdoar pelo quê? Por que se sentia culpada de algo que não conseguia se lembrar?* Como se a Sophie de hoje fosse uma desconhecida. Alguém que ocupou o seu corpo e a sua mente e a fez se esquecer de quem é de verdade. Uma versão pior e covarde dela mesma. Uma impostora.

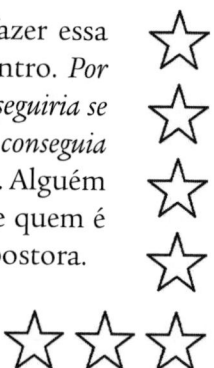

— A senhora está bem? — Luís a toca no braço, mas retira a mão rapidamente e a passa pela camisa.

Sophie percebe o movimento pelo canto dos olhos. Viu em Luís o mesmo receio que aprendeu a reconhecer. As pessoas tinham medo de que as manchas disformes fossem contagiosas. Não eram. Não sabe o que faria se fosse o contrário. Talvez já estivesse morta.

O pedreiro limpa a garganta com um barulho alto e Sophie o encara.

— Sim, estou bem. E, Luís, não se preocupe. — Mostra a mão. — Não é contagioso.

Concentra-se e tenta imaginar aquele caos de pedaços de madeira, placas de gesso, cabos e fios aparentes como um lugar agradável.

Conta alguns passos e encara Luís.

— O quarto não ficou menor do que prevê o projeto?

O chefe da obra coça a nuca.

— Os rapazes seguiram as orientações. — Aponta para uma folha de papel colada contra o muro descascado.

Sophie se aproxima. Algumas linhas estão apagadas e rabiscos com informações sobre os materiais cobrem um pedaço da folha de papel.

— Hummm... Ainda acho que há algo errado.

Começa a andar pelo espaço coberto de poeira. Espirra algumas vezes e passa a mão sobre o rosto.

— Vou colocar uma cama de casal aqui. — Mostra com as mãos. — Não lhe parece muito pequeno para isso?

Luís olha para o local indicado e depois para a planta.

— Posso dar uma olhada no projeto original?

— Vou buscá-lo.

Ela sai com passos acelerados e o receio crescente de que realmente há algo errado com o projeto.

E isso só pode significar mais dinheiro, atraso e aborrecimento... MERDA!

Os pés escorregam na lama. Recupera o equilíbrio, para e olha para o prédio. Finalmente ela realiza o sonho da mãe. O velho estábulo transformado em depósito e garagens pelo antigo proprietário ganha nova vida como o anexo da escola. Sorri ao imaginar as suítes modernas; cada uma com a sua entrada independente e a cozinha aberta para o salão amplo e iluminado por várias portas-balcão que funcionaria como sala de aula com vista para o futuro jardim florido.

— Vai ficar bonito, não, mamãe?

"Claro que vai, filha!"

— Usei todas as economias da escola para fazer o necessário...

"Não precisava ter se sacrificado, mas o resultado vai valer a pena."

— Você tinha razão em me trazer aqui quase todos os dias para me dizer o que pretendia fazer com esse espaço morto. Estou seguindo as suas ideias à risca.

"Eu sempre tenho razão! Sou sua mãe, afinal de contas!"

— Claro, você sempre tem razão.

Enxuga uma lágrima e continua até a casa principal. Retira e deixa as botinas sujas de lama na soleira da porta e vai até o escritório. Olha para o longo sofá embaixo da grande janela, o antigo armário provençal decorado em marchetaria e as estantes que cobrem duas paredes. Tira alguns livros do lugar. Mexe em nichos. Abre pastas etiquetadas como "Documentos da Casa". Acha os impostos, contas de água, manuais do carro e dos eletrodomésticos ainda lacrados e até a certidão de casamento. Observa o documento.

— Fizemos aniversário de seis anos ontem?

Deixa cair a mão. Fica na mesma posição por longos minutos. Tenta escutar o que diz o seu coração, mas ele permanece mudo, em um silêncio constrangedor, como se tivesse vergonha de dizer em alto e bom som o que não queria ouvir.

Guarda tudo sem muito cuidado.

Volta a atenção para o armário, mas se lembra de que a última reunião com o arquiteto foi na grande mesa do escritório de Francis. Atravessa o corredor, o salão e entra. Abaixa-se e retira as pastas verde do *buffet*. Arrepende-se de não ter etiquetado o projeto. Em uma delas, encontra exames e detalhes médicos.

— Francis Eduard George Favre...

A voz fica trêmula.

— Nascido em 1979...

Para.

— Não é possível...

Fecha os olhos, os reabre e volta a ler.

— Vasectomia...

Começa a transpirar abundantemente.

— A reversão da operação não foi bem-sucedida. O paciente continua estéril.

As mãos ficam geladas e o seu coração tamborila desgovernado no peito. O escritório fica pequeno e começa a girar. Vai até a janela e a abre. O ar frio agride a sua pele e ela sente os olhos arderem.

Tenta liberar o seu peito do peso que o oprime com um grito:

— VASECTOMIA?!

No minuto seguinte, tem a impressão de que todo o seu sangue subiu para a cabeça. Ouve um zumbido.

Procura o celular.

"Não pode ser verdade, ele não faria isso..."

— *Sophie, ligo para você mais tarde, estou...*

— Você vai me responder AGORA! — grita no viva-voz.

— *Ei, calma, o que houve?*

— Diga que não é verdade...

— *O quê? O que aconteceu?*

— Você fez uma vasectomia?!

Silêncio.

— Francis, me diga que não mentiu para mim durante todos esses anos...

— *Sophie, conversamos sobre isso quando eu voltar* — sussurra.

— CRETINO MENTIROSO!

Ouve o barulho de uma cadeira sendo arrastada e de passos que se afastam de vozes.

— *Sophie, por favor, não é o momento. Eu vou explicar tudo. Você vai entender, meu Duende. Agora eu preciso ir.*

— Não me chame de "DUENDE"! — berra.

Ouve o bip regular da chamada interrompida.

— Espere! Você não pode desligar! FRANCIS!

Sophie grita mais algumas vezes enquanto ouve o som do fim da ligação. Permanece parada com o celular na mão. Tem a impressão de que o chão virou areia movediça e, aos poucos, começa a afundar. Não, não foi o chão que virou areia, foi ela mesma que começou a se desmanchar até desabar completamente sobre o tapete.

DECISÃO

S OPHIE RECOBRA A CONSCIÊNCIA NO fim da tarde com a estranha impressão de viver um sonho bizarro. A realidade que conhece aparece distorcida pelas sombras estranhas que dançam através da janela e transformam o agradável ambiente de trabalho em um local fantasmagórico.

Todos os seus músculos doem.

Levanta-se devagar.

O seu crânio parece estar em uma prensa.

Apoia-se pelos móveis e paredes.

Titubeia e chega ao banheiro. Vomita. Lava o rosto.

Vai até a cozinha. Toma um comprimido.

Chega no salão.

Anda pelos tapetes confortáveis e para diante de pôsteres envidraçados, grandes como janelas de um mundo que nunca vai conhecer. Observa por um longo momento os templos asiáticos, as auroras boreais, as estepes na Mongólia. Paisagens que mostram imensos espaços abertos e com infinitas possibilidades para quem não tem medo de avião.

Deixa o corpo cair no sofá.

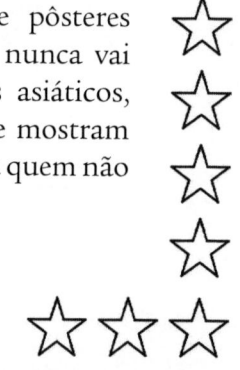

O teto gira.

Empurra o lábio inferior para a frente e morde o superior.

As pálpebras pesam.

As horas passam lentamente enquanto tenta colocar um mínimo de ordem no que poderia, no que deveria, no que gostaria de fazer naquela situação esdrúxula. Só tem uma resposta para as três questões: confrontar o Francis o quanto antes.

Sophie abandona a esperança de que a enxaqueca passaria com algumas horas de descanso e se levanta trôpega.

Engole um segundo comprimido.

Vai até o computador. As letras dançam na tela. Fecha e reabre os olhos algumas vezes enquanto um arco de triângulos brilhantes pisca do lado esquerdo da visão. Tem que agir rápido. Procura o site do TGV[2]. Dá um murro na mesa ao descobrir que os funcionários estão em greve. Apenas um em cada cinco trens vai sair da estação.

— Mas que MERDA!

Coça as mãos e a cabeça.

Levanta-se, dá algumas voltas pelo escritório.

Abre a porta-balcão, que dá para a varanda com vista para o pomar onde macieiras, pereiras, figueiras e cerejeiras se balançam levemente. Deixa o vento refrescar o ambiente.

A dor aguda pulsa e embaralha as decisões.

Volta a se sentar.

Abre o site do aeroporto. As mãos ficam úmidas e o ar falta apenas ao pensar em tirar os pés do chão. Espera o coração voltar ao ritmo normal. Não, não seria possível entrar em um avião apesar da urgência da situação.

Ir de carro?

De *Aix-en-Provence* para Paris são setecentos quilômetros e ela não tem muita experiência com a autoestrada.

Péssima ideia.

Deixa a cabeça cair contra o teclado.

Levanta o rosto.

Passa a mão sobre a nuca.

---

2   TGV: sigla para *Train à Grand Vitesse* ou trem com grande velocidade que circula pelo território francês.

Volta a clicar no site da SNCF[3].

Compra um bilhete para o primeiro trem que encontra disponível para a capital.

Desliga o computador, fecha a casa e sai com a roupa do corpo para a estação.

---

3   SNCF: a *Société Nationale des Chemins de Fer* é a empresa francesa que gerencia a rede ferroviária no país.

GLOSSOFOBIA

O DOUTOR JANG ESTÁ COM OS cotovelos apoiados nos encostos da poltrona em couro. As mãos passam vagarosamente uma página atrás da outra. Os olhos amendoados por trás dos óculos analisam sem pressa os resultados dos últimos exames de Keun-Suk.

Sentado na frente dele, Kim destrói as unhas com os dentes.

— Como ele está?

O médico espera mais alguns minutos antes de responder sem levantar o rosto:

— O senhor o viu?

— A enfermeira me informou para passar aqui primeiro. — Kim descruza e cruza as pernas novamente.

Jang coloca os exames sobre a mesa e retira os óculos sem aro.

— Quando foi que ele parou de tomar os remédios?

— Sinceramente, não sei... — O empresário abaixa a cabeça.

— Ele não vem às sessões da terapia comportamental há meses. Pelo menos fez algum dos cursos que indiquei?

Kim baixa o tom de voz:

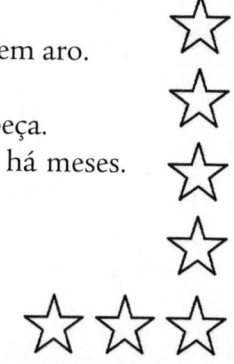

— Fez alguns, parou outros na metade. — Faz um bico e coloca as mãos espalmadas uma contra a outra entre as coxas. — Ele não tem muito tempo...

— O senhor se lembra do que expliquei sobre a glossofobia?

Kim concorda com a cabeça.

— É o medo anormal e excessivo de falar em público.

— É tudo o que lembra?

Kim olha para o chão.

— A minha memória não é muito boa...

O médico se levanta e se senta na ponta da mesa em frente ao empresário.

— Esse medo absurdo e exagerado de falar em público, chamado glossofobia, causa reações intensas em três planos distintos: o físico, o cognitivo e o comportamental.

Kim franze o nariz.

O médico não se desmonta e continua com um tom de voz tranquilo:

— Os sintomas físicos são os primeiros que aparecem e podem ser extremamente desconfortáveis. — Aponta para o empresário. — O senhor viu alguns: vômitos, sudorese, dores de cabeça e estômago. No plano cognitivo, aumentam os pensamentos negativos em relação à atividade, nesse caso, falar em público. — Faz um círculo com um dedo. — Um alimenta o outro. Quando ambos não podem ser evitados, aparecem as mudanças no comportamento. Bloqueios, como gagueiras ou perda da voz, paralisia e finalmente a fuga.

— Fuga?!

— O único objetivo do indivíduo é escapar do desconforto. Uma pessoa com glossofobia vai fazer o impossível para evitar falar em público, independentemente das consequências que isso possa causar.

Kim se mexe na cadeira, como se ela tivesse espinhos.

— Mas, doutor, ele é um cantor desde o último ano do primário!

— Cantores estão sujeitos ao problema como qualquer pessoa e passar pela adolescência com uma pressão dessas pode ter contribuído para o transtorno.

— Ainda não entendo. Como pode ter ficado doente de uma hora para outra?

O médico vai até a porta e pede para que o empresário o siga. Kim se levanta rapidamente, pega o casaco e deixa o consultório.

— Não foi de uma hora para outra. Esse tipo de problema não surge em um estalar de dedos.

Um residente para o doutor Jang e lhe faz uma pergunta sobre um paciente. Ao ouvir a resposta, agradece e segue o seu caminho.

Jang volta a andar e continua a explicação:

— Keun-suk ainda não tem consciência do gatilho que causou o distúrbio. Pode ter sido uma experiência vivida por ele ou outra pessoa durante a sua infância ou até mais tarde. — O médico para e aciona o elevador. — Sem conhecer a origem do medo, não é possível combatê-lo. Ele se torna persistente e pode durar muito tempo. Muito tempo mesmo.

Eles saem do elevador, atravessam um corredor e chegam a um quarto amplo e iluminado. O médico bate na porta e a abre.

Keun está sentado. Uma enfermeira verifica a sua temperatura. Ela faz uma reverência e sai.

— Como se sente?

O cantor vira o rosto para a janela. Os seus dedos destroem sistematicamente as cutículas.

— Envergonhado.

— Não é uma boa resposta.

— Existe uma boa resposta, doutor Jang? — Abaixa os olhos.

— Sempre existe, você só precisa encontrá-la.

A porta se abre com ímpeto e a mãe de Keun entra. Ela faz uma reverência rápida ao ver o médico e o empresário. Aproxima-se da cama e pega na mão do filho. Keun a retira imediatamente.

— O que vamos fazer, doutor? — Hana indaga.

— O seu filho deve se concentrar no tratamento cognitivo comportamental para controlar a ansiedade. Só assim vai superar a fobia. — Jang faz uma pausa. — Ele deve permanecer na clínica, senhora Lee. — Aproxima-se da mãe do jovem. — E, dessa vez, precisa se afastar do público.

Hana arregala os olhos.

— Quanto tempo?

— É difícil avaliar, mas, pelo menos, dois meses. Talvez mais...

Ela aperta o lençol da cama e encara o médico.

— Doutor Jang, o que sugere que eu diga aos jornalistas que estão do lado de fora? — Aponta com o queixo.

— Se for preciso, eu mesmo explico o problema. — Ele coloca as mãos nos bolsos do jaleco.

Hana começa a tocar no colar de pérolas e se coloca na frente do médico.

— Acha mesmo que vou permitir que faça uma entrevista?! — Ela faz não com um dedo. — O senhor não vai dizer aos jornalistas que o meu filho está doente. — Começa a andar de um lado para o outro do quarto. — Ele teve apenas uma indisposição.

— Senhora Lee... — O médico se aproxima, retira as mãos dos bolsos e baixa a voz: — Nesse momento, o meu paciente precisa realmente se concentrar na sua saúde. Se ele não estiver pronto para recomeçar o tratamento imediatamente, poderia ir para algum lugar distante onde não seja conhecido. As reações físicas que está tendo são muito violentas e podem ficar ainda piores. Isso seria muito... perigoso.

— Mãe, por favor, o doutor Jang tem razão. Eu estou exausto. Alguns meses de descanso me fariam bem.

Ela se vira para o rapaz, que se ajeita na cama com dificuldade. Kim vai ajudá-lo.

— Meses?! — Olha para Kim com olhos do tamanho de um pires. — E os compromissos agendados?

— Podemos conversar com as produtoras. Encontrar um meio-termo — responde o empresário.

Volta a encarar o filho.

— E a música?

— Não me incomoda o trabalho no estúdio — Keun conclui.

— Mas e o palco? E os encontros com os fãs? — Ela esfrega uma mão na outra.

O médico observa longamente a mãe do rapaz.

— A senhora participa dos shows? — Jang pergunta.

— Nos primeiros estava sempre presente, mas o meu filho e o senhor Kim decidiram mudar isso esse ano. — Ela cruza os braços sobre o peito. — Parece que a minha pessoa não é bem-vinda nos bastidores. — Faz um bico.

— A senhora causou alguns probleminhas... — Kim interfere com um sorriso sem graça.

— Eu só queria ajudar os profissionais incompetentes que circulam como urubus em torno dele. — Faz um círculo com uma mão.

Jang dá mais um passo e fica ainda mais perto.

— E dos encontros com os fãs?

Um imenso sorriso se abre.

— São deliciosos! — Suspira. — Sempre faço um pequeno discurso de abertura antes que esse ingrato agradeça ao carinho que recebe. — Levanta o rosto em direção ao médico. — Mas não estamos aqui para falar de mim. Quando o meu filho pode sair da clínica?

— A senhora não está de acordo para que ele recomece o tratamento?

— Claro que não! — Ela pega a bolsa e o casaco que jogou em cima de uma cadeira. — O meu filho não está doente e não precisa de médico nenhum. Eu vou falar com os jornalistas.

— O que vai dizer a eles, mãe?

— Que foi o estresse com os preparativos do casamento que o abateram por um momento, mas que, em breve, vai estar de volta aos palcos, às telas e aos fãs. — Ela sai do quarto e bate a porta atrás dela.

— Mãe! Mãe! — O grito de Keun encontra o vazio.

O doutor Jang olha para o cantor.

— Você é maior de idade, não precisa da autorização da sua mãe para nada.

— O que faria se estivesse no meu lugar?

O médico ri.

— Eu não estou no seu lugar. Mas, se estivesse, tentaria descobrir o que realmente é importante para mim.

O médico olha para Kim.

— Qual seria a consequência se ele desaparecesse por um tempo?

Kim pensa por um momento.

— Teria que rever alguns contratos, pagar eventuais multas, alterar algumas datas... — Levanta os olhos para o teto para tentar se lembrar dos compromissos assumidos.

— Nada de muito grave?

Kim balança a cabeça negativamente.

— Keun tem uma longa e sólida carreira. Não seriam alguns meses de ausência que o afastariam do público.

— A mãe dele não pensa assim...

— Não, por isso ele ainda não cumpriu o serviço militar.

O médico se aproxima da janela e observa a paisagem do lado de fora.

— Você não acha isso interessante, Keun-Suk?

— O quê, doutor Jang?

— Podemos reclamar todos os dias do frio, do vento, da neve e dos inconvenientes de usar muitos casacos, mas o inverno continua e vive o que tem que viver sem pressa. Isso vale para todas as estações. Nenhuma delas começa antes ou depois de estar pronta. — Sorri. — Elas respeitam o tempo.

O médico se aproxima da cama.

— Você floresceu rápido demais na estufa criada pela sua mãe. — Jang dá uns tapinhas na mão do rapaz e começa a se afastar em direção à porta. Ele para e olha para Keun. — Só você pode decidir se quer cortar o mal pela raiz.

O rapaz abaixa o rosto.

O médico abre a porta e conclui antes de sair:

— Escolher a semente, plantar no tempo certo, adubar, tratar, colher quando chega a hora. Um bom jardineiro conhece e respeita as mudas. Sem respeito, não há colheita, não há futuro.

QUEBRA-CABEÇAS

A CABEÇA DE SOPHIE LATEJA NO ritmo dos martelos que derrubam as velhas e robustas paredes do antigo depósito.

O trem foi cancelado.

Sem previsão de embarque, voltou para a fazenda.

Com luvas e vinagre, se movimenta em uma faxina como se estivesse em um campo de batalha. Precisa colocar as ideias em ordem.

Esfrega uma mesa com força e os dentes travados.

Tropeça no tapete e derruba os atiçadores da lareira. Uma imagem surge: o rosto colérico do seu pai em uma briga com Francis. Imediatamente tenta apagá-la. É uma das peças do quebra-cabeças que decidiu não montar. Algo nela a faz estremecer. *Uma lembrança dolorosa? Um arrependimento?* O que quer que seja, o seu corpo se recusa a trazer de volta para a luz algo enterrado na mais profunda obscuridade.

Levanta-se e arruma os atiçadores.

Um calafrio percorre a sua coluna.

Olha para um canto do salão. Podia jurar que havia uma planta ali.

Percorre o ambiente e, pela primeira vez, percebe que a coleção de louça da mãe, uma escultura e uma cadeira estão faltando.

Francis?!

A lembrança do marido a faz parar diante do computador.

Compra outro bilhete para a capital.

Manda uma mensagem para Ângela.

O seu coração pesa uma tonelada, mas tem a impressão de que os pés não tocam o chão. Sente que o corpo e o espírito se dissociaram. Enquanto os músculos agem com movimentos regidos por uma fúria que faz o seu sangue borbulhar, a sua alma se afastou envergonhada. Diminuída, doída, humilhada, se esconde no teto atrás de uma teia de aranha.

Sem saber como, chega até a cozinha. Engole mais um comprimido.

Olha para o pulso: tem duas hora e meia para pegar o novo trem.

Sobe as escadas saltando os degraus.

Toma um banho rápido e escova os dentes. Olha para o tubo espremido de qualquer jeito, as meias sujas no cesto, o vidro de perfume masculino e caro. Calcula quanto tempo levaria para esvaziá-lo no vaso sanitário.

Acelera os movimentos. Não há tempo para a nostalgia com o passado, nem mesquinharias com o presente. Ela precisa resolver o futuro.

Pega a primeira calcinha e sutiã que encontra. Sem se preocupar em arrumar o que caiu ou fechar as gavetas, vai até o armário. Puxa uma camisa branca. Franze a testa ao ver vários cabides vazios.

No nicho onde estão os pulôveres, pega o que está em cima da pilha e o veste sobre a camisa.

Abotoa o jeans.

Calça as botinas.

Desce correndo.

Confere a hora.

— Cadê você, Ângela?

Deixa a porta aberta e volta ao escritório. Pega alguns euros no cofre e o bilhete do TGV na impressora. Arruma tudo na bolsa.

Lança um novo olhar em direção aos ponteiros.

O seu coração continua acelerado e a sua alma, em prantos e presa à velha teia, vazia.

Os olhos encontram os porta-retratos com as fotos do casal.

Um gosto amargo chega à boca. A dor que atormenta a sua cabeça atinge os dentes. Trava o maxilar. Atira no chão as lembranças do casamento. Os cacos se espalham pelo assoalho em barulho estridente. Retira as fotos e as joga no fogo da lareira, uma por uma. O seu coração vibra. Ela volta a se sentir viva como não se sentia há anos.

— Sophie!

Ângela fica paralisada por um momento antes de correr.

— Você se cortou! — Temos que cuidar disso.

— Não se preocupe... — Toca no peito e mancha o pulôver.

— Tem certeza de que não está se precipitando?

— Precipitando? Ele mentiu durante anos! — Vacila e encosta uma mão sobre o espaldar de uma cadeira. — Uma vasectomia, Ângela! É abjeto. — Apaga a lareira com gestos bruscos.

Ângela sente o nó na garganta apertar.

— Eu nunca pensei que pudesse sentir tanta raiva de alguém. — Pega a sacola. — Vamos, a levo até a estação.

— Chamei um táxi.

Ângela nega com a cabeça.

— Você não está em condições de fazer isso sozinha, minha linda.

Sophie toca o ombro da amiga.

— Preciso de você aqui, Ângela. Anunciei o carro para prolongar o aluguel da "filial". — Entrega um envelope com os documentos e as chaves. — Por favor, fique de olho na obra e nos e-mails da escola.

— E se o trem for cancelado de novo?

— Refaço o que acabei de fazer: volto para casa e compro outro bilhete se não achar nenhum trem substituto que parta imediatamente.

O táxi chega.

Quando Sophie abre a porta, Ângela lhe mostra um cartão.

— Caso não haja trem para voltar ainda hoje, ligue para a minha sobrinha.

— Como vou reconhecê-la?

— Ela puxou a tia aqui. — Faz um movimento com a mão sobre o corpo curvilíneo. — Júlia é uma negra linda, sempre bem maquiada e mais alta do que eu e você.

Sophie desliza o cartão dentro do bolso, abraça Ângela e sai.

ESCOLHAS

OS DEDOS DE KEUN-SUK DESLIZAM sobre as fotos do desmaio no aniversário da mãe e na saída da clínica. Os títulos variam tanto quanto as especulações. Do cansaço depois da longa turnê, ao uso de drogas.

Joga o telefone em cima de uma almofada.

Deixa a cabeça cair para trás no encosto do sofá.

— Mamãe não conseguiu acalmar a mídia? Ela sempre conta vantagem de que tem muitos amigos jornalistas.

— As fotos vazaram, não pudemos fazer muita coisa. — Kim abre uma cerveja e joga uma latinha para Keun.

O cantor vai até a janela.

— O que sugere? Um porre? Ou que contemos a verdade?

— Não é hora para brincadeiras.

— O que acha que é brincadeira? O porre ou contar a verdade? Kim baixa a cabeça.

— Marquei uma coletiva.

— Para dizer o quê? Que tenho um problema psicológico? Que devo fazer um tratamento para voltar aos palcos? — Contorce os lábios. — Se é que quero voltar...

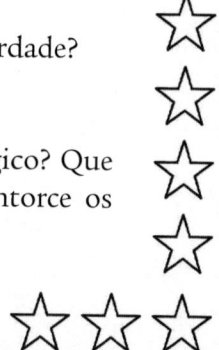

Kim bebe mais um gole e dá as costas para o rapaz.

— Vamos anunciar a data do seu casamento.

— Vamos o quê? — Caminha até o empresário. Não pode estar falando sério?!

O agente coloca uma mão no ombro do cantor, que se afasta como se levasse um choque.

— É a única saída. A sua mãe falou sobre o estresse dos preparativos quando estava na clínica, agora anunciamos a data. Min-Ah está de acordo. Ganhamos tempo. — Vai até o balcão e termina a cerveja.

Keun balança a cabeça de um lado para o outro.

— Não vou anunciar um casamento que não vai acontecer. — Abre as mãos como se mostrasse algo na sua frente. — Estamos nos afundando em mentiras. Temos que parar! — Aponta e bate no tórax. — Eu tenho que parar! — Amassa a latinha.

Kim observa o cantor massagear o peito, vai até o sofá e se senta com as pernas entreabertas.

— Sente-se... — ordena.

Keun encara o empresário.

— O que você quer fazer? Privatizar aquela pousada em *Jeju* (제주도) outra vez? — Kim pergunta.

— Para a minha mãe me encontrar em algumas horas?

— Você precisa ir para mais longe...

Os olhos de Keun se fecham em uma linha fina e ele se senta.

Kim tira quatro envelopes de cores diferentes do paletó e os coloca em cima da mesa de centro.

— Você diz que as roupas que veste, as pessoas que frequenta, as mulheres com quem sai, os locais aonde vai e até mesmo as refeições que faz são escolhidas por outras pessoas. Não é isso?

O rapaz lança um olhar para os envelopes.

Kim se levanta, abotoa o primeiro botão do paletó e faz uma rápida reverência.

— Qualquer que seja a sua escolha, vou apoiá-lo.

— E a minha mãe?

— Disse bem, ela é sua mãe, não é a minha. Eu sei como lidar com ela. — Sorri.

Keun acompanha o empresário deixar a sala e descer as escadas sem fazer barulho.

Retira os conteúdos dos envelopes.

No primeiro, encontra alguns milhares de dólares, dois cartões de crédito internacionais de bancos diferentes do habitual, uma confirmação de voo para o dia seguinte e uma reserva de hotel no Chile. Ri ao imaginar o senhor Kim pesquisando onde não seria conhecido. No segundo, um contrato para uma série com uma das atrizes mais cotadas do mercado e com quem sonha em contracenar. No terceiro, o endereço e o local onde aconteceria a coletiva de imprensa. No último, uma carta do doutor Jang com detalhes do tratamento que pode começar quando estiver pronto e o que deveria evitar enquanto isso.

Keun-Suk permanece parado diante da situação inédita. Pela primeira vez, tem opções, várias delas, e apenas ele vai decidir o que fazer.

Durante um bom tempo, o único barulho que pode ser ouvido na sala é o delicado tique-taque de um relógio *design* que enfeita uma das paredes.

Do lado de fora, as nuvens mudam de forma e lugar de acordo com os caprichos do vento. Keun vira o rosto e observa as figuras efêmeras que surgem e desaparecem em segundos como se existir não fosse uma opção. Sente uma ponta de inveja dessa leveza e sorri. Pela primeira vez, degusta a liberdade e descobre que gosta desse sabor.

— Agradeço a sua boa vontade, meu velho, mas nenhuma dessas sugestões servidas em uma bandeja de prata me interessa.

Um bip anuncia uma mensagem.

O rapaz faz uma careta. Pensa no agente, depois na mãe e, finalmente, as suas pupilas se dilatam. Aguarda ansiosamente por uma resposta.

Recupera o celular e toca na tela. Lá está ela: a porta que espera.

Abrir ou não, agora só depende dele.

PRESA DO OUTRO LADO DO ESPELHO

SOPHIE ACORDA ASSUSTADA. NÃO SABERIA dizer quando e como adormeceu. Tem a impressão de que o seu corpo desligou.

Passa a mão pelos cabelos assanhados e observa a luz do fim da tarde que faz brilhar os entalhes dourados do hall do hotel da rede onde o marido trabalha.

Francis não respondeu ao aviso sobre a sua chegada e muito menos aos telefonemas.

O sangue nas mãos coagulou. Os pequenos cortes incharam. Ignora a dor e aperta com força a alça da bolsa sobre o colo. Permanece sentada pelos longos minutos seguintes.

Um jovem elegante se aproxima. Sophie o encara com um sorriso que não chega aos olhos. Ele usa um corte de cabelos inspirado em algum galã do século XX e um terno risca-de-giz. Em uma plaquinha dourada na lapela, está o seu nome e as bandeirinhas que indicam as línguas faladas. O cheiro mentolado da água de colônia chega até Sophie.

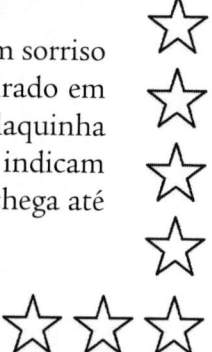

— *Madame* Favre, tem certeza de que não gostaria de ir até o quarto do senhor diretor? — Ele aponta para o elevador. — Posso providenciar um lanche. A senhora não comeu nada até o momento. — Abre um sorriso treinado, mas não consegue evitar o olhar de repugnância em direção das mãos de Sophie.

Sophie fecha o sorriso.

— Obrigada, Severin. — Nega com a cabeça.

— Não sabemos quando o diretor vai retornar, ele e Michelle foram para uma visita técnica em *Saint-Michel*.

Francis e Michelle...

Sophie estremece ao ver a cena que surge em sua mente e faz um esforço para afastá-la com um breve movimento com a cabeça.

— Você me disse... — encarou o jovem — algumas vezes. — Abaixa o rosto. — Prefiro aguardar aqui.

Ele concorda e se afasta.

Sophie lança um olhar para o punho. O TGV da volta está marcado para o fim da noite, mas, pelas notícias que acompanha pela internet, a possibilidade de haver um atraso ou anulação é grande.

Decide se concentrar em um problema de cada vez. Agora a sua prioridade é a conversa com Francis.

Lança um olhar para a bolsa.

No afã de partir, esqueceu os remédios. Passa a mão sobre as placas avermelhadas pelo pescoço e controla a vontade de coçar, que faz os seus dedos tremerem. Tem um calafrio ao lembrar da última crise e dos dias internada.

Se levanta e dá alguns passos.

Volta a se sentar.

Olha para as mãos.

Vou ao banheiro? E se o Francis chegar? Não, espero por ele aqui; e até amanhã, se for preciso.

Afunda-se na poltrona confortável.

Os funcionários devem se perguntar o que um desastre como aquele está fazendo no hall chique, limpo e elegante.

Levanta os olhos. O movimento faz com que finalmente veja o seu reflexo no imenso espelho com moldura dourada na parede à sua frente. Evitou esse encontro o máximo que pôde, mas a força que a impele a observar essa superfície lisa e brilhante é irresistível. Sucumbe e se arrepende no minuto seguinte. A imagem deplorável não é a dela. Não pode ser. O rosto fino está ainda mais magro e sem cor. Os olhos famosos por seu brilho inteligente, estão opacos. A mão toca nos cabelos escorridos. Sem corte definido, cuidado ou viço, lembram um véu triste em um dia de luto. Uma mancha avermelhada aparece em uma parte do pescoço e o pulôver está sujo de sangue.

Como um espelho pode refletir algo tão desconexo? Corpo e alma separados por um muro invisível, inconciliáveis. Nesse momento, Sophie tem a certeza de que se vê do outro lado. Os punhos em sangue tentam quebrar a barreira e a boca se abre em berros que ninguém pode ouvir. Um fantasma. O espectro de alguém que morreu, não fazia a menor ideia disso e que lutava desesperado para voltar para o corpo que não era mais seu.

Quando isso aconteceu? Como? Por quê?

Ela nunca se perguntou muito sobre os caminhos que trilhou até hoje. Apenas foi em frente como um metrô automático que segue as coordenadas ditadas pelos responsáveis da linha. As mudanças; as inúmeras escolas; os amigos que variavam como as estações. A fome por criar raízes, a facilidade com as línguas e o pavor de voar pareceram razões suficientes para enterrar a carreira de fotógrafa e assumir o controle da escola que a mãe levou anos para construir.

Será que eram?

Até o filho, que adiou para quando tivesse tempo, parece-lhe estranho, como se não fosse uma vontade sua realmente.

Mais do que um desejo, será que não era apenas uma resposta automática e evidente à expectativa de uma mulher casada?

O olhar continua ligado ao reflexo estranho e surreal que preenche o espelho, como se fosse a única coisa que prende a figura fantasmagórica à sua frente a esse mundo.

Uma mão toca o seu braço.

Os seus olhos se movem lentamente e se encontram com um rosto quadrado, viril, charmoso, com rugas entre as sobrancelhas. Por um instante, se lembra do primeiro momento em que viu Francis durante um jantar na fazenda. Grande, inteligente, bem-humorado, divorciado. O flerte durou meses. O encanto, alguns anos.

Sophie descobre com tristeza que o fim tem uma estranha semelhança com o começo, como o negativo de uma foto em preto e branco. Hoje, voltam a ser desconhecidos que se encaram no lobby de um hotel, mas sem nenhuma curiosidade, nenhuma magia, nenhum amor.

Francis se abaixa e fica na altura dos seus olhos.

— Temos que conversar.

SEM RETORNO

K EUN-SUK CHAMA um táxi.
Pega o passaporte.
Separa as roupas.
Para.

Coloca as mãos sobre os quadris e olha para a mala. Não, não levará peso nenhum. Isso o faria perder tempo no controle de passageiros e alguém poderia reconhecê-lo.

Escolhe uma sacola de couro e coloca o mínimo necessário.

Vai até o salão, olha para os envelopes sobre a mesa.

— Pensando bem... — Recupera os dólares e os cartões de crédito. — Obrigado, meu velho!

Veste um longo casaco forrado e enrola um longo cachecol em volta do pescoço.

Apaga as luzes e sai pelos fundos da propriedade.

Durante o trajeto, todo o seu corpo grita que tomou a melhor decisão, mas a consciência, ainda presa às amarras, implora para que retorne.

Ignora o medo. Pede ao motorista para acelerar.

No aeroporto, Keun-Suk coloca uma máscara preta e levanta o cachecol para cobrir ainda mais o rosto.

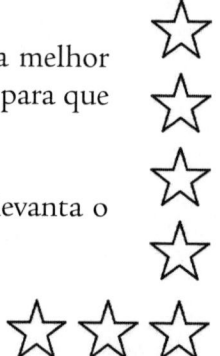

Com a cabeça baixa e passos rápidos, atravessa o saguão.

Chega ao portão de embarque. Aguarda a uma certa distância todos os passageiros avançarem na fila antes de apresentar o bilhete. A funcionária sorridente pede o passaporte. Ele entrega. Ela lança um olhar para o nome e a foto.

— Pode tirar a máscara e o cachecol, por favor?

Keun hesita, mas obedece.

— Oh, meu Deus! — A moça não resiste ao comentário e coloca as duas mãos trêmulas sobre a boca. — Lee Keun-Suk? — Olha para o documento para ler novamente o nome diferente.

Ele se abaixa perto da orelha da jovem.

— O meu nome de cena é o que conhece. — Sorri e a moça suspira. — Posso lhe pedir um favor? — sussurra.

Ela coloca uma mecha de cabelos atrás da orelha.

— C-Cla... ro... — gagueja.

— Não gostaria que outras pessoas soubessem que estou aqui.

Ela concorda com a cabeça.

— Embarque imediato, senhor.

A jovem entrega o passaporte e sorri educadamente antes de olhar para o próximo passageiro que chega correndo.

Keun ajeita a alça da sacola no ombro, faz uma leve reverência e entra no corredor.

Volta a cobrir o rosto e entra no avião. Procura e encontra a poltrona. Tira o casaco, coloca junto com a sacola no bagageiro, se senta perto da janela e ajusta o cinto. Respira tão profundamente, que o seu peito se levanta. Percebe os lábios tremerem diante da poderosa emoção que o invade. Ele se pergunta quando foi o último dia em que pôde respirar sem a pressão dos compromissos. Pensa por um momento e não se lembra de um único dia. Nenhum.

Aos poucos, a aeronave fica quase completa. Sorri aliviado ao perceber que ninguém ocupa a poltrona ao lado.

As portas se fecham, o comandante dá boas-vindas e o avião começa a taxiar.

Depois das instruções de segurança e informações sobre o trajeto, Keun deixa a cabeça cair sobre encosto.

— Mamãe vai ficar furiosa... — murmura com um sorriso.

Levanta a cabeça.

Não, não pretende pensar nela, nem no agente, nem nos

compromissos. Irresponsável? Talvez. Mas ele precisa desse tempo para focar em si e no que realmente quer da vida. Está cansado de se sentir culpado por não ser feliz e disposto a descobrir o porquê. Essa exaustão, que suga todas as suas forças há anos, lhe envolve como um buraco negro; e ele adormece imediatamente.

CONFRONTO

SOPHIE VÊ O MARIDO ANDAR DE um lado para o outro do quarto. Ele tira o paletó e o deixa sob o espaldar arredondado de uma das cadeiras. Afrouxa a gravata e a joga sobre a escrivaninha. Mantém uma mão sobre o cinto e com a outra faz movimentos circulares e permanentes como se procurasse as melhores palavras para explicar o inexplicável.

Horas intermináveis.

Sentada no sofá, Sophie vê os lábios de Francis se mexerem febrilmente, mas não escuta nada. Uma névoa estranha gira em torno da sua cabeça e a impede até de se lembrar como chegou ali.

Deixa os olhos vagarem pelo espaço impessoal aquecido por elegantes móveis antigos, apliques de parede dourados, espelhos redondos, cortinas e estofados em veludo vermelho. Um quarto limpo e organizado demais para ter sido usado. Não localiza a conhecida bagunça de Francis sobre a pequena mesa de trabalho e muito menos a mala. Os olhos lacrimejam em uma mistura de desconfiança, medo e raiva do velho clichê. Levanta-os para o teto e observa as vigas de madeira aparente. Lembra-se de casa e o seu peito fica ainda mais apertado.

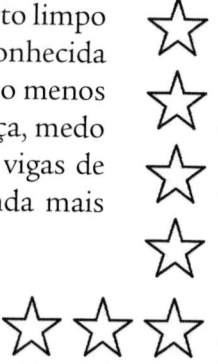

Vê o rosto de Francis molhado de lágrimas se sentar ao seu lado.

— Quando pensei em lhe contar, você me disse que não gostaria de ter filhos até terminar o mestrado.

O encanto se quebra.

— Então, como sempre, a culpa é minha, não é?

— Não sei, não sei... — Passa a mão sobre a boca. — Mas se tivéssemos conversado melhor...

Olha para o marido, como se o visse pela primeira vez.

— Em todos esses anos, você não encontrou nenhum momento para falar sobre isso?

— Tentei algumas vezes, mas finalmente achei que seria melhor fazer a reversão antes de lhe contar.

Sophie abre a bolsa e joga os documentos médicos do marido sobre a cama.

— Essa operação data do ano passado. — Aponta com o dedo e levanta o rosto. — Mas eu faço exames e consultas médicas com a minha ginecologista há mais de dois anos.

— Escute, eu trabalho muito, viajo demais e tenho dois filhos. Realmente não acreditava que uma criança seria uma boa ideia. — Suspira. — Apenas quando vi que você começou a se desesperar e insistir para engravidar, achei que era a hora de fazer a operação.

— Desesperar, insistir?

— Você está com trinta e três anos, é normal começar a querer um filho antes de ficar velha demais...

— "Desesperada", "velha demais..." — Nesse momento, Sophie perde o pouco de respeito que ainda sente por essa pessoa estranha diante dela que um dia chamou de marido.

Pega os papéis, dobra com cuidado e os coloca dentro da bolsa.

Levanta-se e encara Francis.

— Não temos mais o que conversar. — Ela dá as costas e começa a andar em direção à porta.

Ele corre até ela e a segura pelo braço.

— O que quer dizer?

Faz um arco com a mão e termina com violência sobre o rosto de Francis. Quando olha para Sophie, com os lábios ensanguentados, recebe um segundo tapa, que o faz dar um passo para trás.

— FICOU LOUCA?!

— Eu nunca estive tão lúcida em toda a minha vida!

Retira a aliança do dedo e a joga sobre o marido.

— Agora está claro o que quero dizer?

Abre a porta e sai no corredor.

— Sophie, espere!

Ele dá alguns passos e a alcança.

— Você não pode sair assim.

Sophie se vira.

— Por quê?

— Está frio lá fora e a previsão é de chuva para essa noite. — Ele toca no braço dela. — Por favor, fique. Se preferir, posso pedir outro quarto para você. Conversamos com calma amanhã pela manhã, meu Duende.

Sophie verifica a mais ínfima mudança de expressão no rosto que se move sem cessar. Analisa as pupilas escuras e dilatadas que lembram um poço profundo, obscuro e inacessível. Vê uma luta estranha, como a de um paciente que sofre porque precisa cortar um membro gangrenado, mas que ainda tem esperança em evitar a amputação.

Todos os gestos mostram o quanto Francis tem pressa em sair dali. Ele se afasta, aperta o botão insistentemente para ir até a recepção. Entra no elevador sem lançar nenhum olhar para ela.

Sophie abaixa a cabeça e levanta um canto da boca. Mas o meio-sorriso lembra uma contração muscular dolorosa e a frase sai da sua boca sem som:

— Foi a última vez que alguém me chamou de Duende...

O término é realmente algo assustador. Apesar da certeza de que chegou, sempre vai haver a esperança de que essa dor inevitável é irreal, ou, na pior das hipóteses, passageira. A tentativa é sempre vã. Todo leitor sabe: depois do fim, só existe o vazio triste de uma página em branco.

Sophie vira o rosto em direção ao quarto. Tenta visualizar a aliança encostada em algum canto empoeirado. O elo, o símbolo perfeito em ouro e brilhantes, agora abandonado, esquecido e solitário não tem mais nenhum valor. Coloca a mão gelada sobre o coração silencioso. Hesita, mas volta a olhar sem foco para o novo caminho que se abre diante dela e que é o oposto do que sempre esperou da vida: desconhecido e incerto.

Chega à recepção e ouve o funcionário lhe perguntar alguma coisa. Apenas acena com uma das mãos sem olhar para trás e deixa o hotel.

Escuta o seu nome sendo gritado. Acelera os passos. Quer ir para o mais longe possível desse local, mesmo sem saber onde seria esse mais longe.

O corpo está pesado como se os anos de casamento tivessem virado pedras dentro dele.

Avança sem direção; sem conseguir pensar em nada; sem nenhuma perspectiva.

Esbarra em uma pessoa, em outra.

Escorrega e precisa se segurar na entrada do metrô para não degringolar escadaria abaixo.

Segue as luzes que brilham em um ziguezague, que não liga nenhum ponto no outro.

Seu estômago se contrai com uma náusea. Precisa se controlar para voltar a pensar com clareza. Não pode mais tentar esconder a verdade. O tempo para decisões chegou.

Fecha e abre as mãos geladas (esqueceu as luvas). Não sabe se deixou de sentir o corpo por causa da dor ou da temperatura negativa. Provavelmente ambos. O vento frio que chicoteia o seu rosto e o ar quente que sai da sua boca e vira vapor a lembram de que ainda não vestiu o casaco. Levanta a gola e melhora o nó do cachecol. Coloca as mãos dentro dos bolsos. Encontra o cartão dado por Ângela. Lê rapidamente as informações. Começa a chorar e rir ao mesmo tempo antes de se encostar a uma parede e deslizar suavemente até o chão com as mãos sobre a cabeça. Ah, esses amigos que nos conhecem tão bem! Sempre sabem do que precisamos, de quando precisamos e de como precisamos melhor do que nós mesmos.

Pega o celular, mexe os dedos por um momento para recuperar a circulação e digita o número.

— Alô, Júlia, aqui é a Sophie, amiga da...

— *Esperava a sua ligação. Onde você está?*

SALTO NO ABISMO

JÚLIA, A TAXISTA, OLHA PARA O retrovisor e pergunta qual é o destino.

Sophie responde sem desviar o olhar da janela:

— Qual é o lugar mais iluminado da cidade?

— Gostaria de encher a cara ou se arruinar comprando coisas que nunca vai usar?

Sophie encara os olhos pequenos e brilhantes maquiados com muitas cores, algumas estrelinhas prateadas e um contorno largo de delineador preto que aparecem no retrovisor.

— É tão evidente assim?

Júlia sorri. Um sorriso aberto, franco, sincero, que se fecha no mesmo momento em que levanta a mão esquerda. Sophie olha para o próprio dedo anular e vê a marca mais clara de um elo que deixou de existir. Esconde a mão.

— Eu circulo muito bem pelas ruas de Paris, onde trabalho há cinco anos desde que saí do Brasil para morar aqui, mas sabe o que conheço ainda melhor?

Sophie balança a cabeça de um lado para o outro e volta a se concentrar no céu sem nuvens.

— Os meus clientes. — Lança um olhar pelo retrovisor. — E no seu caso, Ângela me contou o suficiente.

Sophie abaixa o rosto sem responder e fecha a mão esquerda em um punho.

— Poderia ter perdido... Você perdeu a sua? — Tenta sorrir.

— Nós sabemos que não foi o que aconteceu, não é mesmo?

Sophie concorda em silêncio.

— O que recomenda?

A taxista desliga o taxímetro e aperta o volante.

— Você confia na minha tia?

Sophie concorda com a cabeça.

— Então, confie em mim.

O veículo mergulha em um silêncio profundo.

Júlia sai dos arredores do *Louvre* e acompanha o traçado às margens do *Seine* até o *Champs-Elysées*.

Sem ver nada da paisagem do lado de fora, Sophie se concentra no vazio que sente dentro do peito. Tem a impressão de que o coração diminuiu de tamanho e parou de bater. Talvez congelou durante a hora que andou sem rumo. O frio começa a ir embora e o calor agradável do aquecedor do veículo a conforta, mas a sensação de que flutua permanece. Por um breve momento, o seu corpo se desconecta em um sono estranho.

— Sophie? — Júlia a chama.

Sophie passa a mão sobre os olhos sonolentos, tenta se localizar sem sucesso e pega a bolsa.

— Quanto?

— Uma garrafa de um bom vinho tinto. Talvez duas... — Júlia pisca um olho.

Sophie levanta a cabeça com uma enorme interrogação brilhando na testa. Júlia aponta para o relógio.

— O meu dia terminou. Se quiser, podemos beber, comprar, enlou... esquecer? — Ri da própria piada.

Essa situação é tão inusitada que Sophie acha que está no meio de um sonho. Olha para o rosto arredondado com algumas pintas espalhadas sobre o nariz levemente adunco e reconhece nele os traços que aprendeu a amar em Ângela.

Vê Júlia pegar uma bolsa dentro do porta-luvas e sair do carro. Alguns centímetros maior do que Sophie, ela veste um casaco longo e pesado, se abaixa e olha através da janela.

— Você não vai sair daí, não?

— Ainda não entendi o que está acontecendo...

— É evidente, não? Ângela me pediu para cuidar de você. — Abre a porta e continua: — Você está sozinha, despedaçada e sem nenhuma noção de para onde vai...

— Tenho que pegar o TGV, pode me deixar na estação?

Júlia pega o celular e mostra a tela.

— Ângela me mandou o número do seu trem. Verifiquei antes de recuperar você: foi cancelado.

— Mas eu preciso voltar para casa!

— Vai voltar, amanhã ou depois. Vamos aproveitar essa noite! — Júlia abre os braços. — Você está em Paris! E hoje, vai fazer de conta que sou a sua melhor amiga.

— Tenho problemas imensos nesse momento, não posso simplesmente "aproveitar essa noite". É absurdo!

— Exatamente: uma noite totalmente absurda! Um parêntese com muitas coisas insanas dentro. Uma pausa nessa vida que nos bateu com força durante esses dias. — Baixa o tom. — Se não puder fazer por você, faça por mim.

Sophie decide não analisar, não ter medo e não evitar o que lhe parece um presente insensato, inacreditável, inexplicável. E faz exatamente o mesmo que a Cinderela: aceita o que apenas um bom amigo seria capaz de dar.

Pega a bolsa, o casaco e sai do carro.

A taxista aponta com o indicador onde brilha uma caveira em prata.

— Vamos começar pelas compras.

Sophie acompanha o movimento, que mostra uma vitrine mais encantadora do que a outra. Luzes, manequins articulados, produtos excepcionais, cores gritantes, irresistíveis, que piscam uma ordem hipnótica: "compre, compre, compre".

— Eu nunca entrei em uma loja assim... — Coça o pescoço, a dobra do braço e imagina a cara de asco das vendedoras.

— Ótimo! Chegou o momento.

Júlia começa a andar com passos enérgicos, que lhe dão um balanço sensual. Sophie corre para lhe acompanhar.

— Não sei se é uma boa ideia. Ângela lhe contou sobre o meu problema de pele?

A taxista para e a encara.

— Ela me disse que não devo dar nenhuma importância a ele. — Sorri. — Agora, resuma com três palavras o que aconteceu.

Sophie olha para o chão e depois de um momento volta a encarar Júlia.

— O casamento terminou.

A taxista levanta a mão e a balança como se apagasse algo em cima da sua cabeça.

— Não quero saber o que você já sabia. O que aconteceu hoje?

Sophie torce a boca.

— Pedi a separação.

Júlia aplaude.

— Nesse momento, você tem algumas opções. — Mostra os dedos. — Primeira: ir para um hotel e chorar a noite toda. Segunda: beber a garrafa que me prometeu. Terceira...

— Eu não prometi nada! — interrompe Sophie com um sorriso.

— Terceira: entrar em algumas lojas e deixar o seu marido com a mesma raiva que sente.

— Como sabe que estou com raiva?

— Não está? — Olha para o céu e junta as mãos em uma prece. — Senhor, essa mulher só pode ser uma santa! — Volta a olhar para Sophie. — Claro que está com raiva. Está furiosa! Qualquer uma estaria. Olhe para as suas unhas, você as destruiu!

Sophie olha para as mãos com as manchas avermelhadas e inchadas em volta dos dedos. Agora, o sangue coagulado dos cortes se mistura ao mais recente que saía das cutículas. Ela esconde as mãos atrás das costas.

Júlia se aproxima, tira um par de luvas do bolso e baixa o tom de voz.

— Homens são seres sensíveis quando o assunto é a conta. — Pega as mãos de Sophie e calça as luvas.

— O que sugere exatamente?

— Que você seja irracional e irresponsável. — Júlia aperta a mão de Sophie. — Hoje à noite, você vai ficar totalmente livre de qualquer preconceito, receio, dúvidas.

— Mas...

— Sem mas... — Júlia faz não com o rosto. — Você vai entrar naquelas lojas e vai usar até o último centavo disponível na conta conjunta que tem com o seu marido.

Sophie acha a ideia totalmente imoral. Nunca em sua vida regrada fez algo parecido. Preferia manter a independência conquistada com anos de trabalho e evitar comentários. Usar muitos euros do futuro ex-marido em lojas de marca seria, no mínimo, indecente.

Sorri.

Olha para Júlia como quem descobre um tesouro.

— E você, o que ganha com isso?

— O mesmo que você: uma noite para esquecer os meus problemas.

— Essa garrafa de vinho vai me custar caro...

— Oh! — Balança a mão de um lado para o outro. — Não se preocupe. Quem vai pagar é o seu ex.

— Ex... Ex-marido...

O som é estranho, mas Sophie percebe que o seu coração reage de uma maneira conhecida. *Ela já pensou em se separar do Francis antes? Quando? Por quê?*

Sophie aperta uma mão contra a outra e olha para a figura na frente dela. Pode ser uma armadilha.

Eu conheço a Ângela, mas nunca vi essa pessoa. Mesmo que seja sobrinha da minha amiga, quem me garante que tem boas intenções?

Uma perda de tempo.

Tenho certeza de que nada disso vai me fazer sentir melhor amanhã, vou acordar com o mesmo peso no coração.

Um futuro arrependimento.

Vou comprar coisas demais, com tamanhos errados, cores e cortes que não me caem bem e vou ter que voltar nas lojas para trocar ou pedir um reembolso.

Pode ser tudo isso e o contrário. Talvez por isso ela sente todas as suas células vibrarem como se estivesse amarrada pelo tornozelo, pronta para se jogar de um precipício em um *bungee jumping*. Visualiza o vazio diante dela e tem a certeza de que se jogar de um penhasco deve despertar as mesmas sensações. Medo, excitação e uma indescritível alegria. Pela primeira vez, está excitada como se preparasse para ir ao seu primeiro baile. Uma festa enorme, onde haveria apenas uma convidada: ela mesma. Decide se lançar e salta no abismo.

PARIS

KEUN ABRE OS OLHOS lentamente.

Os raios solares atravessam as brechas das janelas e começam a mudar as cores no interior do avião. O cinza escuro e frio ganha um tom alaranjado e quente.

O movimento da equipe de bordo, discreto até pouco tempo, se intensifica.

O barulho rouco das turbinas, começa a dar lugar aos sons de embalagens sendo abertas, conversas baixas e rodinhas metálicas que avançam pelo corredor.

Um cheiro forte e agradável de café invade o habitáculo.

Uma aeromoça se aproxima da poltrona de Keun-Suk.

— Bom dia, senhor. Café?

Ele se mexe na poltrona.

— Sim...

Os seus olhos vão da jovem à tela que mostra o trajeto do avião. Keun-Suk precisa de alguns segundos para entender onde está e que realmente isso não é um sonho. Em poucos minutos aterrissará em Paris!

Abre um imenso sorriso antes de colocar uma mão sobre a máscara torta.

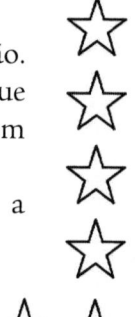

Inquietos, os olhos procuram o cachecol.

A jovem se abaixa para pegar o acessório que caiu entre os pés do rapaz.

— Não se preocupe, a manta o protegeu.

— Alguma foto?

Ela nega com a cabeça.

— O senhor está na primeira classe. — Faz uma reverência e se afasta.

Keun joga a coberta na poltrona ao lado, termina o café da manhã, ajusta a máscara e enrola o cachecol. Quando praticamente todos os passageiros passam pela porta, se levanta e recupera os seus pertences.

— Obrigada por voar conosco.

— Obrigado pela sua discrição. — Abaixa a cabeça e sai.

Com passos rápidos, vai até o desembarque.

Os seus olhos parecem querer absorver tudo o que veem. Viram de um lado para o outro e brilham junto com as luzes das vitrines e dos sorrisos. Esteve em Paris outras vezes, mas nunca com tempo suficiente para visitar a cidade. Sempre passou mais tempo nos hotéis e carros indo de um compromisso a outro.

Sorri abertamente ao pensar que terá todo o tempo do mundo para fazer o que lhe der na cabeça.

Retira a máscara sem medo ao se ver mergulhado em um mar de rostos ocidentais.

Passa pelo último controle sem nenhum entrave e atravessa a porta do desembarque.

Vibra interiormente.

Conseguiu sair da Coreia.

Levita como se algum encantamento tivesse quebrado os grilhões que o prendiam.

— *Vive la liberté!* — grita em francês.

— Lee Keun-Suk! Lee Keun-Suk!

Ele se vira automaticamente.

O "clique" de uma máquina fotográfica o pega de surpresa. Segundos depois, outros três "cliques" saem de celulares. A moça de olhos amendoados como ele acena e corre em sua direção. Atrás dela, outras jovens gritam.

Keun permanece estático e sem forças para mexer as pernas que voltam a se afundar na desagradável sensação que o envolve e o paralisa.

Uma mão o pega pelo braço, o puxa com força e o faz sair da inércia.

Ouve outro "clique".

A mão levanta o capuz do casaco de Keun e o direciona pelos corredores do aeroporto.

Keun corre e sorri para o rosto oval e fino à sua frente.

— Bom *timing*, San!

O rapaz passa a mão pelos fios descoloridos em um louro quase branco, espetados e penteados com muito gel.

— Como sempre, meu amigo, como sempre!

Atravessam as portas e continuam a corrida até o carro. Mas, dessa vez, Keun ri. Ri sem medo, com leveza, do novo visual do fiel amigo de colégio, dele mesmo e da total incerteza de como será a sua vida a partir de agora.

PROPOSTA

U M SINAL MONÓTONO TOCA. INSISTENTEMENTE. Cada vez mais alto. Sophie abre os olhos com dificuldade.

Leva as mãos às orelhas em uma tentativa inútil de fazer com que o cérebro pare de dar cambalhotas.

Pega um travesseiro e coloca sobre a cabeça para protegê-la da luz. Segundos depois, ele voa pelo quarto, bate em uma mesinha e derruba alguns porta-retratos sobre o tapete fofo.

Senta-se em um impulso.

A cabeça lateja, a boca está seca e um cheiro forte de álcool a faz sentir náusea. Controla a vontade de vomitar com uma profunda respiração. Passa a mão pelos cabelos em batalha e a noite anterior começa a voltar em flashes rápidos.

— O que foi que eu fiz? — Cobre os olhos com as mãos. — Merda, merda, merda...

Olha para o quarto para tentar achar uma pista de onde está. É pequeno, mas bem iluminado. Da cama de casal vê uma escrivaninha com alguns livros e cadernos em ordem embaixo da janela.

Espicha o pescoço. A vista mostra os telhados da capital. Algumas colunas de fumaça esbranquiçada saem das lareiras e se misturam

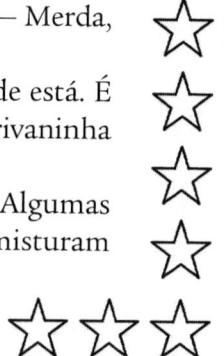

às nuvens. Pássaros entram e somem do seu campo de visão. Ouve algumas arrancadas e freadas bruscas abafadas por sirenes que se afastam aos poucos.

Paris acorda.

Volta a se concentrar no quarto. Ao lado da cama, fica um armário sem portas com algumas peças de roupa penduradas e caixas coloridas e etiquetadas. Sente um perfume com notas de laranja e rosas. Localiza os sachês perfumados em uma cestinha ao lado de três porta-retratos sobre a mesa de cabeceira. Em um deles, Ângela aparece abraçada à Júlia.

Uma onda gigante de alívio a percorre.

Os outros dois porta-retratos estão vazios. A imagem a leva de volta ao momento em que destruiu todas as fotos de Francis. Sophie não consegue impedir a avalanche de sentimentos: solidão, tristeza, decepção, raiva.

Levanta a coberta e arruma a cama.

Ajeita os porta-retratos que caíram. As fotos mostram *selfies* de Júlia abraçada a uma mulher sem rosto. Destruído por uma caneta, lembra uma nuvem rabiscada por uma criança.

Pega o celular e sai do quarto.

— Pensei que iria dormir até amanhã.

Júlia frita alguns ovos.

— Bom dia, Júlia. — Tenta um sorriso. — O que faço aqui?

— Você dormiu e agora vai tomar café. — Pega um moinho, o gira algumas vezes e acrescenta o sal na frigideira. — Como vai a ressaca?

A torradeira faz um pulinho com um "clique" metálico e Júlia se desloca até ela. Pega as torradas e as coloca em um prato.

— Tenho a impressão de estar pelo avesso...

— Não duvido. Você só precisou de uma garrafa para ficar de porre. — Júlia levanta os olhos para o teto. — *La honte*! Uma vergonha para qualquer francês.

— Eu bebi uma garrafa inteira?!

— Sim, e na minha estimada companhia — coloca a mão sobre o peito — muitas outras depois, é claro.

— Quantas?

Júlia abre um armário e coloca a manteiga e alguns potes de geleia na mesa.

— Parei de contar quando chegamos na terceira... — Levanta os olhos para o teto. — Ou quarta?

— QUATRO?!

— Brancos e rosés.

Sophie se senta no tamborete e deixa a testa cair sobre a mesa.

— Deixa de drama e toma esse comprimido. — Júlia chega com a frigideira e serve Sophie. — Daqui a pouco, vai se sentir melhor.

— Obrigada. Como chegamos aqui?

— Um amigo foi nos buscar. — Aponta o minúsculo apartamento com uma colher de pau. — Trouxe você para a minha casa.

Sophie olha para a cozinha azul-claro, que começa e termina na mesma parede e está separada da sala pelo balcão estreito com dois tamboretes altos. Um sofá verde gafanhoto de dois lugares ocupa quase todo o espaço na frente da TV. Ao lado dela, pilhas de livros. Guirlandas de luzes e flores estão penduradas pelo teto. Muitas almofadas em cores fortes e as sacolas da farra da noite anterior estão espalhadas sobre o tapete de fios longos.

Júlia abre o forno, retira os brioches e os coloca em uma cestinha.

— Suco de laranja, leite... Falta alguma coisa?

— Está ótimo, obrigada.

Júlia serve o café nas xícaras largas e pretas como o roupão que usa e se senta.

— Muito obrigada por ontem.

Sophie para a xícara no meio do caminho e olha para o rosto sem maquiagem diante dela. Percebe as olheiras em torno dos olhos inchados, vermelhos e tristes. Profundamente tristes.

— Você vai me contar?

— Não há o que contar: vivi o começo, o meio e, agora, o fim. — Ela pega um brioche que fumega e o abre no meio. Espalha manteiga, um pouco de geleia e morde com prazer.

Sophie abre a boca para discordar quando o celular toca.

— Deve ser a Ângela, ela ligou três vezes.

Sophie se afasta em direção da janela e atende.

— *VOCÊ QUER ME MATAR DO CORAÇÃO?!*

Afasta o telefone da orelha com uma careta e aciona o viva-voz.

— Bom dia, Ângela, está tudo bem.

— *Se a Júlia não tivesse me enviado uma mensagem, eu teria pegado o TGV para lhe encontrar.*

— Os trens estão em greve...

— *Não brinque comigo, menina!* — Ângela faz uma pausa e continua com um tom mais ameno: — *Vai ficar aí até quando?*

— Ainda não sei.

— *Fique mais uns dias.*

— Você acha mesmo que tenho cabeça para passear nesse momento?! — bufa. — Alguma proposta para o carro?

— *Ainda não, mas negociei o aluguel para o próximo mês e ajustei todos os alunos na "filial". Você vai conseguir o dinheiro, não se preocupe...*

Um bip anuncia uma segunda ligação.

— Alguém está me ligando, Ângela. Falo com você daqui a pouco.

Sophie toca a tela.

— Alô?

— *Bom dia! Gostaria de saber se a senhora recebeu o meu e-mail.* — A frase é dita em um francês esforçado.

— Perdão, poderia repetir?

— *A senhora fala inglês? Sou Lee Keun-Suk, mandei um e-mail para a escola.*

— Quem?

Ele repete o seu nome mais lentamente (o que não adianta muita coisa para o ouvido de Sophie) e continua:

— *Gostaria de privatizar a escola.*

— Perdão?

— *Gostaria de privatizar a escola.*

Sophie pensa por um minuto para ter certeza de que escutou direito enquanto começa a dar voltas na sala.

— O senhor poderia me enviar o e-mail novamente?

— *Pois não, um minuto. Ligo em seguida.*

Sophie agradece, bebe um gole de suco de laranja e abre o e-mail.

— Problema?

— Aparentemente uma solução... — Envia para Ângela e liga.

— Você viu isso?

— *Vi, mas achei tão improvável que pensei que era um spam. Por quê?*

— O tal senhor ligou. Ele quer mais informações...

— *Nesse caso, dê mais informações! Não vai ser possível receber mais um aluno nesse momento, mas no futuro, quem sabe?*

Sophie desliga e tamborila os dedos na mesa.

— O cliente que ligou propõe privatizar a escola...

— E?

— Sempre recebi vários alunos por diferentes períodos, mas não me lembro de ter privatizado a escola.

— Ângela está de acordo?

— Ela acha que devo entender melhor a proposta.

Júlia toca no ombro de Sophie.

— Encontre-se com ele. Talvez seja uma boa ideia se concentrar no seu trabalho. — Olha para as sacolas. — Receber uma grana extra durante uma separação não seria um luxo.

O celular toca novamente.

— *Bonjour, a senhora recebeu o e-mail?*

— Recebi. — Sophie olha para Júlia, que levanta os polegares e sorri. — Sinto muito, mas estou de recesso em Paris e não posso dar continuidade a nenhuma inscrição. Desculpe-me.

Júlia abaixa os polegares.

— *Eu também estou em Paris!* — exclama o rapaz entusiasmado. — *Podemos nos ver?*

Sophie pensa um momento e desliga o viva-voz antes de fazer uma pergunta à Júlia:

— Onde estamos?

Júlia faz uma anotação e entrega à Sophie.

— Estou no *Marais*. Nos vemos na *Place des Vosges?*

— Ótimo! *Quando nos encontramos?*

— Daqui a — olha para o pulso — uma hora?

— *Perfeito!*

Sophie anota o nome e o número do jovem e desliga.

Júlia bate palmas.

— Você ganha um aluno novo e, de quebra, testa o seu novo visual.

Sophie esqueceu completamente do tempo que passou no salão logo depois das compras.

— Vai encontrar um espelho no banheiro, *madame.* — Júlia aponta com a faca.

Sophie entra.

Os longos, lisos e escuros fios foram cortados na altura do ombro. Repicados com navalha, partiam em todas as direções. Uma longa franja com mechas claras cobria uma parte do olho esquerdo. Era um corte parecido com o que usou nos anos de faculdade. Não falou sobre isso com o cabeleireiro. O rapaz entendeu do que precisava.

Vira o rosto de um lado para o outro. Um sorriso começa a se formar ao ver juventude, equilíbrio e, por que não dizer, beleza.

Lembra da noite anterior.

— *A verdadeira Sophie está presa em algum lugar aí dentro.* — *Júlia aponta para o peito de Sophie.* — *Você apenas esqueceu o caminho para chegar até ela e aqueles rapazes são os melhores guias que existem.*

— *E se eu me arrepender?*

— *Você vai se arrepender de não ter feito nada disso antes.*

Júlia tinha razão.

ENCONTRO

O SUCO DE LARANJA ESTÁ pela metade.

O *croissant* também.

Sentado na mesa de um café embaixo de uma das arcadas seculares, Keun-Suk admira a *Place des Vosges*. Com o olhar fixo em uma das quatro fontes circulares, acompanha os jatos de água que lembram as curvas de um guarda-chuva efêmero. Gira o rosto e vê os pedestres atravessarem o parque quadrado. Abre um guia. Essa praça é a mais antiga de Paris. Com os característicos prédios de dois andares em tijolos vermelhos e teto azul, foi residência de reis, mercado de cavalos e, hoje, condomínio de prestígio onde funcionam galerias de arte.

Termina o suco.

Olha para o relógio. O seu encontro vai começar com atraso.

Retira o celular do bolso e o balança na mão por um momento. Digita uma mensagem e a apaga.

Coloca o telefone sobre a mesa.

Coça a cabeça e lembra do conselho de San: "avise que está tudo bem". A mão hesita mais alguns segundos. Decide enviar a mensagem:

111

> **Keun:** *Estou bem.*

O telefone toca quase que imediatamente.

— *Por que não me ligou antes?*

Keun olha para o relógio.

— Não levou nem cinco segundos para me responder, senhor Kim. — Ri com leveza.

— *Acha que é hora para piadas?* — Kim sente o peso dos ombros evaporar. — *Precisa de algo?*

Keun-Suk murmura:

— Liberdade...

Depois de uma breve pausa continua:

— Desculpe, mas tinha que fazer isso.

— *Eu sei. Por isso lhe dei várias opções. Por que não escolheu nenhuma?*

— Tinha que começar a pensar sozinho.

— *Eu lhe disse que iria lhe apoiar qualquer que fosse a sua decisão.*

— Obrigado.

— *Não reconheci o código, onde está?*

— O senhor tem o meu novo número, é o suficiente.

— *Sabe que vou verificar...*

— Paris...

— *Por quanto tempo pretende ficar aí?*

— *Não sei...* — Engole em seco. — *Por favor, não informe a minha mãe.*

— Ela está desesperada...

Um casal asiático se aproxima.

O cantor coloca os óculos escuros e baixa o tom de voz.

— Aumente a quantia da transferência mensal à mamãe. Vai ser suficiente para acalmá-la.

— *Informei às empresas que vai ficar fora por um momento. Algumas não entenderam e os contratos foram rescindidos. Outras concordaram em esperar por você. Não se preocupe e viva o que tem que viver.*

— Preciso desligar...

Keun guarda o celular.

Sente todos os músculos doloridos relaxarem de uma vez. Mexe o pescoço de um lado para o outro e se pergunta onde poderia fazer algum exercício por aqui. Vê um homem passar. Ele usa um jogging e tênis fluorescentes, entra na praça correndo e dá voltas pelo monumento em um ritmo constante. O esportista passa na frente do guarda, que não permite que um casal entre com um cachorro. O casal sai pelo mesmo portão por onde entra um grupo com máquinas fotográficas.

Keun tira os óculos.

Coloca os cotovelos sobre a mesa e apoia o rosto sobre as mãos cruzadas para observar a nova cena com mais interesse: uma mãe entra no parque em companhia de um menino, que mal chega à sua cintura. Ela tira uma bola branca com uma estrela verde de dentro de uma sacola e joga com o filho. Gritinhos entusiasmados se misturam aos sons dos passos escorregadios sobre a areia e ao cantar dos pássaros.

Procura na memória algum momento como esse. Não encontra nenhum.

Como uma mãe pode não amar o próprio filho?

Essa velha e ácida pergunta lhe atormenta. Olha com inveja os abraços e beijos carinhosos. Nunca recebeu nem um, nem outro. Palavras de encorajamento? Apenas quando acertava alguma nota na guitarra ou no piano. Começou a receber a ansiada atenção quando fez todos os testes possíveis para atuar ou cantar em programas ou séries de TV. Na frente de outras pessoas, a mãe se transformava em uma mulher amorosa e ele no filho amado. A perseverança dela foi recompensada: contratado pela agência do senhor Kim, alcançou o sucesso que ela almejava. Aos poucos, renunciou à sua vida. Fez tudo o que pôde para fazê-la feliz. Sonhava em ganhar o reconhecimento em algum momento.

Espera até hoje.

— *Bonjour*, desculpe o atraso.

Keun-Suk levanta os olhos. Uma mulher magra com uma boina sobre os cabelos espetados e um casaco *oversize* lhe estende a mão.

— Sou a professora Sophie Favre.

Keun se levanta.

— Lee Keun-Suk, prazer.

Faz uma reverência respeitosa e aperta a mão de Sophie, que precisa levantar o rosto para encará-lo.

— Como a senhora me reconheceu? — Aponta para uma cadeira.

Sophie se senta, tira a boina e coloca o acessório em cima do colo.

— Está sem óculos escuros e é o único jovem asiático sentado aqui.

— E aquele casal?

Sophie vê os jovens que não têm olhos para outra coisa senão o rosto um do outro.

— Provavelmente em lua de mel...

Ele confirma com um sorriso ainda mais aberto e balança a cabeça de cima para baixo.

— Obrigado por ter vindo.

— O senhor vem de...?

— Seul (서울). Gostaria de um café?

O rapaz procura o garçom com os olhos e faz o pedido.

— Onde aprendeu o francês? — Sophie aproxima a cadeira.

— Na escola. Infelizmente o meu vocabulário é limitado. Se quiser, podemos conversar em inglês.

— Aviso quando não entender alguma coisa. — Ela ajeita a bolsa na cadeira.

O garçom serve o *cappuccino* e ela agradece com a cabeça.

— Qual é o seu interesse na escola, senhor Lé-é Que... Queumm...

— Lee Keun-Suk, Le-e K-e-u-n-S-u-k... — repete mais lentamente, reforçando os sons.

— Senhor Lé-é... — Tenta repetir os fonemas inabituais e a língua escapa entre os dentes.

Ele se diverte com o som do seu nome na boca de uma ocidental e concorda com a cabeça.

— Quero passar um tempo por aqui e melhorar o meu francês.

Sophie toma um gole do café e passa a língua sobre os lábios.

Keun acompanha o movimento e franze as sobrancelhas ao ver quase todas as unhas e uma parte da mão cobertas com um curativo. Esconde as dele. Deduz que estão no mesmo estado lamentável.

— Qual é o seu objetivo? Turismo? Trabalho?

— A senhora leu o e-mail?

Sophie coloca a xícara de volta sobre o pires.

— Li, mas não entendi.

— Um amigo que me indicou a sua escola.

— Ele foi nosso aluno?

— Ele anulou a inscrição quando entrou na *Sorbonne*.

Com um pouco de esforço, Keun poderia ouvir o cérebro de Sophie funcionando.

— O nome e o contato dele estão no e-mail que enviei. Pode verificar as informações.

— Por que privatizar?

— Porque posso...

Sophie levanta uma sobrancelha e Keun cola um lábio no outro diante da expressão surpresa. Tem a impressão de poder ouvi-la o chamar de "cretino".

— Todos os quartos?

— Sim.

— Por quanto tempo?

— Ainda não decidi... — Cruza as pernas. — Toda a primavera?

— Eu entendi direito?

— Sim, mas se a senhora ainda tem alguma dúvida, posso repetir em inglês.

O rapaz sorri de canto. Insolente e absurdamente charmoso. Vê Sophie corar e abaixar o rosto para a tela do celular.

— E quando o senhor gostaria de começar?

— Imediatamente.

Um raio de sol ilumina os olhos amendoados e lhe dão um brilho dourado. Percebe quando ela mexe no dedo com o anel largo e ri quando afasta a cadeira como uma presa consciente do predador.

— Infelizmente, a escola está em obras.

— Só preciso de um quarto.

— Não posso receber ninguém no momento. Desculpe. — Levanta um ombro e o esfrega no queixo. — Posso indicar algum parceiro.

Keun-Suk sente todos os seus músculos se contraírem. Não esperava por uma resposta negativa. Acostumado a ser bajulado, não controla a irritação visível nas sobrancelhas franzidas. Tenta mais uma vez com o argumento que sempre abriu as portas quando o sorriso não era suficiente.

Inclina-se na direção de Sophie.

Ela aproxima a orelha.

Ele diz com um tom de voz um pouco mais baixo, como se contasse um segredo:

— Dinheiro não é problema.

Sophie lambe os lábios.

— O senhor poderia repetir?

— Dinheiro não é problema — diz em inglês para ter certeza de que ela entendeu.

Keun-Suk a observa com uma curiosidade crescente. O olhar do jovem está focado sobre o seu rosto, como se quisesse memorizar cada traço ou descobrir o que ela pensa sobre ele.

Sophie coloca a boina rapidamente, se levanta e pega a bolsa.

— Agradeço a sua proposta. Mas não posso receber ninguém agora. Se quiser se inscrever daqui a alguns meses, vai ser um prazer recebê-lo. — Coça a cabeça e deixa a boina torta. — Avise se precisar de outros contatos. Adeus.

Keun-Suk se levanta, procura desesperadamente um novo argumento para convencê-la, mas não encontra nenhum.

Observa Sophie se afastar pelo corredor até desaparecer ao dobrar a esquina.

Volta a se sentar.

Está surpreso por ter recebido um "não" e mais ainda por ter encontrado uma mulher como Sophie.

Ele não pensou na professora da escola de francês. Caso tivesse pensado teria imaginado alguém muito diferente. Diferente como? Ri da imagem estereotipada que surge em sua mente.

Volta a olhar para a cadeira vazia. Sophie o surpreendeu. Era jovem e magra, talvez magra demais. Não saberia dizer por causa do casaco e do cachecol volumoso que ela não tirou.

Talvez por isso parecia que tinha formigas pelo corpo?

Mas foram os olhos redondos e imensos que causaram um impacto que não esperava. Os olhos de um gatinho assustado e Keun-Suk sempre quis ter um gatinho.

Mexe na orelha para afastar as ideias incongruentes.

Paga a conta e sai.

Depois de alguns passos, o garçom lhe alcança correndo.

— *Monsieur! Monsieur!*

Keun se vira.

O jovem lhe entrega um celular. Keun olha para o aparelho e o guarda no bolso com um imperceptível sorriso de canto. A professora de francês vai voltar a ter notícias suas.

AMEAÇA

KEUN-SUK DESCE do táxi.

Sobe um trecho da rua *Rivoli* e chega ao *Louvre*. Com as mãos nos bolsos; anda com passos lentos. Os seus olhos vão de um lado ao outro do antigo palácio dos reis da França.

Faz algumas fotos.

Apesar da beleza do prédio e do movimento constante em torno da pirâmide de vidro, o seu pensamento está ausente.

Revive a cena do encontro com a professora. O plano A, sugerido por San, não funcionou.

O que faço agora?

Coloca os óculos escuros e caminha até a fila da entrada. Apesar de longa, avança rapidamente.

Passa pela segurança e desce a escada rolante.

San o aguarda ao lado de um dos quiosques de informação com uma máquina fotográfica em volta do pescoço.

— Trouxe um disfarce de turista para você. — San coloca um boné sobre a cabeça do amigo.

Keun lança um rápido olhar para a objetiva imensa.

— De jornalista, você quis dizer, né? — Keun-Suk ajeita o boné. — Pode ficar com ela.

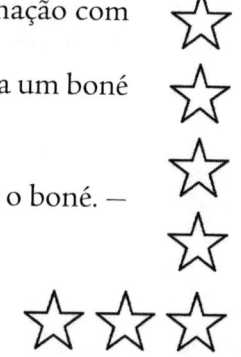

O celular de Sophie vibra no bolso do cantor.

É *a quarta vez...*

A bateria morre e o silêncio do aparelho lhe traz um alívio imediato.

— A professora do curso esqueceu o telefone.

— Avisou que está com ele?

— Vou mandar um e-mail.

— Ela não aceitou mesmo a sua proposta?

Balança a cabeça negativamente.

— Nesse caso, vamos aproveitar a capital. Depois eu mando o celular pelos Correios.

Keun-Suk concorda sem muita convicção. Por alguma razão, continua com a impressão de que a história com a escola ainda não terminou.

— Por onde começamos?

San faz uma careta.

— Pela boa ou má notícia?

— Pela boa.

— Consegui me liberar o dia todo para visitar Paris com você.

Keun-Suk abre um sorriso e guarda os óculos.

Algumas moças asiáticas passam por eles e cobrem os risinhos com as mãos.

— Você pode esconder essa cara de algum jeito ou não vamos conseguir ficar tranquilos. Parece que a Ásia inteira marcou encontro aqui.

O ator gira o rosto em 180°.

— Realmente... — concorda com a cabeça. — Começamos pela ala menos movimentada?

— Isso não existe no *Louvre*. — Abre e mostra um mapa com os andares do museu. — O que gostaria de ver?

— Tudo.

— Vai precisar de algumas vidas. — Aponta para o folheto. — Pinturas? Egito antigo? Antiguidades gregas, romanas do Oriente Médio?

— A Mona Lisa?

— Não, é o que todo mundo quer ver.

— Egito antigo?

— Ok! Vamos para a ala *Sully*. — San aponta para a escada rolante. — Tentaremos ver o máximo até que o cansaço ou uma fã histérica nos interrompa.

Eles sobem a escada e apresentam os bilhetes.

— Qual é a má notícia?

San coça a cabeça.

— É tão ruim assim?

— As fotos do aeroporto vazaram.

Keun para e olha para o amigo.

— O quê?

— A Coreia inteira sabe que está aqui.

— Esperava por isso, mas acabei de falar com o senhor Kim e ele não me disse nada.

O celular de Keun toca.

— Senhor Kim?

— *A sua mãe viu as fotos e está decidida a embarcar para a França. Sinto muito.*

— Não é possível! Ela não pode vir aqui.

— *A senhora Lee comprou o bilhete e foi preparar a mala. É só uma questão de horas para que ela desembarque em Paris. Vai buscá-la no aeroporto?*

— Não é hora para piadas, senhor Kim!

— *Não é uma piada, Keun...*

O cantor fica em silêncio por um momento.

— O que poderia evitar isso?

— *O seu retorno...*

Pensa por um momento com um lábio colado contra o outro. Afasta-se de San e murmura algumas palavras no celular. Depois de um longo silêncio, Kim pergunta:

— Você tem certeza de quer fazer isso?

— *Tenho.*

— Vou providenciar o que pediu, mas espero para que essa sua ideia não crie ainda mais problemas...

Um "clique" faz Keun e San olharem na mesma direção. Uma jovem abre um sorriso embevecido.

— Merda!

— *O que foi?*

— Novas fotos vão surgir em breve na internet. Ligo mais tarde.

Keun ajeita o boné e se afasta com passos rápidos seguido de perto por San. Eles aceleram quando percebem que a moça chamou as amigas. Passam voando pelas esculturas gregas e se escondem atrás de uma pilastra.

— Preciso sair daqui, San...

— O *Louvre* é um enorme labirinto... — Abre o mapa. — Venha.

San avança na frente e começa a subir e descer escadas largas. Keun o segue de perto. Ele olha para trás. As moças aceleram os passos. O movimento tira um dos guardas da sua inércia sonolenta e ele se levanta. Aproxima-se com cara de quem ficou sem água no deserto. Com uma das mãos pede para que elas desacelerem, depois coloca um dedo sobre os lábios. As moças se desculpam com uma reverência e perdem os rapazes.

Keun e San atravessam alas repletas de vitrines com joias, objetos de casa e sarcófagos egípcios. Avançam rapidamente com os rostos virados para o chão sem ver absolutamente nada.

— Que desperdício... — lamenta Keun com um ranger de dentes.

Usam pilastras e esfinges monumentais como esconderijos fugazes. Olham para trás e percebem que as moças desapareceram. Continuam com passos acelerados e sem apreciar nada até chegarem a um espaço aberto onde imensas representações em baixo-relevo ocupam toda uma parede. Nelas, um homem em pé segura um leão com apenas um braço. Keun para.

— Quem é?

San abre o mapa e, depois de uma rápida pesquisa, responde:

— Gilgamesh.

— Quem?

— Pelo que entendi, ele foi a inspiração para o primeiro herói da humanidade em um texto escrito há mais de 3.000 anos pelos sumérios.

Keun observa o trabalho na pedra. Tudo na expressão do homem é contrário ao que é mostrado na face do leão. Enquanto o primeiro parece sereno, convicto, forte; o segundo está histérico, se debate, mostra as garras.

Sem saber o porquê, essa obra lhe faz pensar no medo e como lidamos com ele.

— O guerreiro tem tanto medo quanto o leão aprisionado...

San se aproxima e observa a obra com mais atenção.

— Por que acha isso? É ele que controla o leão...

— Veja. — Aponta. — Ele segura uma arma.

— Parece uma funda, será que é isso? — San esmiúça os detalhes da obra.

Keun olha para o amigo.

— A arma pouco importa. Ele dominou o leão porque soube controlar o medo.

O cantor pega o celular, toca na tela e faz uma ligação.

— Mãe...

— *KEUN! Estou tão aflita! Você quer matar a sua mãe?*
Ela realmente acha que é o centro do universo...

— Soube que comprou o seu bilhete.

— *Não posso deixar você aí sozinho. Os* paparazzi *e fãs começaram a despejar fotos suas na internet. Chego em Paris...*

— Não vai me encontrar aqui.

— *Como? Aonde vai?*

— Não lhe interessa.

— *Como ousa falar com a sua mãe desse jeito?!*

Keun lança um olhar para o guerreiro determinado na sua frente. Ele tem a impressão de que Gilgamesh lhe sorri.

— Eu finalmente entendi o que devo fazer se quiser viver a minha vida.

— *O quê?! Do que está falando?*

— Caso ainda queira me ver em cima de algum palco um dia, desista de se impor.

— *Eu não vou admitir que abandone a sua carreira desse jeito! Você vai se destruir!*

— A única coisa que quero destruir é o controle que tem sobre mim. — Faz uma pausa e continua com uma voz ainda mais firme: — Eu preciso repensar a minha vida e para isso preciso de distância, da senhora.

Um longo silêncio perdura por um momento até que Keun escuta o que parece ser um choro discreto. Algo dentro dele se quebra e por um momento tem vontade de consolar a mãe.

San faz um movimento negativo com a cabeça e aponta para o leão. Keun se concentra.

— Prometa que vai esperar o meu retorno.

— *Pois bem! Eu não vou pegar o avião, mas vou anunciar a data do casamento! Se esse é o único jeito para proteger a sua carreira dessa atitude infantil, é o que farei!*

— Essa é a minha vida, sou eu que vou decidir o que quero para mim a partir de agora!

Keun desliga.

Os punhos estão fechados e o coração dá saltos no peito. Olha para o leão aprisionado. Pela primeira vez, venceu uma batalha com a mãe.

"Tenho a impressão de que ouço os rugidos furiosos dela daqui...", pensa com um sorriso que começa a se formar.

San bate no seu ombro.

— Você sabe que ela não é tão fácil de domar como esse leão. Acha mesmo que vai se livrar dela facilmente? — Coça a cabeça. — Ela é capaz de anunciar a data do seu casamento e você vai ter que voltar para casa. Parece que ela previu tudo.

— É bem provável...

— Por que fez isso? Não teria sido melhor recebê-la aqui?

Keun balança a cabeça de um lado para o outro.

— Não tenho o que discutir com ela.

— Você piorou a situação. Ela vai anunciar o seu casamento e com certeza virá aqui buscar você pela orelha. Sinto muito.

— Espere alguns minutos e você vai entender.

San fecha os olhos em uma fresta e observa Keun. O cantor permanece diante de Gilgamesh com um sorriso tolo.

Um bip anuncia uma nova mensagem e Keun toca a tela do celular. Abre o link e mostra para San. O jovem acompanha com os olhos arregalados um novo post do senhor Kim no *Instagram* da agência. O cantor não precisa olhar para o celular para saber do que se trata.

— Ele anuncia que sofro de glossofobia e que devo me afastar do palco por alguns meses.

Os olhos incrédulos de San vão da tela para o rosto sorridente de Keun e vice-versa.

— A sua mãe vai ficar furiosa! E os seus contratos? Como vai lidar com tudo isso?

Keun toca os dentes com a língua e deixa o sorriso se abrir ainda mais até se tornar uma sonora gargalhada.

San franze as sobrancelhas.

— Por que está rindo? Como o seu agente pôde fazer uma coisa dessas?!

— Essa ideia é minha.

— O quê?!

Keun para de rir.

— O senhor Kim me ajudou com os contratos e o meu médico vai me dar o suporte necessário até que eu volte. — Encara o amigo. — Eu realmente preciso desse tempo, San. A minha mãe não pode usar mais a mídia para me controlar.

— E o casamento? Se ela anunciar...

— O pai de Min-Ah nunca permitiria o casamento dela com alguém doente. — Cola as palmas das mãos uma contra a outra. — Consegui me livrar do palco e do casamento de uma só vez. — Pisca um olho para San.

San solta um sonoro:

— Grande jogada! Mas, e até lá? O que vai fazer?

— Eu ganhei uma batalha, San, mas essa guerra tem que terminar.

Keun olha para o gigante de pedra.

— Eu preciso dominar o leão. Definitivamente.

ALIANÇA

CHEGAMOS.
Júlia estaciona na estação do trem e se vira para Sophie.

— Vai precisar de mim?

— Você me ajudou muito, obrigada.

— Poderia ter ficado mais uns dias. Ainda não entendi por que fez a mala, como se o diabo em pessoa a perseguisse. Tem certeza de que tomou a decisão certa?

— A proposta dele é interessante, mas não tenho condições de receber ninguém. A obra está atrasadíssima e a minha vida pelo avesso.

— Não perguntei sobre o aluno asiático...

— Não? — Sophie se lembra do rosto agradável e delicado, mas ao mesmo tempo viril; do sorriso que mostra covinhas petulantes e dos cabelos lisos que cobrem a testa, no mesmo tom dos olhos amendoados.

— Não, mas como tocou no assunto: vai mesmo deixar o lindo ir embora?

— Quando foi que disse que era belo?!

— Não disse, mas foi o que deduzi quando o descreveu.

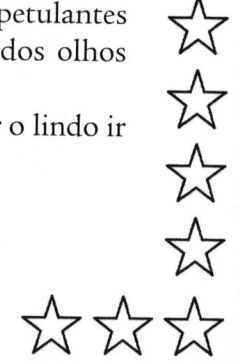

— Não sei se achei ele bonito. Mas é bem diferente do estereótipo do asiático. — Sophie sente um calor estranho lhe invadir. Algo que lembra a coberta quente em frente à lareira. Percebe que o seu corpo se amolece como um caramelo diante das chamas ao pensar em Keun. — Que assunto mais sem sentido! O que importa é que ele é um riquinho metido a besta, que acha que pode comprar o mundo, isso sim! — bufa. — Sobre o que perguntou mesmo?

Júlia ri baixinho.

— Tem certeza de que pode ver o seu marido sozinha?

Sophie tira um cartão da bolsa e o entrega a Júlia.

— Não se preocupe. — Pega a mala e acena. — Venha me visitar.

— Prometo! — Júlia levanta uma mão. — Caso não seja possível visitar minha tia, devolvo a mala pelos Correios.

Agradece com a cabeça e acelera.

Sophie entra. Um jovem dedilha uma melodia triste no piano de cauda.

Senta-se em um café, pede um *cappuccino* e mexe no pedaço de papel dentro do bolso do casaco. Não sabe por que não jogou fora o número do telefone de Keun.

O olhar distante começa a focar em um rosto conhecido. Vê Francis se aproximar. O andar é duro, os passos são rápidos, decididos. O rosto está crispado, a barba por fazer. Os olhos estão vermelhos e inchados.

Sophie tira a mão do bolso.

Quem diria que seria duro para ele também?

Ela se levanta.

— Não precisamos dessa formalidade toda, Sophie.

Francis se aproxima para lhe dar um beijo e ela se afasta. Ele abre um botão do paletó e se senta.

— Você mudou o corte?

Ela coloca a boina e enfia os fios soltos para dentro.

— Isso não lhe interessa.

Francis levanta uma mão e pede um café.

— Mais alguma coisa?

Ela nega.

— Você pensou na sandice que fez?

— Entendi direito? Sandice? — Empurra a xícara e se inclina. — Vamos começar tudo de novo? Pensei que fui clara com você.

O garçom chega com o café e a conta.

— Obrigado.

O rapaz se afasta.

— Você foi clara, mas eu não concordei com nada do que disse. Eu estava preocupado com você, meu Duende. Liguei várias vezes.

Sophie pensa no celular.

Será que deixei no silencioso?

Procura por alguns minutos dentro da bolsa. Tenta lembrar onde o usou pela última vez.

Na casa da Júlia ou no encontro com o estudante? No bar?

— Decidiu me evitar conscientemente? Tive que ligar para Ângela e depois para a sua nova amiga para descobrir o seu paradeiro.

— Quantas vezes você ignorou as minhas ligações porque estava ocupado?!

Francis se encosta na cadeira e cruza os braços.

— Eu não vim aqui para brigar.

— Isso vai ser difícil... — Sophie ironiza.

— Para você ter uma ideia, não quero nem comentar os gastos naquela noite. Com certeza não havia nada mais estúpido para fazer. — Faz uma careta. — Espero que as roupas novas possam ser usadas na ilha ou vai ser um grande desperdício.

Tira a aliança do bolso e coloca sobre a mesa.

— Uma separação não faz o menor sentido.

Sophie lança um olhar rápido para a joia e o encara atônita.

— Você perdeu o juízo?! Eu não a quero de volta. Eu não quero você de volta! — reforça a segunda frase, entredentes, enquanto segura o assento da cadeira com força.

Francis bate na mesa. Todos os rostos presentes se viram para ele. Em cada um deles há uma recriminação silenciosa. Ele baixa os olhos e o tom de voz.

— Vamos voltar para casa. Conversamos melhor quando chegarmos lá.

— Não temos mais nada para conversar, Francis. Eu quero a separação.

— Mas eu não quero! — Baixa ainda mais a voz e continua: — Eu amo você.

— Você mentiu para mim durante anos.

— Não foi proposital.

— Sinto muito.

Francis fecha os olhos em uma fresta.

— Não é uma boa ideia complicar a minha vida nesse momento, Sophie.

— Não, por que não?! Eu quero terminar com esse casamento o mais rápido possível. E isso não vai complicar apenas a sua vida, mas a minha também.

— Um processo de divórcio pode atrapalhar a minha promoção. Daqui a algumas semanas, preciso estar na ilha.

— Esse problema é seu. Foi você que organizou essa mudança sem me consultar.

— E a sua escola? Como vai cuidar dela sozinha?

Sophie o encara e ri.

— Do mesmo jeito que cuido até hoje.

— Não seja ridícula! Você nunca cuidou da escola e agora está se roendo de culpa, isso sim!

— O que quer dizer?

Francis levanta os olhos para as vigas de metal do teto.

— Eu não quero terminar o nosso casamento.

— Mas eu quero! — repete.

— Você não vai se livrar tão facilmente de mim, Sophie. Eu a amo e não há absolutamente nada que pode afastá-la de mim.

— A sua forma de amar é muito estranha... — diz em um fio de voz.

Francis passa a mão sobre a barba e atrás do pescoço. A pose arrogante desaparece como por mágica e no lugar surge um homem de olhar confuso, com um sorriso oscilante e ombros caídos.

— Muito bem. — Tamborila com os dedos na mesa. — Vamos fazer o seguinte: vou falar com o meu gerente sobre o empréstimo para terminar a obra. É o que quer, não? Realizar o sonho da Rita.

— Do que vai adiantar realizar o sonho da minha mãe e alugar a fazenda, Francis?!

Ele a encara.

— O que acha mais importante: a fazenda ou o nosso casamento? — Pega a mão de Sophie, faz uma pausa e continua com a voz embargada: — Não me deixe, Sophie, por favor... — Retira o anel de Júlia, coloca a aliança e lhe dá um beijo.

Levanta-se, joga algumas moedas sobre o pratinho, onde está a conta, e abaixa o rosto na altura dos olhos de Sophie.

— Eu vou lhe dar um tempo. Volto para casa dentro de alguns dias.

Sophie permanece calada em uma inércia estranha, como se a alma ainda estivesse realmente desconectada.

Será que ficou mesmo presa na teia de aranha da fazenda?

— Eu preciso ir, embarco para *Bordeaux*.

Com uma voz monocórdia, Sophie comenta:

— Para ter certeza de que entendi: apesar de ter mentido durante anos, você não quer o divórcio. É isso?

Francis faz um carinho no rosto dela, confirma com a cabeça, acena e se afasta. Embaixo da escadaria, ele se encontra com Michelle.

Sophie olha para o brilho fugaz da aliança e a retira do dedo.

Desce as escadas como um autômato.

Arrasta os pés e a mala até o piano. Vê o chapéu onde estão as moedas doadas e segura a aliança por um momento sobre ele. A sua memória a trai e faz com que se lembre da promessa tentadora: *"Vou falar com o meu gerente sobre o empréstimo para terminar a obra. É o que quer, não? Realizar o sonho da Rita"*.

Aperta a joia na mão.

O seu olhar vaga pelos rostos das pessoas que admiram o pianista. Entre eles, identifica ternura, saudade, alegria. Vê um jovem casal abraçado; crianças que dançam desajeitadas com as mãos levantadas em torno dos pais; e uma senhora idosa em uma cadeira de rodas, que acompanha a música com a cabeça. O homem que segura a mão dela com carinho parece não ver nada, nem ninguém além dela. Nos olhos dele, o universo inteiro cabe dentro do sorriso dessa mulher.

Histórias de amor.

Em todas elas, há apenas um denominador comum aparente: o brilho dourado no anular esquerdo.

Mas elas são verdadeiras? Felizes? Inesquecíveis? Eternas?

Rende-se à dolorosa evidência: uma separação é muito mais difícil e complicada do que pensou que fosse.

Coloca a aliança dentro da bolsa e entra no trem.

FÃ

SAN RETIRA DOIS PATINETES ELÉTRICOS DO ponto de recuperação. Entrega um a Keun-Suk.

— O ar frio vai lhe fazer bem e assim não corremos o risco de sermos perseguidos como no *Louvre*. As suas fãs são loucas!

Keun acelera. Precisa de alguns minutos para encontrar o equilíbrio e começa a seguir o amigo. Ao seu lado, San dá algumas explicações rápidas:

— Fique de olho no trânsito e me acompanhe de perto. O movimento piora quando há greve dos trens e metrô.

San indica com o braço que vai fazer uma curva e depois atravessa uma rua na passagem de pedestres. Keun o segue. San levanta um dedo e aponta. Keun acompanha o movimento com os olhos.

— Lembra do incêndio?

Keun vira o rosto em direção das torres da *Notre-Dame*.

Eles param para uma *selfie* e voltam a acelerar.

San faz um novo movimento com um braço e indica que vai atravessar.

Os olhos de Keun acompanham o desfile de monumentos; turistas e suas máquinas fotográficas; do rio e das suas pontes. Acena

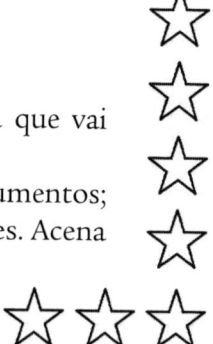

para San e para por um momento em uma delas. Desce do patinete. Observa os barcos deslizarem sem pressa de um lado para o outro do *Seine* e os prédios de outros séculos. Ouve alguns pássaros e vê um casal aos beijos. Abaixa os olhos.

— Oh! Não precisa fazer o tímido. Isso é normal por aqui.

— Não estou sendo tímido...

— Sei...

— Já namorou uma local?

San se encosta no parapeito da ponte. Estufa o peito.

— Algumas...

Keun-Suk ri.

— Mesmo?! — Ele se vira para o rapaz um pouco menor do que ele.

O rosto oval de San ganha a cor de um pêssego maduro.

— Para ser bem honesto, tive uma experiência. Mas é melhor não falarmos sobre isso.

Keun lhe dá um tapinha no ombro.

— Bom garoto. — Vira-se em direção ao rio. — E a adaptação? — Cruza as mãos, apoia os antebraços no parapeito e deixa o olhar vagar.

San imita a posição ao lado dele.

— Foi complicada, mas agora está tudo bem. Já converso informalmente com muita gente. Até pessoas mais velhas e professores.

Keun olha para o amigo, surpreso.

— Assim que começamos a nos conhecer melhor podemos deixar de lado a formalidade. Seria bom achar um nome ocidental, isso ajuda. O meu é Samuel. — Dá de ombros. — Você conseguiu falar com Min-Ah?

Ele balança a cabeça de baixo para cima.

— E?

— Como imaginava, o pai dela não quer ouvir falar de casamento e ameaça nunca mais produzir os meus discos se ela insistir com a ideia.

San arregala os olhos.

— Como vai fazer sem um produtor?!

— O meu contrato com a produtora só termina em três anos e eu sou o artista mais rentável da empresa. O problema é que Min-Ah também sabe disso e ela me mandou uma mensagem com o que disse ao pai dela.

— O quê?

— Que "não vai desistir de mim e que o casamento vai acontecer assim que voltar".

San mexe nas cutículas.

— Será que a sua mãe achou um jeito de chantageá-la?

Keun vira o rosto para o amigo.

— A minha mãe não chegaria a tanto. — Faz uma pausa. — E se fosse o caso, não imagino como poderia fazer isso com Min-Ah.

— Foi o que ela disse?

— Ela confirmou que se apaixonou por mim quando contracenamos juntos. Ela me ama.

— Você acreditou?

— Não.

— Por quê?

— Ela não me beijava como alguém apaixonado.

San lhe dá um soco no braço.

— Realmente, você beijou tantas beldades na ficção e na vida real, que só de pensar tenho inveja de você...

— Nenhuma delas me interessava realmente...

— Você abusa da sorte e um dia vai ser punido! — Aponta para o céu. — Ainda vou ver você sem norte por causa de uma mulher.

Keun solta uma risadinha presunçosa.

— Vamos circular.

Um grito faz os dois rapazes virarem os rostos. Duas moças correm na direção deles com celulares e máquinas fotográficas em punho.

— Eu não acredito! Não vamos ter sossego aqui?

Keun toca no braço de San, que liga o patinete. Faz um movimento negativo com a cabeça.

— Você fala sério?

Keun sorri.

As moças chegam esbaforidas e com um sorriso de que ganharam na loteria. A mais baixa delas pede para fazer uma foto.

— Lee Keun-Suk! Que sorte! Somos suas fãs... — a segunda moça, que usa óculos redondos como o seu rosto, comenta o óbvio.

O cantor abre um grande sorriso; faz poses e deixa o seu autógrafo em caderninhos. Elas agradecem e se afastam com acenos festivos.

— Não sei como você suporta isso...

— Não suporto, mas, como diz o meu agente, faz parte do "pacote".

Ele tira o celular do bolso, faz uma rápida pesquisa e olha para San.

— Você me leva para o aeroporto?

— O quê?!

— Pelo que entendi, a escola de francês para estrangeiros fica em um local mais afastado, no campo.

San pensa por um momento.

— Foi o que um colega da faculdade que mora na região me disse. Você não confirmou as informações no site?

— Confirmei e por isso decidi ir para lá. Essa estrutura é o que preciso para me isolar por um momento.

— Mas a professora não aceitou a sua oferta. Vai perder o seu tempo, Keun.

Dá de ombros.

— Eu tenho que entregar o celular dela.

— Mas você não sabe quando ela vai embora de Paris! — Levanta as mãos.

Keun olha para San.

— Não, mas tenho todo o tempo do mundo para esperá-la na *Provence*. — Pisca um olho.

— Péssima ideia, péssima ideia, péssima ideia... — San balança a cabeça. — Já me arrependi de ter lhe enviado o link do site dessa escola. Seria melhor ficar por aqui mais alguns dias, podemos visitar muita coisa legal.

O cantor encara San.

— Estou aqui há uma semana. Quanto tempo fico a mais? Um mês? Dois? — Fecha os olhos por um breve momento. — Não, San, eu realmente preciso desse tempo longe do mundo, do meu mundo.

— Paris é diferente do seu mundo.

Keun pensa por um momento.

— Reconheceram-me no *Louvre*, perto da torre e agora há pouco...

— Vamos ter mais cuidado, não vai acontecer de novo. Por favor, fique.

— Você tem um compromisso com a faculdade, não pode simplesmente me acompanhar durante vários meses. A visita de cortesia terminou, meu amigo. Eu agradeço muito por ter me recebido no seu apartamento. Agora eu preciso de um porto para baixar a âncora por um tempo antes de tentar navegar por novos mares.

San fica pensativo.

— Por que acha que ela vai abrir a porta da escola apenas para você depois de ter lhe dito "não". Só porque vai lhe entregar o celular? Esse plano está furado.

— Tem certeza?

— Absoluta.

— Por quê?

— Franceses são cartesianos e não gostam de imprevistos ou de improvisações.

Um movimento nas costas de San chama a atenção de Keun. Ele fecha os olhos em uma fresta e localiza um grupo que se aproxima.

— Pode ser um plano ruim, mas pelo menos ele tem a vantagem do desconhecido, da incógnita. Não sei o que vai acontecer quando chegar lá e isso é muito... — Faz uma pausa. — Excitante.

San franze as sobrancelhas.

Com o queixo, Keun mostra o grupo de jovens que corre para abordá-lo.

— Ou prefere me acompanhar na minha rotina?

As mocinhas que pediram os autógrafos voltaram com as amigas. Muitas amigas.

San rosna.

— Esperamos por elas e as convidamos para jantar? — Keun ironiza.

San faz uma careta.

— O que pode acontecer de pior?

— Essas fotos vão atrair jornalistas...

San sobe no patinete.

— Vamos, vou lhe ajudar a pegar o primeiro avião para Marselha.

MENTIRAS E LACUNAS

D IANTE DO ARMÁRIO DE FRANCIS, Sophie hesita entre guardar as roupas limpas que trouxe ou fazer uma fogueira no quintal. Coloca as camisetas em um nicho.

Passa a mão sobre os pulôveres em cashmere. Olha para os ternos alinhados em um degradê de azuis e cinzas. Os espaços vazios entre os cabides indicam os dias que Francis viaja. Raros no começo da relação, se tornaram tão frequentes quanto as disputas.

Sophie pega uma manga e sente o perfume amadeirado com notas de couro e grama. Fecha os olhos e revê cenas do casamento. A igreja enfeitada com laços em cetim; a festa que reuniu poucos amigos e muitos desconhecidos; o buquê de lírios do vale e lavanda. Volta a sentir o gosto dos pratos refinados feitos por Francis e acompanhados por vinhos selecionados por ele durante os almoços com os amigos. As brigas e os recomeços; as risadas e os lamentos; as noites tórridas e as serenas. Os seis anos parecem sessenta e, no filme que desfila diante dos seus olhos, a maioria deles os sorrisos prevalecem. Por que, de repente, tudo volta a ser rosa, perfumado, florido?

O brilho de um bracelete ao lado dos relógios de marca chama a sua atenção. Francis comprou em Bali durante a lua de mel.

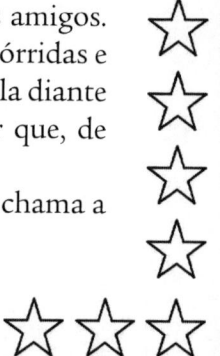

Estive em Bali?! Como?!

No mesmo momento, lembra-se de um templo budista no Japão e do *Taj Mahal*.

A imagem de um sári amarelo surge na sua mente. Vai até o armário dela. No fundo de uma gaveta, cintila a roupa indiana.

Eu fui à Índia?! *Quando? Por que não me lembro de nada disso?*

Uma cefaleia surge violenta e a faz fechar os olhos.

O telefone do quarto toca.

— *Sophie! Você pode falar agora?*

— *Bonjour*, Laurent ... — Tem a impressão de que o chefe de Francis grita.

— *Tudo pronto para a mudança?*

— Não, ainda preciso resolver alguns... problemas. — Escuta o barulho dos martelos em plena ação.

— *Imagino, ele me falou da obra que estão fazendo para vender a fazenda com um preço melhor.*

— O quê?!

— *Francis conta com esse dinheiro para se instalar definitivamente na ilha.*

Sophie trava os dentes.

— Laurent, quem assumiu o posto em Marselha?

— *Como Francis insistiu em ir para a* Réunion, *a vaga em Marselha continua aberta. Eu liguei para lhe pedir...*

O aparelho escorrega da mão dela e cai sobre a cerâmica.

"Vender a fazenda com um preço melhor?"

Recupera e coloca o fone no gancho.

Desce as escadas correndo.

Chega ao escritório do marido e escancara a porta. Abre todas as gavetas da escrivaninha e derruba livros da estante. Procura intensamente durante muitos minutos até encontrar a escritura. Lê várias vezes e não encontra nenhum problema. Tudo está bem claro: a fazenda foi deixada no nome dela. Não há o que duvidar. Abraça com força a prova do seu bem e sai em busca de um esconderijo.

SEPARAÇÃO

S OPHIE OUVE O MOTOR do carro de Francis.
Passos pesados se aproximam do pórtico e o tilintar da chave faz com que todos os seus músculos se contraiam. Fecha os punhos. Está pronta para uma nova batalha.

A maçaneta gira. Francis entra com uma expressão cansada. Apesar das olheiras e ombros caídos, tenta um sorriso.

— Não via a hora de lhe ver, meu Duende, e de descansar um pouco. Faz uma semana que viajo sem parar.

Ela se aproxima e o encara.

— O meu nome é Sophie.

Francis revira os olhos.

— Nem entrei em casa e vamos começar a brigar?

Ele fecha a porta atrás dele e encosta a mala.

Sophie levanta uma mão em um alerta.

— Não.

— O quê?!

— Você não dorme mais aqui.

— Do que está falando agora?

— Eu falei com Laurent. Você nunca tentou ocupar o posto de Marselha. Você quer vender a fazenda e ir para a ilha onde moram os seus pais. Eu não quero. Não há mais nada a discutir.

Ele se aproxima e tenta pegar na mão de Sophie. Ela se esquiva.

— Sophie, por favor, você não vê que a minha situação é muito difícil? Eu amo você e quero que venha comigo.

— Verdadeiro ou falso? — Levanta as mãos. — Com um mentiroso compulsivo como você é difícil saber.

Ele se afasta com as mãos na cintura.

— E você não mente também? — Aponta para ela. — Você diz para todo mundo que a escola vai bem, mas nós sabemos que isso não é verdade. Você gastou todo o dinheiro que os seus pais levaram anos para juntar e as suas economias nessa obra infernal, que não tem como terminar!

— Vou procurar um advogado.

— Vai perder o seu tempo. Eu não vou me separar de você.

— Por quê? — Abre os braços.

— Eu a amo, Sophie! Não posso ir embora sem você.

— Isso é problema seu! — rebate em um tom mais elevado.

Um silêncio pesado se instala. Eles permanecem um de frente para o outro com os olhares em chamas. Sophie sente todo o seu corpo dolorido como se tivesse caído sobre cactos e Francis dá a impressão que precisa de muito controle para não esbofeteá-la.

Levanta uma mão, mas, em vez de uma agressão, pede calma e dá um passo para trás.

— Eu sinto muito por tudo isso. — Faz uma pausa e sugere: — Eu lhe ajudo a terminar a obra e você vem comigo. Ficamos juntos por alguns meses até eu assumir inteiramente o meu posto. Caso ainda queira a separação, fazemos isso daqui a alguns meses.

Sophie avança alguns passos, pega a mala, abre a porta e a joga lá fora.

— Esta é a minha resposta.

O rosto de Francis ganha um tom vermelho vivo. As suas narinas se abrem e lembram um touro na arena. Morde o lábio inferior e sente o gosto de sangue.

Sophie tem a impressão de que flutua ao lado da mesa e observa a cena do alto, como se fosse um espírito errante. Nesse momento, não tem corpo, cérebro e muito menos força para reagir. O que acontece diante dos seus olhos supera tudo o que poderia imaginar. O homem com quem se casou tirou a máscara na frente dela e o que vê não é o olhar de um marido apaixonado, mas o rosto grotesco de um inimigo ao qual declarou guerra.

— Vou ficar uns dias em Marselha enquanto pensa na minha proposta. — Dá alguns passos e encara Sophie. — Mas não se engane, eu não vou abrir mão do que é meu. — Aproxima-se ainda mais, fica a alguns centímetros do rosto dela e murmura: — Você pode não se lembrar, mas sabe muito bem o que aconteceu quando tentou se separar de mim.

Sai e bate a porta atrás dele.

FORA DOS EIXOS

Sentada com os joelhos próximos do peito e os braços em torno deles, Sophie observa as últimas chamas da lareira tremularem. O olhar estático que reflete as labaredas parece de vidro.

Não sente a mão que pousa delicadamente sobre o seu braço.

— Sophie...

Vira os olhos com lentidão e encontra o rosto contraído de Ângela.

— Você tem que parar de beber...

Ângela pega a garrafa de *rosé* e a afasta da amiga.

Sophie levanta um braço e recupera a bebida com um movimento brusco.

— Não bebi o suficiente. — A língua enrola.

— Isso não vai resolver nenhum dos seus problemas.

Sophie a encara.

— A Júlia disse que tudo vai se ajeitar. — Levanta a garrafa e bebe mais alguns goles. — Eu não tenho com o que me preocupar, mas enquanto isso quero esquecer o que vivo nesse momento.

Deixa o braço que segura a garrafa cair ao lado do corpo.

Ângela a abraça com força.

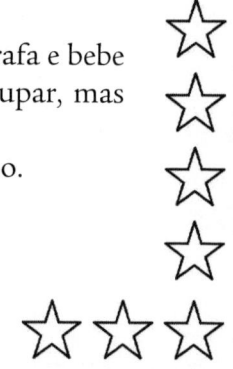

— Eu não sei o que fazer — afirma entre soluços. — Ele diz que me ama... mas como alguém pode amar desse jeito? — Levanta o rosto para Ângela. — Como? COMO? — Ele sempre mentiu, Ângela. Como vou confiar nele de novo?

Limpa o que escorre pela boca com a manga do pulôver.

— Pelo amor de Deus, você vai ficar doente! — Ângela tira a garrafa das mãos de Sophie.

— NÃO! — Sophie grita e recupera a bebida. — Eu preciso afogar esse sentimento estúpido. — Levanta a voz: — Não posso ceder e voltar para esse homem. Não posso!

Afasta-se trôpega. Segura na poltrona. Olha para a sala. Tem a certeza de que tudo está em movimento. O seu mundo saiu dos eixos e gira, gira, gira com voltas cada vez mais aceleradas.

— A casa dos meus pais... — Coloca a mão no peito. — Como ele pode fazer isso comigo? Como posso ir embora dessa casa, onde, pela primeira vez, eu criei raízes. Eu não acredito que vou ter que me mudar de novo! Eu não entendo. Eu sou tão ruim assim? Eu mereço isso? — Faz uma pausa e abaixa o tom. — Ele disse que eu sabia muito bem o que aconteceu quando tentei me separar dele. O que isso quer dizer? E o aquele sári faz no meu quarto?

Ângela arregala os olhos.

— Você lembrou?!

— Do quê? — Abre as mãos. — Do que preciso lembrar, Ângela? Como alguém que tem medo de avião pode ter ido à Índia?!

— Por favor, ligue para o seu *psi*... — Ângela pede em um lamento.

— Eu não sou louca, se é isso o que pensa!

Sophie bebe até o último gole e joga a carcaça sobre o tapete. O seu corpo oscila para a frente e para trás. Um gosto amargo percorre sua boca. Uma ânsia sobe até a sua garganta. Caminha aos tropeços até o bar. Pega uma garrafa de uísque e a abre.

Ângela chega correndo. Tenta recuperar a bebida.

— Por favor, Sophie...

Empurra a amiga.

— Se eu não esquecer completamente o lado bom desse casamento, eu não vou conseguir me separar dele; e se eu não me separar, vou ter que embarcar para aquela ilha.

— Eu não sei se essa é a melhor solução, mas se for apenas hoje, beba, minha amiga, beba tudo o que quiser — Ângela funga. — E chore tudo o que precisa chorar. Eu fico com você esta noite.

Sophie levanta um dedo e continua:

— Não recebemos nenhuma proposta para o carro. Amanhã, procuro outro banco. Se conseguir o empréstimo, não vou depender dele para terminar a obra.

— E se não conseguir, vai aceitar a chantagem de Francis?

Sophie não responde. Tenta um sorriso com os lábios tão trêmulos quanto o seu queixo e volta a beber até que a casa, o casamento e ela própria deixem de existir.

PROVENCE

A PRIMAVERA COMEÇA E, COM ela, um novo ciclo.

Keun-Suk sai do corredor do avião.

Observa algumas publicidades com mensagens de boas-vindas à Marselha e vê algumas lojas fechadas.

Algumas pessoas leem, dormem ou mexem nos celulares.

A maioria das cadeiras está vazia.

Poderia estar em qualquer aeroporto do mundo. Locais de transição são todos parecidos. Impessoais, parecem ser construídos como a porta de alguma dimensão, um local de passagem. Em todos eles há apenas um único ponto em comum: o desconforto. Como se os construtores quisessem lembrar que nada pode substituir uma casa, um lar.

Confirma aliviado que o aeroporto de Marselha é bem menor que o de Paris e, melhor do que isso, não vê nenhum asiático além dele.

Sai do prédio de desembarque. A lua está alta no céu.

Confere a hora.

Olha de um lado para o outro. O movimento é praticamente inexistente. Tudo está calmo. Silencioso. Só agora percebe como achou Paris barulhenta.

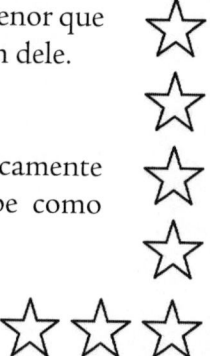

Dá alguns passos. Para. Volta a girar o rosto para tentar localizar onde ficam os táxis. Não encontra nenhum.

Apressa-se e se aproxima de outro passageiro. Pelo caminhar determinado e terno bem cortado, parece um local que acaba de chegar. Pede informações. O homem lhe responde com um breve sorriso e aponta para uma direção. Keun-Suk agradece com um leve movimento de cabeça e se encaminha até o local.

Entra no táxi. Abre a reserva do hotel e mostra o endereço.

San aconselhou que ficasse em *Aix-en-Provence*. Perto de Marselha, é o melhor ponto de partida para quem quer descobrir a região. Ele não quer descobrir a cidade e muito menos a região, mas a si mesmo e para isso precisa de apenas um quarto. Mas achou melhor ouvir o conselho do amigo, isso evitaria horas de pesquisa na internet sobre um lugar que nunca visitou.

Do aeroporto ao centro de *Aix-en-Provence*, não há muito o que descrever dos prédios industriais ou comerciais. A noite transforma qualquer paisagem em um manto escuro com alguns pontos coloridos mais ou menos brilhantes intercalados por longos hiatos de uma paisagem árida, com poucos arbustos, quase desértica. Mergulhados na escuridão, são parênteses que incentivam a introspecção.

Keun-Suk se vê abraçado por um sentimento novo e tem dificuldade de aprisioná-lo em uma única palavra. Não acha as letras certas. Ocidentais ou orientais, nenhuma é suficiente para descrever o que sente. O desconhecido tem o poder de nos surpreender quando menos esperamos. Depois desse encontro, abre-se um novo caminho para descobrirmos quem somos de verdade.

A chuva que começa piora a visibilidade.

Os seus olhos aparecem no reflexo do retrovisor do motorista, mas o que vê é a professora esquisita. Ela parece um enorme ponto de interrogação. O rosto de mulher não combina com os gestos inseguros e o olhar que, em momentos fortuitos, parece confuso.

Solta um riso rápido ao se lembrar da maneira como ela se mexia de um jeito estranho.

Coça a barba de alguns dias.

Qual vai ser a reação dela quando me ver? E se não puder ficar mesmo na escola? O que vou fazer?

"Não precisa se preocupar, Keun, qualquer que seja o fim, ele sempre chega." Essa seria a frase que o doutor Jang lhe diria. Sorri.

O trajeto dura pouco mais do que 30 minutos.

— Vou deixá-lo aqui, *monsieur*, não podemos entrar no centro velho — informa o taxista em um inglês bem treinado.

— Por quê?

— Segurança contra atentados terroristas.

— Ah! O hotel?

— Muito fácil, são apenas cinco minutos a pé. — Aponta. — Naquela direção.

Keun-Suk paga o valor, agradece e desce do carro.

Para ao lado de uma fonte redonda e deixa os olhos vagarem de um ponto ao outro. Observa os leões e outros animais esculpidos com habilidade no monumento e o movimento contínuo dos jatos de água que criam uma dança delicada.

Liga o celular e abre um aplicativo. O mapa lhe dá as indicações e, sem pressa, se encaminha até o hotel pela longa avenida margeada por imensas árvores finas e iluminada por grandes postes elegantes. Admira os casarões antigos e observa o movimento dos jovens que passam por ele com conversas animadas.

Apesar da hora, alguns cafés ainda funcionam.

O vai e vem animado dos passantes o surpreende.

Essa é uma cidade campestre no interior da França?

Uma moça esbarra nele.

— *Pardon!*

Ela ajeita os fones e segue em frente.

Keun volta a olhar para a tela do celular.

Dá mais alguns passos e chega na rua do hotel. Confere o nome e empurra a porta de vidro.

Nunca entrou em um estabelecimento com menos do que cinco estrelas. A hospedagem indicada por San seria a primeira.

Encontra uma recepção muito diferente do que esperava. Móveis confortáveis em um tecido vermelho estão espalhados pelo local onde uma escadaria de pedra dourada com corrimão de ferro se insinua como uma mão que oferece ajuda. Levanta os olhos e encontra um quadro imenso sob uma ogiva medieval e um vitral colorido retangular extremamente alto.

— Estamos em uma antiga capela do século XII. — A voz masculina é acompanhada de um sorriso simpático. — Estava lhe esperando, senhor Lee.

Keun cumprimenta o recepcionista com um movimento de cabeça e se aproxima do balcão. Entrega o passaporte e assina os documentos.

Ao acompanhar o jovem pequeno e magro com um terno escuro, observa uma tapeçaria esmaecida pelo tempo pendurada na parede de pedra. Ela mostra um unicórnio.

Abre um imenso sorriso.

Que a magia comece...

ENCANTAMENTO

SOPHIE COLOCA AS MÃOS SOBRE A CABEÇA. Tem a impressão de que está do tamanho do carro que passa por ela e faz tanto barulho quanto. O corpo dói como se tivesse atravessado uma prensa de destilação. O estômago faz ruídos estranhos. Dentro da boca, sente que há um sapo morto.

Eu realmente não deveria ter bebido tanto...

Os olhos inchados ganharam ainda mais destaque sob as camadas generosas de lápis, sombra e rímel que tentavam escondê-los. O terno bem cortado não lhe deu a segurança que esperava desse tipo de vestimenta. Olha para os pés e faz uma careta, como se tivesse espinhos encravados em suas solas. Os saltos incomodam tanto que parecem de vidro.

Observa o seu reflexo na porta do banco.

Ajeita o casaco por cima do paletó e levanta a calça que balança na cintura emagrecida apesar do cinto.

Aperta a pasta com os documentos da fazenda e entra.

Apresenta-se à recepção. A recepcionista, vestida com um terno justo quase no mesmo tom dos cabelos castanhos presos em um rabo de cavalo, pede, de uma maneira cordial, para que aguarde.

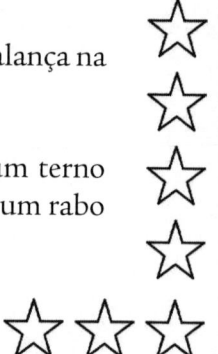

Ela vai até a sala e se senta em um dos sofás curvos. O local, que um dia foi uma mansão do século XVIII, mantém a aura de sofisticação do passado. Observa as grandes janelas emolduradas com delicados motivos em gesso; as pinturas de cenas campestres que enfeitam as portas; os detalhes em dourado que combinam com os imensos e brilhantes lustres modernos.

Uma meia dúzia de clientes se movimenta entre os poucos guichês e as máquinas para depósito de cheques. A tecnologia liberou o espaço e a velha casa que transborda luxo e dinheiro parece ainda maior.

Um homem baixo com terno escuro, uma gravata vermelha e a expressão de um padre que vai dar a extrema unção, se aproxima com a mão estendida.

Sophie se levanta e o cumprimenta.

— Por aqui, *madame* Favre.

Ele indica a direção.

Sophie o segue e ambos entram em uma sala bem iluminada, bem organizada, bem fria.

Um calafrio percorre a sua espinha.

A sua escola depende desse encontro.

Pelo rápido olhar que o gerente lança para o relógio assim que entram, ela tem a certeza de que o seu futuro não vai ser melhor do que o seu presente.

O tempo é realmente algo extraordinário. Para Sophie, que contorce uma mão na outra e se controla para não coçar o corpo em chamas, ele demora a passar. Cada palavra pronunciada parece ser dita em câmera lenta. Todos os seus músculos traem a dificuldade da missão. Os pulmões puxam o ar como se estivesse em um local despressurizado; o coração ameaça parar de bater e os olhos não conseguem encarar o homem calado à sua frente.

Ela sabe que não tem qualquer chance de ganhar a batalha, mas tenta de todas as maneiras. Usa as melhores frases, os mais hábeis argumentos e os mais simpáticos e esforçados sorrisos. Não adianta. Diante dela, o negociador hábil entende apenas a linguagem dos números e não consegue traduzir nenhum dos gestos desesperados da cliente. Para ele, cada segundo com Sophie é um segundo perdido do seu precioso tempo.

Sophie avisou à Ângela que ficaria fora por toda a manhã, mas a reunião dura exatos quinze minutos.

— Eu sinto muito, *madame* Favre.

Não, não sente absolutamente nada.

É a terceira vez nessa manhã que Sophie ouve essa desculpa vazia de sentido e emoção. A primeira foi no canteiro de obras. Luís avisou que os materiais encomendados para os banheiros não chegariam na data esperada. A segunda, no escritório de contabilidade indicado por Ângela para uma avaliação dos números da empresa. O contador confirmou o que sabia: sem um empréstimo, não poderia terminar a obra, nem pagar o aluguel da "filial" ou os professores.

Agradece o gerente com um sorriso educado e deixa o banco.

Permanece parada na frente da porta. O vento frio estapeia o seu rosto e o deixa avermelhado. Levanta os olhos para o céu claro e luminoso. Sem nenhum traço de branco, lembra o mar em um dia calmo.

Um dos trezentos dias de sol na Provence... Ri.

Que ironia! Eu daria tudo por uma tempestade violenta. Com o mistral a cem quilômetros por hora, levantando poeira, arrancando árvores, limpando a cidade, lavando a minha alma...

Controla a vontade de chorar.

Volta a observar a avenida. Passantes vão e vem em várias direções, com ritmos e estados de alma diferentes. Cada um com a sua cruz. Levanta e abaixa os ombros. A dela está pesada. Extremamente pesada. A mão dentro do bolso encontra um pedaço de papel. Sophie o acaricia por alguns segundos. Tira-o e o observa mais tempo do que o necessário.

— Lé-é Queum Suqui... — repete o nome e o telefone em voz alta.

Se ele ficou com o meu celular, por que não mandou um e-mail ou ligou para o número da escola?

"Dinheiro não é problema", lembra da frase e do sorriso confiante, que a deixou ainda mais interessada.

Será que o senhor "Dinheiro-não-é-problema" ainda gostaria de estudar aqui?

Balança a cabeça de um lado para o outro.

Não consigo nem imaginar como poderia cobrar um serviço como esse. A casa não está em condições, a escola não está em condições, eu não estou em condições...

Coça o pescoço e guarda novamente o papel.

A dor insistente que comprime as suas têmporas chega aos dentes. Mexe o maxilar de um lado para o outro. O seu corpo inteiro arde como se estivesse no meio de uma fogueira ao se lembrar da conversa com Francis.

Mexe no dedo sem a aliança. A irritação da pele no local desapareceu, mas a impressão de que o metal queima a sua mão permanece.

Como eu vou sair dessa situação?

Olha de um lado para o outro da longa avenida, embelecida por casarões e árvores centenárias, mas sem ter a menor ideia do caminho a seguir, continua inerte em frente ao banco.

Uma jovem com uma camiseta colorida avança com passos rápidos diante dos seus olhos. Com uma anteninha que tem um laço branco amarrado, aponta para os monumentos e, de vez em quando, olha para o imenso relógio que carrega no pulso. Um grupo heterogêneo a segue.

Abre um sorriso ao pensar no gato da Alice no País das Maravilhas:

— *Qual o caminho que devo tomar?*
— *Isso depende do lugar para onde você quer ir — disse o gato.*
— *Eu não sei para onde quero ir.*
— *Se você não sabe para onde ir, qualquer caminho serve.*

Será?

Os estrangeiros lançam olhares em diversas direções, fazem fotos, mas não perdem a moça do foco. Como o coelho da Alice, ela sabe para onde vai.

Como gostaria de andar com essa confiança, avançar sem hesitação, olhar para a frente segura de que o melhor do dia ainda está por vir. Os seus olhos não conseguem deixar o grupo que se afasta e diminui de tamanho. Ajeita a alça da bolsa e os seus pés se movimentam sem que dê a ordem. Observa os olhares que vão de uma novidade a outra; os sorrisos mais ou menos abertos e as conversas que comentam as explicações da guia. Cada passageiro aproveita com mais ou menos interesse esse parêntese de descobertas, experiências e encontros que é uma viagem. Por alguns dias, estão livres da rotina e das preocupações.

É preciso se desconectar do próprio mundo para poder viver um outro...

Ao entender o óbvio, acelera o passo. Segue o movimento dos turistas a uma certa distância e o olhar discreto. Eles param diante de uma fonte e levantam os rostos para a estátua de um rei medieval que segura um cacho de uvas.

Como era o nome dele mesmo?

A pausa diante de René, o Bom, dura poucos minutos. O grupo aponta as câmeras em várias direções até desaparecer em uma curva.

Sophie permanece estática. Diante dela, há uma vitrine onde triângulos, círculos, quadrados e retângulos se equilibram uns sobre os outros. Muito mais palatáveis do que a geometria, oferecem consolo em camadas de creme, açúcar, frutas e chocolate. Tudo ali foi feito para seduzir até os mais abnegados. As formas, as cores e os brilhos são uma tentação que Sophie não tem nenhuma intenção de resistir. O desejo surge nas pupilas dilatadas e na língua que passa sobre os lábios.

O encantamento age e Sophie entra.

Um sininho e um cheiro adocicado lhe dão as boas-vindas.

Senta-se em uma mesa em frente da porta e faz o pedido que não demora a chegar.

Serve-se do chá e se deixa envolver pelo perfume que a lembra uma tarde chuvosa em uma plantação de laranjeiras. Ao lado do bule em porcelana branca, uma obra de arte. O cilindro cor de cereja que cabe dentro da palma da mão é tão brilhante quanto a fruta. Coberto com uma espiral de chantilly, onde se equilibram gravetos de chocolate branco, esconde um coração recheado de framboesa sobre um biscoito crocante de limão. Desliza o garfo delicadamente sobre o doce antecipando o bem que iria fazer a sua alma. O pedaço se derrete em seu palato. Deixa a língua brincar com uma textura que parece uma nuvem. Descobre cada sabor sem pressa até que algo extraordinário acontece: seu coração começa a bater forte e a animar todo o seu corpo, como se soubesse antes dela que algo importante iria acontecer.

O barulho do sininho a faz levantar o rosto para a porta por onde entra uma silhueta alta e elegante. Todo de preto, usa um boné e um casaco longo que estala enquanto caminha com passos apressados em sua direção. Tudo ali foi feito para seduzir até os mais abnegados. A forma, a cor e o brilho nos olhos são uma tentação que Sophie deve resistir, mas o desejo surge nas pupilas dilatadas e na língua que passa sobre os lábios.

O encantamento age e Sophie sorri.

PAPARAZZI

KEUN-SUK CONFERE A TELA DO CELULAR. Uma hora antes, enviou um novo e-mail para a escola de Sophie. Avisava que a proposta estava de pé e que queria lhe entregar o telefone. Mandou outros antes de sair de Paris. Todos sem resposta.

Mexe o lóbulo da orelha.

O café da manhã chega. Agradece com uma gorjeta e coloca a bandeja sobre a mesa com um olhar desapontado. Com certeza, recebia um café tipicamente coreano nos outros estabelecimentos por causa da equipe que o acompanhava. Balança a cabeça, olha de novo para o serviço em porcelana e sorri. Escolheu esse caminho, não iria dar para trás agora.

Levanta os potinhos de geleia e lê os rótulos.

— Morango, figo, pêssego, damasco com lavanda... — A boca saliva.

Começa a saborear os ovos mexidos com ervas da *Provence* quando o celular toca. Coloca a ligação no viva-voz.

— Alô, San...

— *Você chegou bem?*

— Tudo em ordem até agora.

— *E o hotel?*

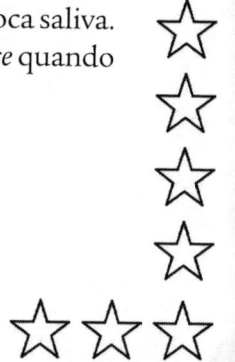

Keun-Suk lança um olhar pelo quarto. Observa os móveis em cinza claro com um ar *vintage* elegante e as imensas portas-balcão que dão para um terraço com vista para os telhados da cidade. Esfrega os pés descalços no carpete alto, fofo e no mesmo tom da mobília. Inspira o perfume doce que lhe lembra uma flor, mas não poderia dizer qual.

— Melhor do que esperava, obrigado. Não foi para a aula?

— *Estou a caminho. O senhor Kim não conseguiu falar com você e me pediu para lhe avisar sobre o novo problema.*

— Fiquei sem bateria. — Espalha a manteiga dentro da baguete. — O que foi agora?

— *O seu médico deu várias entrevistas para explicar a doença. Todas elas acompanhadas pela sua mãe, que está com um sorriso de orelha a orelha diante do interesse. Você e a glossofobia são os primeiros assuntos procurados na internet da Coreia.*

— Imagino... E?

— *Ele avisou que você deveria descansar longe de toda pressão e pediu paciência aos fãs.*

— Isso é ótimo! Onde está o problema? — Morde o pão.

— *Jornalistas embarcaram para a França e estão no seu encalço para saber onde está e o que vai fazer para tratar a tal glossofobia.*

Keun mastiga em silêncio. San continua:

— *A primeira coisa que eles vão fazer é ligar para os hotéis, mas fique tranquilo, o nome do seu passaporte não é o mesmo que usa em cena.*

— O meu nome de nascença não é segredo para as fãs e muito menos para os jornalistas.

— *Hummm... Pode ser, mas você ficou aqui em casa e eles nunca vão procurar por você em um três estrelas em Aix-en-Provence.*

— Não subestime os jornalistas. Fez o que combinamos?

— *Postei em redes sociais diferentes algumas das fotos que tirei de você como se fosse um fã. Todo mundo ainda acha que está em Paris.*

Termina o suco e bebe um gole de café.

— Ótimo, continue fazendo isso, por favor.

— *Mas você sabe que basta uma nova foto sua por aí e o seu disfarce parte em fumaça.*

Keun limpa a boca e pega o celular.

— Eu sei.

— *Conseguiu falar com a professora?*

— Ela ainda não respondeu aos e-mails.

— *Podem ter caído nos spams...*

— Vou ligar para o instituto...

— *Okay. Entro no metrô. Avise se precisar de alguma coisa e me mantenha informado sobre esse imbróglio. Bye!*

Keun-Suk vai até o terraço.

Uma imponente torre medieval surge à sua direita.

Escuta alguns pássaros; o vento que murmura com as árvores; os pneus que circulam pelas artérias da cidade como hemoglobinas gigantes. O seu rosto relaxa. Fecha os olhos e aproveita o momento. Não sabe quanto tempo vai durar. Abre os olhos e mecanicamente olha para cima para ter certeza de que a espada de Dâmocles não está sobre a sua cabeça.

Verifica novamente a caixa postal. Nada. Procura o telefone da escola na internet. Deixa uma mensagem na secretária eletrônica.

Levanta-se, pega o boné, a máscara e a carteira.

Desce saltando os degraus da escada.

Abre o mapa.

Mistura-se aos outros turistas, ávidos por novidades que estão do lado de fora e sentimentos perdidos dentro deles mesmos.

Anda sem pressa.

Chega a uma praça com barraquinhas coloridas e feirantes animados. Experimenta o que é oferecido.

Passa diante da prefeitura. Tira algumas fotos e atravessa a torre onde um relógio parece estar lá desde o início dos tempos.

Sobe a rua estreita por onde ziguezagueia entre as lojas com produtos locais.

Para diante da catedral. Levanta lentamente o rosto para a fachada decorada com esculturas longilíneas. Presos em ogivas de pedra, os antigos guardiões observam os passantes com um olhar vítreo e estranho como se pudessem ver além.

Retira o boné e entra. O cheiro de poeira e passado lhe envolvem. Desce os degraus e chega no batistério cercado por colunas romanas e banhado pela iluminação dourada que atravessa a claraboia. O silêncio solene e pesado é substituído por notas e acordes. Guiado pelo som, entra na nave principal onde um altar em dourado fosco faz um contraste com o azul-escuro dos vitrais. Os seus braços se arrepiam e tenta controlar a emoção que explode em pleno peito. O órgão é um instrumento estranho. Imponente e grave, tem esse poder de nos atingir lá dentro. Talvez por isso mesmo tenha esse nome. Sente a força de lágrimas represadas arrebentarem a proteção. Elas surgem em profusão enquanto imagens passam diante dos olhos brilhantes. O sorriso da mãe; o palco; as luzes; os prêmios; as fãs; os poucos amigos. A música.

A conhecida sensação de opressão retorna.

As pesadas correntes invisíveis que pensou ter deixado na Coreia continuam onde sempre estiveram. Finalmente entende. Quebrar os grilhões seria muito mais difícil do que imaginava: eles fazem parte dele.

Sai da igreja.

Faz o caminho de volta por outras ruas. Não tem pressa de voltar ao hotel, nem à própria vida.

Uma vibração no celular indica uma nova mensagem.

> *Bom dia, senhor Lee.*
> *A professora Favre está em* Aix.
> *Depois da reunião com o contador,*
> *ela vai até o banco, que fica no número 6,*
> *no* Cours Mirabeau. *Caso tenha saído de lá,*
> *com certeza vai passar nessa doceria.*
> *O endereço está nesse link.*

Aciona o aplicativo com o GPS no celular.

Chega ao *Cours Mirabeau* e procura o número mais próximo. Está do lado errado. Calcula que o banco deve ficar a poucos metros. Bate a mão na testa ao se lembrar de que está sem o telefone dela. Olha para a direção da rua do hotel.

Tenho tempo de recuperá-lo?

Volta a caminhar de olho nos números que aos poucos aumentam. Evita o centro da avenida, onde uma multidão toca, escolhe e negocia os preços com os feirantes. O mercado parece ser o centro da atenção de todas as pessoas presentes ou quase todas.

Os olhos de Keun-Suk se surpreendem ao reconhecer uma figura inerte. Com o mesmo casaco que usava em Paris, cabelos presos de um jeito estranho, ombros caídos e um olhar vazio, Sophie é a imagem da falta de esperança. Ele a observa por um longo momento. A vê pegar um pedaço de papel dentro do bolso e guardá-lo novamente; rir sem razão aparente e acompanhar um grupo até parar diante de uma vitrine.

Pelo reflexo do vidro, percebe que os olhos imensos estão tristes. Tão tristes quanto os dele. Ele tem a impressão de estar diante de um espelho que o atrai inexoravelmente para dentro dele.

Sophie entra.

Ele permanece parado. No seu peito, há uma emoção estranha, uma força desconhecida que o impele a atravessar a porta em vidro, mas seus pés não obedecem. O telefone ficou no hotel. *Ele não pode aparecer diante dela assim, pode? Qual seria a desculpa?*

Nenhuma...

Ele não pode voltar para o seu passado e não tem a menor ideia de como vai ser o seu futuro. A única certeza que ilumina o seu espírito é que o seu presente está ligado a essa mulher e os seus pés agem antes de entender o que faz.

TENTAÇÃO

P ROFESSORA Favre!
Os olhos de Sophie se abrem em uma surpresa muda e o garfo fica suspenso no meio do caminho. Coloca o talher no prato e fecha o sorriso abobalhado coberto pelo brilho vermelho do doce.

Levanta-se desarmada. Olha de relance para o lenço sobre a cadeira. Não tem tempo de enrolá-lo no pescoço e nenhuma ideia do que dizer.

— Senhor... Lé-é?

Ele tira o boné e faz uma reverência.

Instintivamente, Sophie leva a mão sobre o pescoço. Tem certeza de que ele viu a mancha avermelhada sobre a orelha e a bochecha.

Volta a encará-lo, ainda desconcertada.

— Pensei que iria ficar em Paris mais alguns dias.

— Encontrei o seu celular...

Sophie abre um imenso sorriso.

— Sério? Onde ele está?

— No hotel...

Fecha o sorriso em um muxoxo e os olhos em frestas.

— O senhor veio até aqui apenas para me entregar o telefone?

— Ainda não desisti de estudar na sua escola. — Encara Sophie por alguns segundos no mais profundo silêncio.

— Bem... — Limpa a garganta. — Vamos buscar o celular...

Keun-Suk se senta e coloca as mãos cruzadas sobre a mesa.

— Se a senhora não se incomoda, o chá está quente e eu gostaria de experimentar o mesmo doce.

Sophie faz o pedido e evita encará-lo. Tem medo do que vai ver no olhar dele: asco, nojo, repugnância, receio ou curiosidade. É o que costuma ver nos olhos de quem se depara com a sua doença.

Serve o líquido de um dourado quase transparente e finalmente levanta o rosto quando Keun pega o bule com as duas mãos e coloca um pouco mais de chá na xícara dela. Pela primeira vez em sua vida, não consegue identificar o que vê brilhar no olhar de alguém.

Desvia o olhar.

— Como me achou aqui?

— Liguei para a escola...

Ângela... *Claro, ela conhece todos os meus passos, até os que não aparecem na agenda...*

Keun aproxima a cadeira sem arrastá-la no chão e morde os gravetos de chocolate.

— Não recebeu os meus e-mails?

Sophie pisca os olhos algumas vezes com a impressão de *déjà vu*.

— Não, devem ter ido para os spams. Mas, como lhe disse, a escola está em reforma e vai ficar fechada por um tempo. — Abaixa o rosto e diz em um murmúrio que não passa despercebido: — E talvez nem abra mais.

— Se o problema é de ordem financeira, eu posso ajudar.

Pela expressão de Sophie passam: curiosidade, receio, apreensão, excitação, interesse.

— Existem muitas outras escolas por aqui, por que a minha?

— Ela fica em um lugar isolado. — O sininho volta a espalhar o seu tilintar pelo o interior da loja. Keun-Suk verifica quem entrou e volta a se concentrar no rosto à sua frente. — Daqui a pouco posso ser fotografado por aqui...

Sophie ri.

— É uma celebridade, por acaso?

Ele levanta o nariz e sorri de canto.

— Não procurou o meu nome na internet?

— Nunca fiz isso com nenhum dos meus alunos. Por que faria com o senhor? — Levanta um dedo. — E, se não me engano, assinou apenas como "senhor Lé-é".

Keun balança a cabeça de cima para baixo.

— Não quero que a minha família saiba onde estou.

— Uma fuga adolescente? — No segundo seguinte, Sophie se engasga, arrependida da frase infeliz. — Desculpe, não quis brincar com isso... — Balança as mãos na frente dele para tentar se desculpar e sorri sem jeito.

— Eu tenho 26 anos no seu país e 27 no meu, se é isso o que gostaria de saber, senhora Favre...

— Como?

— Os coreanos já nascem com um ano de vida, é uma tradição...

— Ah, bom. Que estranho... — Balança a cabeça. — Senhor Lé-é...

— A pronúncia é "I" — Lambe os lábios depois de engolir mais um pedaço.

Sophie esqueceu completamente o que ia dizer.

— Caso a senhora ache mais simples, pode me chamar de Keun-Suk ou Kevin. — Faz um carinho delicado sobre a borda da xícara.

Sophie perde o fio da meada da conversa. Ao acompanhar o movimento do dedo, se imagina no lugar da xícara. Mexe os olhos, aflita, ao perceber aonde foi parar o seu pensamento. Termina de beber o chá em um só gole.

— Vamos?

— Eu cheguei ontem e não conheço nada... a senhora se importaria em me mostrar a cidade?

— O senhor pode contratar algum guia. — Olha para o relógio. — Agora, se não se incomoda, podemos ir buscar o celular? — Levanta-se e pega a bolsa. — Está tudo pago.

Sophie se afasta como se o diabo estivesse no seu encalço.

Keun pega o lenço, se levanta e a alcança pouco depois.

Ele a segura pelo braço e a faz parar.

— Desculpe, não queria assustá-la e muito menos envolvê-la nos meus problemas. — Coloca as mãos na cintura e abaixa a cabeça. Volta a encará-la depois de alguns segundos. — Eu preciso de um tempo para resolver algumas questões pessoais em um local isolado e posso realmente pagar o necessário para isso.

— Não está fugindo da polícia, está?

— Se estivesse, não lhe diria. — Pisca um olho.

Sophie cola um lábio no outro e segura um sorriso.

Keun se aproxima e entrega o lenço.

— *Merci...*

Eles se encaram por um momento.

— Vamos buscar o seu celular.

— Qual é o seu hotel, senhor Lé-é?

— Keun-Suk ou Kevin, lembra? Esse aqui. — Mostra um cartão de visita com o endereço.

— Fica a algumas ruas daqui nessa direção. — Aponta.

— Enquanto caminhamos, por favor, decida quanto custaria me receber na sua escola.

— Se posso chamá-lo de Keun, me chame de Sophie.

— De forma alguma, a senhora é professora e como tal devo manter a formalidade no tratamento.

— Fazemos assim: quando começar a me chamar de Sophie, o chamo de Keun. — Sorri. — Por quanto tempo?

— Um mês, dois, talvez três... — Dá de ombros e a encara. — Talvez mais, não sei ao certo. Preciso de apenas um quarto e dinheiro não é problema — reafirma agora em inglês.

Sophie fecha rapidamente os olhos.

Lá vem ela de novo: a frase que mata...

Avançam a um ritmo arrastado, agora em silêncio. Ela agarrada à alça da bolsa e os olhos colados nos sapatos. Ele com as mãos nos bolsos da calça e os olhos colados nela.

Alguém grita o nome de Keun e eles se viram para trás.

— A conhece? — Sophie pergunta.

— Por favor, nos tire daqui agora! — sussurra.

— O quê?!

Sophie vê Keun pegar a sua mão e entrar à direita em um arco baixo e estreito ladeado por lojas e restaurantes.

— O que está fazendo? Por que estamos correndo?!

— Se ela conseguir fazer uma foto minha, eu vou precisar voltar para casa mais cedo e não vai descobrir nunca...

Sophie olha para a mão quente que aperta a sua e puxa Keun. Eles viram novamente, agora à esquerda e depois novamente à esquerda. Aumenta a velocidade ao ouvir passos se aproximando. Sophie os leva de uma rua a outra, em um ziguezague ensandecido. Desce uma rua e entra em uma igreja onde aguarda alguns instantes atrás de uma coluna para se certificar de que a moça parou de segui-los. Sai do templo, olha de um lado para o outro e, com um ritmo mais tranquilo, indica a rua do hotel. Atravessam a porta de vidro com o fôlego entrecortado e são recebidos com um olhar surpreso pelo recepcionista.

— Está tudo bem?

Ambos respondem com um sorriso ao jovem magro e moreno, que sai e retorna com garrafas d'água. Os sorrisos de agradecimento se transformam e ganham sons e cores em risadas abertas, francas, livres, cúmplices.

Keun-Suk sobe até o quarto e minutos depois entrega o celular à Sophie.

— Usei um carregador do hotel. Pode ligá-lo imediatamente.

Sophie aperta um botão e digita o código. Mais de cinquenta ligações perdidas. Inúmeras mensagens não lidas. Todas de Francis.

A realidade volta a aparecer com as mesmas cores tristes.

Olha para o interior do hotel. Como essa capela medieval, a sua fazenda vai ser transformada e ela não vai ter nenhum poder de decisão nessa transformação. A dor que lhe atinge faz com que leve uma mão até o peito.

Encontra os olhos curiosos de Keun, que tentam decifrar o que esconde a máscara educada e sorridente à sua frente.

— Vai me receber na sua escola?

— Eu sinto muito...

— Por quê?

— O instituto vai ser fechado.

SENHOR "DINHEIRO-NÃO-É-PROBLEMA"

— ANTOINE, QUANTO TEMPO... — Sophie sorri.

O rapaz entra e coloca a caixa de vinho no chão.

— Papai pediu para lhe entregar. — Os olhos vão do chão ao teto, mas nunca chegam ao rosto de Sophie.

— Bernard vai bem? Vou ligar para agradecer...

— Não, não! — Levanta as mãos. — Não precisa... — Sorri sem jeito.

— Entre, por favor. — Sophie aponta para o sofá.

O rapaz magrelo passa a mão pelo rosto com acne e se mantém em pé. Coloca e retira as mãos dos bolsos. Coça a cabeça.

— Senhora Favre...

— Pode me chamar de Sophie, Antoine. O seu pai era um dos melhores amigos do meu pai e você frequenta essa casa desde que era um menino. — Ela se aproxima. — Está tudo bem?

Ele lança um breve olhar para as fotos em cima da lareira. O seu rosto se crispa.

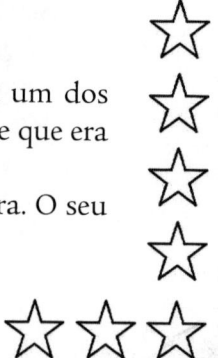

— Eu preciso lhe contar... — A voz falha.

Um bip faz Sophie retirar o celular do bolso. Os olhos brilham ao ver a mensagem de Keun. Ele não desiste facilmente. Ela morde um lábio, decide responder mais tarde e guarda o telefone.

— Desculpe...

— Não tem problema... — Ele olha para o pulso. — Eu preciso ir...

— O que queria contar?

— Esqueci, nada importante. — Abre um sorriso torto.

— Obrigada pelo vinho. — Sophie fecha a porta atrás do jovem que se afasta com passos rápidos.

Pega a caixa e vai até a porta no fundo do salão. Gira a maçaneta e acende a luz da reserva. Desce sem pressa os degraus irregulares. No local baixo com teto arredondado, largo e profundo, reina o cheiro de poeira e uma temperatura baixa e constante: como se aqui dentro o inverno não tivesse começo nem fim.

Começa a guardar as garrafas. Os dedos deslizam pelos nichos quadriculados das estantes de madeira que cobrem as paredes. Em alguns deles, vinhos comprados pelo seu pai. Afasta uma teia de aranha e pega uma. A observa por um momento e a coloca no lugar com nostalgia.

Recebe uma nova mensagem. Sophie pensa em Keun e abre um sorriso ao tocar na tela para desfazê-lo em seguida.

> **Francis:** *Contratei a empresa de mudança. Segue o número. Se não encontrou o empréstimo e quer a minha ajuda, comece a preparar as caixas.*

Sente o sangue borbulhar como lava e explode:

— Que CRETINO, FILHO DA PUTA!

Pega uma garrafa e arremessa contra a parede.

Avalia o tesouro do marido. Renomados vinhedos franceses e italianos; grandes crus; alguns com mais de cinquenta anos; outros tão raros que não tinham preço.

— Quanto será que tem aqui? Vendo pela internet? Ou quebro tudo? — Olha para os cacos do *Sauterne* e faz uma careta. — Hum... nada como um bom vinho para esquentar... — Sorri e o seu sorriso lembra o do lobo diante da Chapeuzinho.

Vai até a barrica entre dois tamboretes altos que fica no centro do local. Tira a taça e o saca-rolhas de dentro de uma caixa. Escolhe uma garrafa ao azar e enche a taça que se colore com um vermelho sangue. Uma, duas, algumas vezes.

Coça o pescoço e lembra da mensagem de Francis.

— MERDA, mil vezes MERDA!

Dá alguns passos sem rumo. De vez em quando, tira uma garrafa do seu mausoléu empoeirado, a observa por alguns segundos e a devolve ao seu sono de princesa de contos de fadas. Estira a língua. Algumas delas receberam mais atenção de Francis do que ela própria. Com mais alguns goles, chega ao fim do *Bordeaux* que tem na mão.

Solta um arroto, que se mistura ao cheiro acre de coisa velha com notas de uva, grama cortada e terra molhada.

Percebe que o chão se mexe em um movimento horizontal. Ou seria vertical? Cambaleia até um dos nichos e pega um novo gargalo. Rasga o lacre com os dentes. Depois de quatro tentativas desajeitadas para retirar a rolha, deixa o líquido quase branco descer pela sua garganta. Todas as barreiras do bom senso foram quebradas muitos goles atrás. Toma mais alguns como se estivesse se hidratando depois de uma maratona. O líquido escorre pelo pescoço e chega ao pulôver.

Sente o celular vibrar. Faz uma careta ao abrir a nova mensagem.

— Quando foi que inventaram *exxax letrax* que dançam... Não é prático... — Soluça.

Coloca o telefone sobre a barrica, aproxima o rosto da tela e faz um esforço com os olhos:

> **Keun:** *Deixei o hotel.*
> *Aluguei uma moto. Gostaria*
> *de vê-la mais uma vez. Posso?*

— Não entendi nada... *extá* em qual língua? Ah! *Inglêx*...

Abre a boca e deixa as últimas gotas caírem sobre a língua adormecida. Arremessa a garrafa na lixeira e cobre as orelhas com as mãos.

— CA... BUM! — grita e ri ao ouvir a explosão de cacos de vidro.

Concentra-se no celular. Lê a mensagem novamente e faz um bico ao identificar o nome.

— Hummm... *Xenhor* "Dinheiro-não-é-problema"...

Levanta os olhos para o teto e aponta para a lâmpada que dá um tom amarelo ao ambiente:

— *Dextino*: *xe* você *exixte*, eu o *dexafio*! — Bate no peito. — Hoje, eu decidi *xer* uma nova *pexxoa*. — Sente a cabeça girar. — Eu vou me tornar uma mulher diferente. — Cambaleia para a frente e para trás e segura no tamborete. — A ponderada e equilibrada *Xophie* que *precixava* de *raízex* morreu! *Xe* a minha vida *xe* tornou de novo um turbilhão, eu não vou mais me afundar nele, *max* viver com *intenxidade* cada uma das *viradax*! Agora eu quero *axax*! —Força os olhos e digita desajeitadamente uma mensagem antes de cair em um sono pesado.

FOME

— **P**ROFESSORA Favre?
— Hummm...
Ela abre ligeiramente os olhos e tenta um sorriso.
— Professora!
— *Exxes olhox...* Tão *diferentex...*
— Desculpe-me, mas preciso lhe tirar daqui. Está gelada.
— Um *xonho* com o *xenhor* "Dinheiro-não-é-*probllllema*"... *Xexy...*
Keun balança a cabeça com um sorriso e a ajuda a se levantar. Ela tropeça. Ele se vira e a ajuda a colocar os braços em volta do pescoço dele. A segura pelas pernas, a carrega nas costas e sai da cave.

Chega no sofá, onde a deita com delicadeza. Olha de um lado para o outro e pega os cobertores que encontra por perto.

Retira as pantufas e esfrega os pés dela, felizmente protegidos por grossas meias de lã.

Suspira aliviado ao perceber que ela mergulha novamente em um sono profundo.

— Ela vai ficar bem? A senhora Favre não tem costume de beber...

Keun-Suk apenas concorda com a cabeça sem tirar os olhos de Sophie.

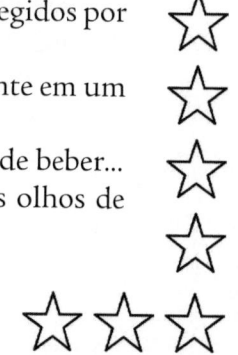

— O senhor sabe o que aconteceu?

Luís faz uma careta e balança a cabeça negativamente.

— Não sei ao certo. — Olha para a porta. — Avisei à secretária, mas ela deve ter ficado presa em um engarrafamento. — Pergunta para ele mesmo: — Será que fico por aqui?

Keun olha para o pedreiro.

— Eu vou ficar com ela.

— Hummm... — Luís coça a cabeça. — O senhor me falou que é o novo aluno, mas fico meio sem jeito de deixá-lo sozinho. Ainda mais nessa situação. A professora vai ficar morta de vergonha...

O celular de Luís toca.

— A senhora está chegando? — Depois de um tempo, continua: — Ela quer falar com o senhor...

— Alô?

— *Obrigada pelo que fez por Sophie e desculpe pelo inconveniente.*

— Não foi nada.

— *Não sei a que horas vou poder chegar na fazenda. Tive um problema com o carro. Luís vem me ajudar.*

— Se a senhora permitir, posso passar a noite aqui.

Silêncio.

— *Não me sinto à vontade para isso...*

— Posso aguardá-la. Vou embora quando chegar.

— *Obrigada. Não devo demorar.*

Keun-Suk agradece e passa o celular para Luís, que sai da sala com passos rápidos e fecha a porta atrás dele.

Olha para a lareira apagada e imagina as labaredas crepitarem lançando minúsculas fagulhas no ar. Lembra dos vaga-lumes que via na casa do avô materno e sorri sem perceber. Ele se abaixa e observa Sophie por um longo momento. O sono tranquilo e a respiração regular a deixam com um aspecto sereno. Levanta a mão. Hesita. Arruma levemente uma mecha de cabelos que estava sobre a boca. Ela se mexe e se vira. O seu rosto fica a centímetros de Keun, que tem a impressão de que o calor que esquenta a sala parte do seu peito.

Ajeita o cobertor e se afasta.

Abre e fecha algumas portas até achar a cozinha. Abaixa-se, levanta, inspeciona armários e gavetas. Analisa o conteúdo da geladeira enquanto tenta combinar um legume com outro. Sente o perfume de diversas ervas. Lê etiquetas. Separa os produtos que consegue identificar. Coloca tudo sobre a grande mesa retangular e prepara uma sopa. Deixa a caçarola em fogo baixo e volta para perto de Sophie.

Observa as fotos sobre a lareira e o espaço vazio criado por porta-retratos que não estão mais lá. Lembranças que desapareceram sob camadas de poeira.

Apagadas de propósito?

Franze as sobrancelhas.

O que será que está acontecendo aqui? O que será que está acontecendo com ela? O que será que está acontecendo comigo?

Pela primeira vez, percebe que olha para o exterior dele mesmo e o que vê é alguém como ele: Sophie está mergulhada até o pescoço em um mundo de problemas, mas usa a máscara da vida confortável. Senta-se no tapete e observa o rosto adormecido. Os olhos dela se entreabrem por um breve momento. Ela sorri e ele se aproxima como um imã diante de uma placa de metal. Para no meio do movimento. Mais alguns centímetros e a teria beijado.

Levanta-se de supetão e bate a perna na mesa de centro.

Coloca a mão sobre a boca e segura um grito.

Volta para a cozinha mancando. Desliga o fogo e se serve de uma generosa porção. Precisa acalmar a fome inesperada e insana que o consome.

Alheia a tudo isso, Sophie sonha.

FUNDO DO POÇO

O BARULHO LEMBRA A SERRA ELÉTRICA que assombra os dias de Sophie. Irritante, insistente, insuportável. Um som que aumenta a cada minuto e parece cortar o seu cérebro em fatias bem finas.

Sophie solta um gemido rouco.

Uma náusea surge com força no seu estômago. Coloca uma mão sobre a boca seca. Espera a ânsia passar enquanto tenta localizar de onde vem o tilintar.

Levanta os olhos para o topo da lareira. Não vê nenhum telefone.

Tenta se levantar, se enrosca com o cobertor e cai sem barulho no tapete fofo. Abraça-se à mesa de centro e a usa como apoio.

— Por que essa merda balança tanto? — comenta em um sussurro rouco. — Desde quando tem rodinhas? — Olha para baixo e sente uma tontura, que a faz balançar. Coloca uma mão sobre a cabeça.

Tem a impressão de estar em um dos tradicionais carrosséis franceses com os seus cavalos e animais fantásticos e decorados com luzes coloridas.

— Eu realmente não nasci para beber...

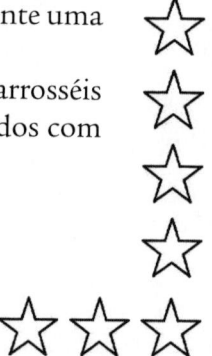

Uma ruga surge na sua testa ao escutar o som de passos. Fecha os olhos e murmura a primeira coisa que passa pela cabeça:

— O filho da puta voltou...

Pega um cinzeiro em Murano que está em cima da mesa e o arremessa na direção do som.

— Ei!

Sophie ouve o grito e o choque do vidro contra a parede.

— Acertei você, cretino? Errei, merda! — grita e se arrepende no momento seguinte ao sentir uma dor violenta na garganta. Geme.

Segura-se na mesa para não cair.

— Vou tentar de novo... — Pega o primeiro vaso que surge entre os dedos, vira-se e para ao perceber o que entra em foco diante dos seus olhos incrédulos.

— Keun-Suqui?! — Passa a mão sobre os cabelos arrepiados e diante dos olhos, como se pudesse apagar a alucinação. — O coreano?!

Sophie mantém a mão no ar como se um encantamento a paralisasse nesse momento. Mexe a boca seca em um movimento silencioso. As palavras que conhece em várias línguas parecem enterradas em algum lugar distante ao qual ela não tem acesso, provavelmente mortas de vergonha.

Coloca lentamente o vaso sobre a mesa e esfrega os olhos. Tem algo muito errado nessa situação. *Esse rapaz que aparece em contraluz na porta da cozinha com o celular na orelha estava no sonho que teve há pouco ou será que ainda sonha?*

Fecha os olhos e começa a se lembrar do porre, do frio, do cheiro de madeira, couro e homem. Franze a testa e faz uma careta. Keun a carregou nas costas.

Oh là là...

Ouve o jovem pronunciar uma frase no telefone:

— Sim, ela acordou. Eu espero a senhora.

Keun-Suk coloca o aparelho no gancho e se aproxima com as mãos espalmadas diante dele.

— Tudo bem?

Aos trancos, consegue se colocar de pé. Balança. Keun corre para apoiá-la e a segura pelos ombros.

— O que faz aqui? — Ela recua e se encosta na lareira com a impressão de que um balde de água gelada caiu sobre a sua cabeça e lavou os últimos vestígios do álcool.

Coloca uma mão sobre a testa para verificar se não está com febre e dá um tapinha no próprio rosto. *Não pode ser verdade, ou pode? O seu dia não deve terminar desse jeito, ou deve?* Esse rapaz viu a diretora da escola bêbada e vai contar para todo mundo. Um novo desastre, mas, dessa vez, definitivo. Sophie tem a certeza de que chegou no fundo do poço. Agora ela pode realmente dar adeus à sua fazenda. O fim do casamento, da escola e da vida que construiu milimetricamente. Tudo desmorona. Sente o chão da sala se mexer ou será que são os seus joelhos que fraquejam?

— Eu recebi a sua mensagem — avisa Keun.

Levanta os olhos por onde passam surpresa, desconfiança e interesse, não necessariamente nessa ordem.

— Qual mensagem? Como entrou na minha casa? — Limpa a garganta. — Você me seguiu? Eu lhe disse que não receberia mais nenhum aluno...

Abraça a si mesma e aperta as mangas do pulôver empelotado. O seu olhar confuso sai do rosto preocupado diante dela, passa pelos cobertores jogados no canto do sofá, analisa os cacos de vidro espalhados ao lado da porta da cozinha e chega aos seus pés vestidos com meias e lã. Uma delas tem um buraco na altura do dedão. Fecha os olhos por um instante ao imaginar o estado deplorável do seu rosto, que deve estar vermelho e inchado. Com uma mão, tenta cobrir a placa com escamas esbranquiçadas que avança pelo pescoço como um inimigo certo de que vai vencer a guerra. Força a memória para se lembrar do que aconteceu na noite anterior e alguns *flashs* pipocam sem muito sentido. Faz uma careta ao visualizar as garrafas jogadas na lixeira da reserva e o seu estado quando Keun-Suk a carregou nas costas. Tem a impressão de que diminuiu de tamanho ao voltar a encarar os olhos amendoados.

— Cheguei há um momento — ele continua em um tom mais baixo. — Um senhor... acho que se chama...

— Luís? — pergunta com a voz rouca.

— Hum... — Ele coça a nuca. — Cheguei na mesma hora que um caminhão. Ele me acompanhou até a porta quando mostrei a mensagem que me enviou. Toquei a campainha e esperei, mas achei melhor pedir para entrar.

Sophie percebe que o seu corpo inteiro amolece. Ela não faz a menor ideia do que se trata e, por uma razão que desconhece, tem apenas uma certeza: fez uma besteira. Uma besteira enorme. Uma besteira dessas que uma mulher prudente e sensata faria apenas sob o domínio do álcool.

"O que foi que eu fiz?", pensa enquanto os olhos vão de um lugar a outro da sala como se pudessem encontrar a resposta que procura em alguma gaveta.

Aproxima-se do sofá. Com as pernas juntas e as mãos cruzadas sobre as coxas, senta-se no canto mais afastado de Keun, que está com as mãos na cintura e muda o peso do corpo de um pé a outro.

— O senhor Luís usou a chave que estava em um vaso de flores, mas quando não a encontrou dentro da casa e viu a porta da adega aberta, me pediu para ir buscá-la.

Sophie começa a destruir as unhas e mantém os olhos colados no tapete como se procurasse uma agulha.

— Luís é claustrofóbico.

— Ele me disse...

Keun aproxima-se como se fosse se sentar. Sophie se encolhe ainda mais no seu canto. Ele para o movimento e dá um passo para trás.

— Desculpe entrar na sua casa desse jeito, mas a sua mensagem me deixou preocupado.

Keun-Suk pega o celular, avança alguns passos e mostra a tela.

Sophie aproxima o rosto e força os olhos para ler o emaranhado de letras:

> **Sophie:** *Senhor Dinhjeiro-não-é-probblema, essde é o valllloor da obra na minha casqa: 350.000,00€. Se quiiiser ficar aqqui, paguee-a!*

Termina de ler a mensagem pela quarta vez.

Precisa decidir se encara o jovem à sua frente ou se escapa por alguma passagem secreta. Olha em volta, na altura dos pés. Apesar da idade da velha fazenda, se convence de que a segunda opção não existe. Procura a coragem dentro dela. Diante do oco monumental, tem certeza de que evaporou junto com o álcool.

Sem opção, levanta o rosto e sorri amarelo.

— Desculpe, eu não quis chamá-lo de "Dinheiro-não-é-problema...".

Keun cola um lábio no outro para segurar um riso iminente.

— O senhor está rindo?

— De forma alguma! — Levanta as mãos espalmadas e força ainda mais um lábio contra o outro. — Achei que precisava de ajuda, por isso entrei sem a sua permissão. Desculpe-me por isso. — Faz uma reverência. — A senhora está bem? — O riso dá lugar a um semblante preocupado.

Sophie coça o pescoço. Dentro da sua cabeça, uma bateria de escola de samba afina os instrumentos.

Finalmente encara Keun.

— Perdoe-me e, por favor, não leve em consideração essa mensagem. Como pode ver, eu não estava, estou, em condições de pensar direito. — Faz uma pausa rápida e continua: — Se não se importa, poderia ir embora?

— Hummm... — Keun olha em volta e volta a encarar Sophie. — Não.

— Não?!

Sophie se levanta.

— Como assim, "não"?

— Prometi para a sua secretária que cuidaria da senhora até ela chegar.

Passa na frente do rapaz e avança até a porta. Tropeça no tapete e encontra braços que lhe apoiam sem nenhuma dificuldade. Afasta-se novamente com um movimento brusco.

Keun levanta as mãos para o alto.

Sophie pega um elástico no bolso da calça, amarra os cabelos emaranhados em um rabo de cavalo torto e cruza os braços sobre o peito.

— Peço desculpas. O meu comportamento lastimável só perde para a minha pouca educação. — Faz uma leve reverência meio esquisita. — Eu sinto muito por tudo isso. — Aponta em direção da sala e dos cacos de vidro espalhados. Depois, para a porta: — Agora, por favor, se não se incomoda, vá embora!

Eles ouvem o barulho da maçaneta e dão um passo para trás.

— Luís avisou que deixaria a porta aberta... — Ângela para. — SOPHIE! O que aconteceu? Bebeu de novo?

Sophie coloca uma mão sobre o rosto enquanto Ângela a abraça.

— Está tudo bem, não precisa se preocupar... — Sophie tenta um sorriso. — Deixa eu lhe apresentar... — Mostra o cantor.

Ângela segue o movimento. Coloca as duas mãos contra a boca e mesmo assim deixa escapar um grito.

— Oh, *mon Dieu*! Lee Keun-Suk!

Sophie arregala os olhos ao mesmo tempo que o cantor.

— Você o conhece?

— Mas é claro! Ele fez algumas das minhas séries preferidas! — Ângela abre um sorriso imenso, cutuca Sophie e continua sem tirar os olhos do rapaz: — Eu lhe falei dos dramas coreanos, não? Então, ele — aponta — é um dos atores mais cotados no momento. Se o nome estivesse completo no e-mail, eu teria lhe dito. Mas ele assinou apenas como M. Lee.

Ângela balança a cabeça para a frente e para trás com um sorriso bobo enquanto solta um suspiro atrás do outro.

— Ângela... — Sophie a chama baixinho.

— Hummm... Nossa, ele é maior do que pensei...

— Ângela... — Sophie a cutuca.

— Hummm... E mais magro também...

— ÂNGELA! — Sophie grita no seu ouvido.

— O QUE É?

— É ele que quer privatizar a escola...

Keun-Suk ri, faz uma reverência e estende a mão.

— Prazer.

Ângela vira o rosto para o cantor e abre um sorriso.

— Ah, sim! Muito prazer mesmo... — Estende a mão. — Eu vou preparar o contrato!

Sophie segura Ângela, aproxima-se de Keun e o encara.

— Eu não disse que a proposta para receber um novo aluno estava de pé.

Ele dá um passo e fica a alguns centímetros da professora.

— E a proposta de pagar pela reforma, está?

LEI DE MURPHY

DO QUE ELE está falando?

Sophie não responde à pergunta de Ângela e encara Keun por longos minutos em uma disputa silenciosa. Lábios contraídos, olhos em uma fresta ínfima, maxilares tensionados, corpos inclinados para a frente em uma posição rígida. Sophie pode imaginar a corda que os mantém amarrados um contra o outro enquanto eles se debatem contra ela. Por enquanto, a batalha não anuncia nenhum vencedor.

— O que aconteceu aqui? — insiste Ângela depois de jogar a bolsa sobre o sofá e ver os cacos espalhados. — Uma guerra?! — Abre os braços e dá uma volta em torno dela mesma.

— Não, Ângela, como esse senhor não fala nem lê corretamente o francês, ele não entendeu uma mensagem e se precipitou achando que era um convite. — A última frase foi dita com ironia reforçada por um sorriso e um levantar de ombros.

— O quê?! — Keun bufa e coloca as mãos na cintura. — "Esse senhor"? É assim que a senhora me agradece?

Ângela cruza os braços no peito e observa a cena.

— Hum... Já estão brigando? Mas que progresso, Sophie!

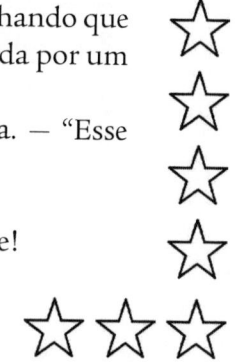

Sophie a fuzila com o olhar quando vê um sugestivo sorriso de canto.

— A senhora deve me tratar corretamente como fez anteriormente: senhor "Dinheiro-não-é-problema".

Ângela vira o rosto lentamente para Sophie, que tem a impressão de afundar no tapete.

— Isso foi um mal-entendido. Agora, pode ir embora. — Ela mostra a porta.

— Não há nenhum mal-entendido. — Keun-Suk pega o celular no bolso e mostra a tela do celular à Ângela.

Ângela segura o telefone e se afasta com uma corridinha diante de uma Sophie com movimentos ainda entorpecidos.

— Apesar de estar escrito em uma mistura de francês com língua de elfos, eu entendi perfeitamente a proposta. — O cantor levanta o queixo.

Sophie fecha as mãos em punhos e volta a encarar o rapaz com farpas brilhantes saindo dos olhos. Ela vê Keun abrir um sorriso de canto e tem a impressão de ele se diverte muito com a cena.

— Ângela, eu disse que essa mensagem não faz o menor sentido. Eu não pensava direito! Qualquer pessoa com o mínimo de bom senso não levaria em consideração o que escrevi. — É a vez de Sophie levantar o queixo em um sinal claro de desafio.

Um som de sininhos começa aos poucos a encher a sala para se transformar segundos depois em badaladas, que acordariam uma cidade.

— *Oh, là, là*! Que merda!

Ângela coloca uma mão sobre a boca e se dobra de rir.

Sophie vai até ela com cara de quem comeu e não gostou.

Ângela levanta o telefone e corre para se esconder atrás de Keun, de onde ela lê a mensagem entre uma gargalhada e outra:

> **Sophie:** *Senhor Dinhjeiro-não-é-probblema, essde é o valllloor da obra na minha casqa: 350.000,00€. Se quiiiser ficar aqqui, paguee-a!*

Sophie fecha os olhos. Sim, o dia que começou como um pesadelo iria realmente terminar como uma catástrofe completa. Lei de Murphy.

Ângela para de rir, seca uma lágrima e entrega o celular ao rapaz.

— Acho que a noite vai ser longa. Vamos comer e beber alguma coisa...

— Não, Ângela! Eu tenho certeza de que esse rapaz tem muita coisa para visitar em *Aix*... — Sophie olha para a amiga como se ela fosse um inseto. — E eu não estou com fome!

Ângela abre a boca para dizer alguma coisa, mas é interrompida pelo estômago de Sophie, que faz uma sonora reclamação. A professora olha para o teto.

A secretária sorri, levanta uma mão, pede um minuto e vai até a cozinha.

Na sala, Sophie sente os seus pés pregados ao chão junto com a sua dignidade. Não se atreve a encarar de novo o cantor, que coça a cabeça e procura entender como as vigas sustentam a casa.

Minutos depois, Ângela retorna com uma bandeja onde estão cumbucas com a sopa fumegante e pedaços de pão.

— Onde achou essa sopa?

— Não foi você quem fez? Estava em cima do fogão...

— Eu estava bêb... Eu não estava em condições de cozinhar nada.

— Mas se não foi você, quem fez a sopa? — Ângela pergunta enquanto coloca a bandeja sobre a mesa da sala de jantar.

Olham ao mesmo tempo para Keun-Suk.

— Desculpe usar a cozinha, mas achei que poderia ajudá-la a se recuperar. — O rapaz faz uma leve reverência.

Sophie responde com um muxoxo e vira o rosto. Ângela abre um imenso sorriso.

— Misericórdia, ele sabe cozinhar... — geme. — Será que esse anjo voa?

Keun-Suk abaixa o rosto para esconder o riso.

— Ângela! Pelo amor de Deus! — Sophie coloca uma mão contra a outra e diz entredentes: — Você não está ajudando...

A secretária faz uma careta e continua:

— Aproveitei para esquentar a água para um chá. Agora, por favor, sentem-se. Vamos resolver isso corretamente. — Com o queixo, Ângela aponta as cadeiras.

— Não há o que resolver, Ângela. — Sophie se encosta na parede.

— Eu estou lhe dando a chance de fazer isso direito. — Firma o olhar e reforça o pedido com um tom mais imperativo. — Sente-se.

Sophie se senta o mais longe que pode de Keun, que agora tem os braços cruzados sobre o peito e a olha com desconfiança.

— O que proponho é simples: vamos colocar as cartas na mesa para decidir quais apostas vamos fazer. — Sorri forçado e fecha os olhos em frestas em direção de Sophie. — Você deveria experimentar a sopa antes que fique gelada, está deliciosa.

— Eu perdi a fome. — Sophie fuzila Ângela com o olhar. — Não há o que conversar e muito menos o que apostar. Isso aqui não é um jogo — diz com o olhar cravado no rapaz. — É óbvio que essa mensagem foi um erro. — Aponta para Keun-Suk. — Qualquer imbecil veria isso.

O cantor bufa novamente. Por um momento, faz movimentos com os lábios como se controlasse para não dizer nada que pudesse se arrepender. Dá uma colherada e pergunta:

— Por quê?

— Por quê?! — Sophie encara Keun como se pudesse transformá-lo em pedra e continua: — É claro que não pode levar a sério essa mensagem estúpida! Eu n-não, eu não... — gagueja. — Eu não era... eu... Essa pessoa que enviou a mensagem não sou eu, por favor, desconsidere. — Sophie tenta um sorriso e finalmente encara o rapaz. — Eu peço desculpas por essa situação ridícula e humilhante.

Sophie finalmente cede ao capricho do estômago, que participava ativamente da discussão, e o silencia com várias colheradas da sopa.

Keun aproxima a cadeira e imita o movimento.

Com o canto do olho, Sophie vê Ângela sair de fininho para voltar com um bule, xícaras e biscoitos. Coloca tudo sobre a mesa. Antes de se sentar, vai até o sofá e pega um cobertor.

— O que está fazendo, Ângela? — Sophie pergunta entredentes.

Ângela volta à cadeira, cobre as pernas, relaxa os ombros e começa a beber o chá para esconder o riso.

— Vendo uma série ótima! Podem continuar de onde pararam... Ação!

Sophie ignora o comentário e a risada da amiga e recomeça com um tom mais sério:

— Eu estou em um momento muito complicado... — Lança um olhar assassino para Ângela, que a incentiva a falar com o queixo e um leve balançar da cabeça enquanto mexe a colher. — Eu preciso... Eu t-tenho que... — gagueja e muda de assunto. — O senhor queria privatizar a escola, talvez por uma boa razão, mas, nesse momento, não há mais escola. Entende?

— Eu entendi, por isso aceitei a sua proposta.

— Talvez não tenha problemas com dinheiro...

— Realmente... — Keun olha para o teto e confirma com um sorriso de canto. — Não tenho mesmo, pode continuar me chamando de senhor "Dinheiro-não-é-problema".

Sophie trava os dentes para não dizer um palavrão e continua com um sorriso forçado:

— Ótimo, mesmo assim falamos de milhares de euros. É muito dinheiro, além disso... — Sophie franze as sobrancelhas e continua: — O senhor viu o estado do jardim? Ouviu as ferramentas? Sabe que podemos fechar a qualquer momento e ainda quer ficar aqui? Por quê? Por que insistir nessa escola quando existem muitas opções?

Keun-Suk se levanta, dá alguns passos e volta a se aproximar da mesa. Olha para Ângela (que sorri embevecida), depois para Sophie (que levanta o olhar para o teto), e concorda com um movimento de cabeça para cima e para baixo.

— Senhor, é muito gato... — Ângela murmura em português e morde um biscoito com gosto.

Sophie lhe dá um cutucão.

Keun-Suk puxa uma cadeira, se senta ao lado de Sophie e encara Ângela e Sophie alternadamente.

— Eu sofro de glossofobia.

— O quê?! — Ângela engasga.

Keun-Suk olha para as mãos.

— É um problema psicológico. O meu médico aconselhou um momento longe dos palcos antes de recomeçar o tratamento.

— Eu não sabia disso. — Ângela faz um bico.

— Ninguém sabia. O meu agente divulgou esse problema recentemente.

— O que significa exatamente?

Keun a encara.

— Eu tenho medo de falar em público...

— Isso é o que eu chamo de ironia do destino. — Ângela junta as mãos em uma prece.

Sophie pega o celular e digita *glossofobia*. A tela mergulha em um mar de informações sobre o transtorno estranho.

Keun continua:

— Preciso desse tempo e, na Ásia, isso não é possível. Sou muito conhecido por lá...

Sophie encara Keun.

— Deve estar brincando, não? A Ásia inteira?! Estamos falando de um continente! — Sophie solta uma risadinha e murmura: — Pretensioso...

— Ele é muito conhecido mesmo, Sophie, muito mesmo... — Ângela concorda com a cabeça. — Mas por que a França e a *Provence*?

— Ele tem um amigo que mora em Paris e indicou a nossa escola — Sophie responde sem levantar os olhos da tela.

— O recepcionista do hotel me avisou que um amigo me ligou, mas não quis deixar recado. Falei com o meu colega que mora em Paris e o meu agente, que são as únicas pessoas que sabem onde me hospedei. Não foi nenhum dos dois.

Sophie deixa o celular sobre a mesa e pergunta:

— E?

— Devem ser os jornalistas.

— Como descobriram que está aqui? — Ângela arregala os olhos.

— Não faço ideia, senhora.

— Pode me tratar de modo informal, apenas Ângela.

Ele agradece com um sorriso. Ângela derrete enquanto morde outro biscoito.

— Eu fiz as malas, aluguei uma moto e vim com a esperança de convencê-la a me deixar ficar, nem que fosse por algum tempo. — Faz uma pausa. — Pelo pouco que vi da propriedade, esse lugar é perfeito para o que preciso. As outras escolas que encontrei ficam todas no centro de *Aix* e, com esses jornalistas no meu encalço, não tenho tempo para procurar outra solução.

Keun levanta os olhos e encontra os de Sophie. Ambos ficam ligados por um momento e a energia que circula poderia aquecer a sala.

— Eu tenho que me afastar do meu mundo, professora Favre, e o seu mundo é tudo o que eu preciso agora. Por isso, pergunto novamente: o que poderia fazer para ficar aqui?

CAMPO MINADO

Sᴏᴘʜɪᴇ ꜰᴇᴄʜᴀ ᴀ ᴘᴏʀᴛᴀ do quarto.

Sem tirar as roupas, corre para a ducha. Permanece parada debaixo d'água gelada por longos minutos. Cobre o rosto com as mãos. Tenta entender de onde surgiu e, principalmente, por que teve essa ideia absurda, mas não consegue chegar a nenhum denominador comum. Dá de ombros, matemática nunca foi o seu forte.

Cola um lábio contra o outro e sem saber o porquê, começa a sentir um movimento estranho que mexe com o seu ventre. Uma força que surge de dentro dela como um terremoto e sai da sua boca com um som cada vez mais alto, até explodir em uma gargalhada nervosa. Se tinha alguma dúvida sobre o seu estado mental, agora tem certeza: está em pânico total.

Inspira para tentar encontrar o ar que falta em seus pulmões. Quando vai voltar a respirar tranquilamente? Talvez no dia em que sair desse campo minado. Sim, a sua velha e confortável fazenda agora é um campo minado e ela precisará de muita habilidade para não fazer tudo ir pelos ares. Apoia as mãos sobre a porta de vidro e encosta a testa. Não consegue nem imaginar qual vai ser a reação de Francis e

muito menos de como vai ser a sua se ele continuar se mostrando irascível.

Sai do boxe, joga as roupas molhadas no cesto e se enxuga displicentemente. Seca os cabelos, passa a pomada nas placas avermelhadas e veste um pijama confortável.

Deita-se na cama e começa a virar as páginas de um livro, outro e mais outro; mas depois de alguns minutos, percebe que todos os protagonistas têm apenas um rosto. Olha para o teto para afastar a imagem de Keun, mas ela surge com mais força ainda.

Como pôde deixar a situação ainda pior? Está com um desconhecido na fazenda e não tem a menor ideia de como conseguiu propor algo tão antiético, irresponsável, mesquinho. Lembra dos argumentos sensatos da Ângela:

— *Posso lhe ajudar a encontrar um lugar tão conveniente quanto esse e onde não vai precisar dispensar uma fortuna, senhor Lee. Por favor, perdoe a professora Favre, esse é apenas o delírio de uma pessoa desesperada. Eu sugeri que ela conversasse sobre uma futura privatização e não que pagasse por uma obra gigantesca em um contexto totalmente adverso!*

E da resposta tranquila de Keun:

— *Agradeço a sua preocupação, senhora Ângela, mas cabe a mim decidir se devo ou não aceitar a proposta. E se acha que pode se sentir melhor: posso propor um empréstimo... sem prazo para o pagamento.*

Sophie pega um travesseiro e coloca sobre a boca antes de gritar.

Tem vontade de se enfiar debaixo da cama, mas a vergonha é tanta que, com certeza, ela não caberia em um espaço tão reduzido. Agora só pode rezar para que Francis aceite a separação e a obra termine o mais rapidamente possível, assim vai poder passar uma borracha e nunca mais pensar sobre o assunto; e, principalmente, nesse rapaz.

Como ele é irritante! E teimoso!

Fecha os olhos.

Levanta-se e anda sem rumo pelo quarto banhado em um tom prateado. Observa por um longo instante a lua enquadrada por uma janela enquanto pensa em descer para preparar um chá. Desiste do desejo ao imaginar que pode cruzar com o rapaz na cozinha. Não, não está preparada para isso ainda.

Fecha a janela, volta a se deitar e rola na cama de um lado para o outro. Procura insistentemente a noite toda por um sono que vem em ciclos curtos e nada reparadores.

Acorda cansada e muito mais cedo do que as serras e martelos que anunciam o dia na obra.

Joga a coberta para fora da cama.

Liga o celular. Um bip anuncia uma mensagem. Ângela enviou uma lista com costumes coreanos: o verdadeiro almoço que comem no café da manhã, a reverência como cumprimento, o tratamento formal com os mais velhos, o uso dos trajes tradicionais em cerimônias, etc.. Um mundo inteiramente novo. Sophie abre mais um anexo e descobre fotos de Keun-Suk: em *smoking*, em jeans, no palco, no mar, com camisa molhada, sem camisa...

Fecha os olhos por um momento e murmura algo entre "maldição e *merci*" para Ângela, enquanto se ajeita no travesseiro e os dedos deslizam sem pressa pelo arquivo.

TRÉGUA

Uma hora depois, Sophie está parada diante da porta do quarto de Keun. Com o punho levantado, hesita.

Passa a mão pelo pescoço e com a outra ajeita os cabelos e a saia; deve ser a quinta vez. Lembra-se de que trocou tantas roupas que, por um momento, pensou em ligar para Júlia para saber o que ficaria melhor. A ideia ridícula foi deixada de lado junto com um terno e uma blusa de seda arrumados demais para quem trabalha em casa. Vestiu o jeans e uma camisa comprados em Paris. Pensou em trocar as pantufas confortáveis por um tênis, mas se lembrou de que o rapaz é oriental e esse hábito não deveria chocá-lo.

Desceu as escadas e preparou o café da manhã com um esmero, que a surpreendeu. O arroz ficou no ponto e a *"julienne"* (legumes cortados em tiras com alho e creme) deliciosa.

Olha de novo para o relógio. *Não é cedo demais?*

Ouve uma serra começar a dilacerar uma cerâmica e abre um imenso sorriso.

Recomeça o movimento com o punho. A porta se abre antes que a sua mão se encontre com a madeira.

— *Bonjour!*

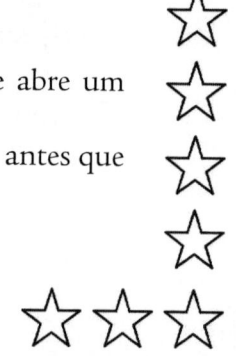

193

Ela sorri.

— Desculpe pelo barulho.

Keun-Suk lança um olhar em direção do jardim e volta a encarar Sophie.

— É a famosa obra?

Sophie concorda com a cabeça.

— Dormiu bem? Está com fome? Gostaria de conhecer a fazenda? Precisa de alguma coisa?

Ele escancara a porta, se encosta e levanta os dedos.

— Um: dormi muito bem, obrigado. Dois: estou com muita fome. Três: adoraria conhecer a fazenda. Quatro: teria um par de pantufas para mim?

— Desculpe, ainda estou desorientada com tudo o que está acontecendo. Não sei ao certo por onde começar. — Balança o corpo para a frente e para trás. — As pantufas estão na mesa de cabeceira ao lado da cama. — Aponta para o interior do quarto.

Keun-Suk vira o rosto, pede um momento com uma mão e volta em seguida calçado. Ele dá um passo à frente e fecha a porta.

— Obrigado. E agora, acho que devemos começar pelo começo. Vamos tomar café?

— Não.

— Não?

— Primeiro, o senhor vai arrumar a sua cama.

Keun-Suk levanta uma sobrancelha.

— Perdão?

Sophie aponta para a porta.

— A sua cama não está arrumada.

— A escola tem um serviço de quarto, não?

Sophie arregala os olhos e uma vibração conhecida começa a movimentar o seu ventre cada vez mais forte até ecoar de novo em uma gargalhada.

— Serviço de quarto! Estou quase falindo e o senhor "Dinheiro-não-é-problema" pergunta pelo serviço de quarto? — Controla o riso e encara o jovem embasbacado à sua frente. — Não, senhor "Dinheiro-não-é-problema", nem nos melhores dias a escola teve um serviço de quarto. É o senhor que vai fazer a sua cama. — Levanta os dedos. — Também vai arrumar o seu quarto, limpar o banheiro da sua suíte... e lavar a louça que suja. No fim de semana, vou lhe mostrar onde estão os produtos de limpeza.

Keun-Suk cruza os braços.

— Eu paguei uma fortuna para ficar aqui e vou ter que fazer a faxina?

— Todos os alunos fazem, por que com você seria diferente? Se quiser ficar aqui, vai ter que seguir as regras! — Sophie levanta o queixo em desafio.

Keun gira a maçaneta, entra no quarto e depois de alguns movimentos bruscos, termina de arrumar a cama.

— Satisfeita?

Sophie espicha o pescoço para conferir.

— Ainda não, mas já é um começo.

Sente as bochechas esquentarem e se vira rapidamente para mostrar o caminho até a sala de jantar onde a mesa está posta.

Keun observa os brioches e *croissants*, o bule de café, a manteiga e as geleias. Arregala os olhos ao ver a cumbuca de arroz e os legumes e se vira para Sophie intrigado.

— Ângela me deu algumas pistas de como deveria recebê-lo. — Lança um olhar de soslaio para a mesa. Ainda não entende como é possível comer isso no café da manhã, mas por que não? — Foi o que consegui fazer de improviso.

Keun se curva profundamente.

— *Merci...* — agradece com um leve sorriso seguido de um suspiro de alívio.

— O que houve? Algum problema?

— Pensei que teria que bater a massa do pão também...

Sophie revira os olhos. O dia promete ser longo.

— Como só conheço a sua habilidade em fazer sopas, achei melhor cuidar pessoalmente do café da manhã.

Keun se controla e guarda o riso para outro momento.

— Que ótimo! Com o cansaço e o estresse dos últimos dias, não sei se conseguiria ter forças para sovar um pão.

Ele está me zoando, não está? Com certeza está me zoando! Cretino!

Eles se sentam longe um do outro e sem se olhar nos olhos. Sophie serve o café e depois de alguns segundos sentada, se levanta e vai para a cozinha. Faz o mesmo trajeto algumas vezes. Traz uma fritada de ovos com bacon, torradas, um novo queijo e geleia dos quais faz uma pequena explanação sobre a origem, os ingredientes, as técnicas usadas para o preparo.

Keun-Suk se levanta e a pega pelo punho.

— Professora Favre, por favor, sente-se. Tudo está perfeito.

Ela obedece e sorri sem jeito.

Keun serve o café para Sophie e prepara um prato para ele em seguida.

— Ângela saiu daqui muito inquieta. Há algo mais que devo saber?

Sophie fica em silêncio por um momento como se buscasse coragem em algum poço profundo, estreito e escuro. Segura a xícara e solta as palavras devagar, tentando se distanciar delas à medida que saem da sua boca, como se contassem a história de outra pessoa.

— O meu marido...

— Marido?! — Keun repete com os olhos arregalados e Sophie tem a impressão de que ele se encolhe na cadeira.

— Ele aceitou uma promoção para uma ilha distante sem me consultar. Como não aceitei, me propôs obter o empréstimo para terminar a reforma e ir com ele.

Sophie levanta os olhos e encontra o rosto de Keun tenso.

— Pedi a separação. — Desvia o olhar.

— Eu sinto muito... Não podia imaginar...

Sophie balança uma mão no ar.

— Não sinta. Apesar da confusão absoluta na qual me encontro, tenho certeza de uma coisa: não quero mais que a minha vida seja como um trem conduzido por outras pessoas.

Keun-Suk inclina o corpo na direção de Sophie.

— O que quer dizer?

— Eu não sei se o senhor ou alguém poderia entender, mas eu tenho a triste impressão de que não sou eu que tomo as decisões na minha vida. — Abaixa os olhos. — Os meus pais se mudaram inúmeras vezes, sem levar a minha opinião em conta até quando eu podia opinar. Como falo várias línguas, a minha mãe sugeriu a faculdade de Letras. Os meus pais morreram e assumi a escola. O meu marido era um aluno do meu pai. O casamento com ele me pareceu evidente. Como todo o resto. Eu não criei nenhuma dessas situações, foram elas que se apresentaram a mim como se não houvesse nenhum outro caminho. — Lança um olhar furtivo para o *buffet* provençal.

Keun acompanha o movimento com curiosidade.

— O que tem lá dentro?

— Nada de importante — Sophie responde pensativa. — Pode parecer estúpido ou ridículo, mas, pela primeira vez, eu entendi que sempre existe mais de uma opção, mais de uma porta, mais de uma solução.

— Eu entendi perfeitamente. Não precisa ficar preocupada. Não vou criar nenhuma situação constrangedora.

— Eu sei. — Ela pega um brioche. — Mas, confesso que não me sinto à vontade com a proposta que lhe fiz. Do meu ponto de vista, foi algo totalmente fora do normal e antiprofissional. — Mistura o leite no café e bebe alguns goles.

— Por favor, não se sinta dessa maneira. Como disse, estamos nos ajudando com o que precisamos no momento. — Aceita o suco de laranja com um sorriso.

— Tudo pareceu mais simples ontem, mas agora, à luz do dia, não faço ideia de como vou resolver isso. — Morde o *croissant* e toma mais alguns goles de café. — Por isso acho melhor incorporar as mesmas regras, rotina e programa que a minha mãe usava com os alunos internos durante o tempo que vai ficar aqui.

— San me enviou o programa e ele é excelente, mas não precisa ser muito rígida em relação a ele. Não sei quanto tempo vou poder ficar, senhora Favre.

— Nem eu sei como Francis vai reagir à sua presença aqui.

— Imagino que seja o seu ex-marido. Precisa da autorização dele para receber os alunos?

— De forma alguma. Apesar da escola funcionar dentro da minha casa, sempre as mantive como dois mundos paralelos. Eles não se cruzam jamais.

— Como assim?

— Termine a sua porção de ovos com bacon e vou lhe mostrar.

HANGUL (한글)

A COZINHA VAI ESTAR SEMPRE ABERTA. Como fez a sopa, deve saber onde estão os temperos e outros produtos.

Keun concorda com a cabeça.

— Tenho autorização para usá-la quando e como quiser?

Sophie fica sem saber se foi a pergunta ou a maneira que os dedos de Keun deslizaram sobre a mesa que embalou o seu coração.

— Sim, o senhor pode usar tudo o que estiver aqui dentro e caso queira algo especial é só avisar. Existem lojas especializadas em produtos asiáticos em *Aix*. — Abre um armário. — Normalmente, os alunos contam com uma gaveta aqui. Como está sozinho, por favor, me informe se isso vai ser necessário. A maioria experimenta com prazer as novidades culinárias da *Provence*, mas gosta de ter por perto as guloseimas que os fazem matar a saudade de casa. Depois conversamos sobre o que gostaria de comer, certo?

Um leve sorriso de canto ilumina o rosto do rapaz. Ele encara Sophie e balança a cabeça antes de desviar o rosto corado para a janela.

Sophie sai da cozinha, atravessa a sala e chega ao corredor.

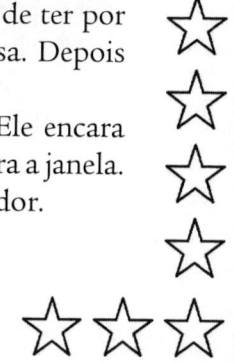

— O senhor já sabe onde ficam o salão, a sala de descanso e de jantar, a cozinha e a adega. — Sente as bochechas ficarem da cor do último vinho que bebeu e olha para o teto ao lembrar dos braços do jovem em volta do seu corpo. — Aponta para uma porta. — Aqui, um ao lado do outro, ficam os quartos dos alunos.

Ela dá alguns passos e abre uma porta.

— Biblioteca e sala de aula. — Avança e abre outra porta. — E aqui temos a sala de leitura, TV e vídeo.

Keun deixa os olhos passearem pelas estantes altas que cobrem quase todas as paredes, o sofá baixo e confortável, a meridiana, o tapete fofo e os vários pufes em diversos tons de verde. A grande TV está instalada no muro central embaixo de um quadro branco. Uma janela no fundo da sala deixa entrar o sol da manhã, que pinta o ambiente de dourado.

Sophie aponta para a trepadeira do lado de fora.

— Eu sempre deixo a janela aberta nos primeiros momentos do dia para arejar a casa. O perfume é delicioso, não?

Keun aprova com um movimento discreto. Eles saem e continuam por mais alguns metros.

— Esse é o meu escritório. — Faz uma breve explicação de quando a mãe começou a escola...

Sophie tem a impressão de que Keun não a ouve. Ele parece concentrado na observação atenta do ambiente e nos títulos dos livros. Passa o dedo sobre algumas lombadas. Muitas delas mostram obras sobre a fotografia.

— Algum problema?

— Não...

Keun avança e toca levemente a escrivaninha instalada no centro da peça. Levanta os olhos e encontra o quadro branco com a rotina bem estabelecida. Pega um marcador azul.

— Posso?

Sophie concorda e vê Keun desenhar algo. Sophie se aproxima com curiosidade.

— O que significa?

— Keun-Suk (근석)... Professora Favre... recomeço... em hangul (한글), o alfabeto coreano.

— Como se escreve "Sophie" (소피)?

Keun movimenta a mão rapidamente.

Sophie pega um marcador vermelho, mas Keun faz não com a cabeça antes de colocar um verde na mão dela.

— Nomes escritos em vermelho indicam que a pessoa morreu ou está para morrer.

Keun se posiciona atrás de Sophie, pega na mão dela e juntos terminam os últimos caracteres.

Sophie sente os pelinhos da nuca se arrepiarem e se afasta em um impulso ao ouvir o barulho de rodas pesadas atravessar a fazenda.

— O jardim está fora de ordem por causa dos caminhões, mas ainda temos alguns espaços bem bonitos onde pode passear quando quiser. O meu preferido é o pomar.

Keun concorda sem tirar os olhos dela.

Sophie sai do escritório pela porta-balcão. O local tem uma estrutura de ferro por onde uma glicínia entrelaça galhos e cachos com flores violeta que desabrocham. Keun-Suk não consegue manter o rosto impassível diante do que vê e os seus olhos vão dos arbustos floridos, às borboletas que os sobrevoam e param nas árvores frondosas adormecidas. Toca no tronco de uma.

— Essa é uma figueira. Mais atrás, temos pessegueiros e pereiras. Pretendo fazer uma horta ao lado dos novos quartos e mais um campo com lavandas. — Aponta para um arbusto arredondado com folhas estreitas em um tom verde esbranquiçado.

Keun-Suk se abaixa para tocar nas folhas.

— Isso é lavanda?

— Parece sem graça, não? As flores surgem apenas durante o verão. Se ficar até lá vai poder vê-las...

Sophie vê Keun contrair os lábios.

— Ainda não sabe até quando vai ficar, não é?

Ele balança a cabeça de um lado para o outro.

Sophie se abaixa e muda de assunto. Keun imita o movimento.

— Plantei alecrim, tomilho, segurelha, hortelã e muitas outras ervas nesse canto.

Ambos tocam na mesma planta e os dedos se encostam por um breve momento. Sophie se afasta sem jeito.

— Ali — aponta — é o espaço das roseiras, algumas são espécies antigas.

Keun-Suk a alcança rapidamente. Os passos leves sobre as folhas envelhecidas e o canto dos pássaros criam uma sinfonia agradável no breve momento em que as ferramentas parecem ter feito uma pausa.

Ele não está muito perto? Não deveria aumentar a distância? Qual o perfume que usa?

O celular de Sophie interrompe a visita. Ela olha para o nome na tela e o seu bom humor desaparece como as folhas durante o inverno.

Pede licença. De longe, observa Keun.

A ligação é breve.

Sophie permanece parada por um momento.

Keun cruza as mãos atrás das costas e se aproxima.

— Alguém importante?

— Não, apenas alguém teimoso. Muito teimoso — repete ao se lembrar da última frase dita por Francis:

"Começou a preparar as caixas?"

A professora indica o caminho e Keun a segue. Em poucos passos, não há mais distância entre eles.

RAPOSA

D IAS DEPOIS, O SOM DE um motor potente se mistura aos martelos e serras.

Sophie interrompe a aula de gramática, levanta uma cortina e olha na direção da entrada da fazenda por onde um 4x4 entra fazendo pedrinhas rolarem.

Keun-Suk se aproxima.

— Terminou o seu exercício? — Sophie pergunta sem olhar para ele.

— Não...

— O que faz aqui? — Ela vira o pescoço e percebe que os seus rostos estão muito próximos. Volta a olhar para a janela.

Michelle tenta manter a elegância enquanto atravessa a alameda de ciprestes, mas as pedrinhas do estacionamento e a lama do pretérito jardim fazem um esforço no sentido oposto.

— Quem é?

— A secretária do meu marido.

— Hummm... — Keun aprova com a cabeça.

— Sim, Michelle é uma bela mulher, além de "inteligente e competente", como Francis repete sistematicamente. — Sophie faz uma careta.

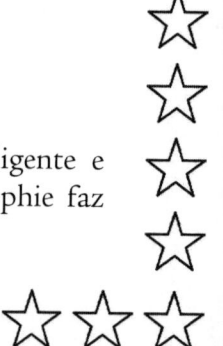

— Realmente não posso negar o que é evidente... — Keun passa a mão pelo canto da boca. — É uma ruiva excepcional...

Sophie o encara e, por um momento, tem vontade de dar um murro no sorriso que parece babar. Tem uma ideia melhor. Vai até um armário e abre uma gaveta.

— Dever de casa.

Keun-Suk pega as folhas, passa os olhos pelas questões e franze as sobrancelhas.

— Cinco páginas com conjugação de verbo? Isso é mesmo necessário?

— Achou pouco? — Ela volta ao móvel e retira mais algumas cópias que coloca sobre o caderno de Keun. — E, quando terminar, copie esse trecho aqui — Mostra um artigo de jornal. — E faça uma dissertação sobre o livro que pedi para ler...

— Não precisava se incomodar...

Sophie olha de relance para a janela e vê Michelle se aproximar da entrada da casa.

— Por favor, fique aqui. Acho melhor que ela não o veja.

— Vou estar aqui se precisar de mim. — Faz uma reverência.

Sophie agradece e vai até o salão. Ajeita os cabelos e abre a porta.

— Boa tarde, Michelle.

A jovem, um pouco menor e mais voluptuosa que Sophie, a cumprimenta com beijos sem tocar o rosto e um sorriso que embeleza ainda mais o rosto oval e bem maquiado. Apesar da simpatia e educação evidentes, seus olhos mostram inquietude. Em constante movimento, evitam o olhar fixo de Sophie como se temessem esse encontro. Sophie os procura em vão.

— Boa tarde, senhora Favre. Sinto muito por tudo o que está acontecendo...

"Mentira, mentira, mentira!", pensa Sophie.

— Por favor, Michelle, depois de todos esses anos, podemos nos tratar de "você". — Aponta para o sofá. — Sente-se, vou buscar a mala.

— Precisa da minha ajuda?

— Não vai ser necessário, obrigada. Preparei a maior que tinha em casa.

— Desculpe, mas a senhora sabe como o senhor Favre é meticuloso e o visual dele é importante. — A secretária coloca uma mão sobre o braço de Sophie, que dá um passo para trás.

— Claro.

Michelle entrega uma lista para Sophie.

— Ele pediu por esses itens e os ternos devem ser colocados nessas proteções. — Entrega três cabides com coberturas plásticas escuras.

Sophie começa a sentir uma dor de cabeça assim que põe os olhos na lista. Lê rapidamente com desdém e coloca o pedaço de papel no bolso do jeans.

Tenta um sorriso, que sai torto, e sobe arrastando as capas dos ternos.

PENSÃO COMPLETA

SOPHIE VOLTA PARA a sala.

— Muito obrigada — Michelle agradece, retira um envelope pardo da bolsa e o coloca sobre a mesa de centro. — O senhor Favre pediu para lhe entregar.

Sophie abre e encontra documentos do banco para obter o empréstimo que vai salvar a fazenda.

— Com o bom nome do seu marido e a garantia do novo salário na *Réunion*, não vai haver nenhum problema. A senhora só precisa assiná-los. Pode fazer isso agora, enquanto levo a mala para o carro. — Michelle coloca os ternos sobre o ombro e vai até a porta.

— Não vai ser necessário fazer isso agora ou depois. — Sophie rasga o envelope em dois.

— Mas o Sr. Favre passou dias para encontrar um banco que aceitasse fazer esse empréstimo! A senhora vai desistir da fazenda assim? Como pretende terminar a obra antes da mudança sem esse dinheiro?

Sophie avança até a porta e a abre.

— Como lhe disse, não preciso mais desse empréstimo. Encontrei outra solução que vai me permitir salvar a fazenda.

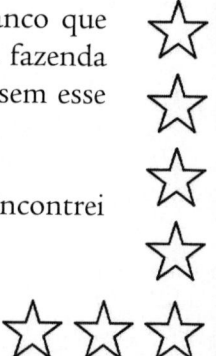

— Qual solução?

Sophie dá um passo e encara Michelle.

— A MINHA fazenda é uma questão pessoal e não lhe diz respeito.

A secretária faz um esforço para manter-se calada e engole em seco. Dá um passo para trás e, com um sorriso frio, assume a derrota nessa batalha.

Sophie levanta o queixo.

— Diga para o meu marido que ele vai ter que ir sozinho para a *Réunion*, ou talvez ele leve você. — Sophie sorri e, dessa vez, o seu sorriso chega aos olhos enquanto coloca os pedaços do envelope dentro da bolsa de Michelle.

Michelle fecha o punho com força em torno da alça da bolsa.

— Não sei se sabe, mas eu me caso em breve e, infelizmente, não vou poder acompanhar o Sr. Favre nessa mudança. — Faz um carinho no anel e continua: — Que bom que encontrou outra maneira de salvar esse patrimônio.

— Obrigada pela visita, Michelle.

Sophie fecha a porta, se encosta e ouve os passos de Keun-Suk.

— Tudo bem?

Pela cortina transparente, Sophie vê Michelle se afastar da entrada da casa.

Sem olhar para Keun-Suk, continua:

— Michelle tem um noivo, mas se fosse amante do meu marido, eu poderia entender...

O cantor encara Sophie com os olhos arregalados.

— Perdão?! Acho que não ouvi direito...

— Ouviu sim. — Dá de ombros e se afasta. — O problema sou eu — murmura, mas Keun consegue ouvir.

— Como assim?!

— Eu tenho um problema de saúde que... — Faz uma pausa.

Sophie percebe o olhar de Keun sobre ela e se arrepende mortalmente de ter aberto a boca, nem imagina o que ele pode estar pensando agora.

— Desculpe, acho melhor pararmos por aqui...

Keun se aproxima.

— Eu sou um cantor que tem pânico de subir no palco. Eu me abri para a senhora. Não gostaria de fazer o mesmo?

Ela fica pensativa por um momento, se encosta no *buffet* e coça a nuca.

— Eu tenho eczema crônico. — Procura as placas e percebe que algumas sumiram totalmente com o fim dos dias mais frios. Levanta os cabelos e mostra a nuca. — Essas manchas que invadem a minha pele, coçam muito, doem e em alguns lugares deixam a pele mais espessa. — Abaixa a cabeça. — Isso atrapalha muito a vida de um casal. — Conclui, finalmente: — Não sou eu quem diz isso, mas Francis, e ele tem razão.

Sophie mexe a cabeça para cima e para baixo sem levantar os olhos. Não sabe por que, mas se sente mortificada de vergonha como alguém que foi humilhada e abusada. Talvez a explicação esteja na condição feminina. Mesmo quando é vítima, a mulher se sente culpada. E assim segue a humanidade, sem respeito, sem consideração, sem empatia. Até que alguém interrompa esse ciclo vicioso.

Keun-Suk a pega pelos ombros.

— Não, não tem razão! Ele deveria estar ao seu lado para apoiá-la e ajudá-la com o tratamento. Um marido digno desse título faria tudo para fazê-la feliz na saúde e na doença, não é isso o que preconizam os votos?

Os olhos de Sophie se encontram com os do rapaz diante dela. Ele a segura com firmeza, mas ao mesmo tempo com ternura. Não há nenhum asco ou outro sentimento de repulsa em sua vista. Foi exatamente isso o que viu nos olhos de Francis há muitos anos. Por um instante sente a esperança voltar a aquecer o seu peito, esse sentimento agradável de que um futuro feliz é possível. Sentimento que se apagou com os anos de casamento. Observa as mãos grandes e um calor atinge a sua pele. Um calor agradável, que lhe dá um conforto conhecido e as suas mãos se fecham sozinhas sobre a cintura do rapaz em um abraço apertado. Uma sensação renovada de segurança lhe invade e, por um momento, se sente protegida. Sente que ele a enlaça e, com um movimento rude, se afasta.

Balança a cabeça de um lado para o outro.

Não! Não posso cair na mesma armadilha. Preciso manter o meu corpo e, principalmente, minha alma protegidos de uma nova decepção. O que está acontecendo comigo?

Encara Keun.

— Tudo na teoria é muito mais simples, não é, meu caro cantor famoso que tem medo do palco? — Sorri de forma triste. — O curso de hoje terminou.

Keun a segura pelo punho.

— Não estou de acordo.

— Como?!

— Eu pago por uma pensão completa e, a partir de hoje, não quero mais comer sozinho no meu quarto como fiz até o momento.

— O quê?!

— Vamos jantar juntos, Sophie, todas as noites.

A HONESTIDADE DE SOPHIE

KEUN ENTRA NO QUARTO E SE joga na poltrona.

Coça a cabeça confuso.

— Eu a chamei de "Sophie"... — Coloca o rosto entre as mãos.

Lembra da frase da professora:

— *Tudo na teoria é muito mais simples, não é, meu caro cantor famoso que tem medo do palco?*

Sente uma dor profunda no peito. Sim, ela tem razão. Na teoria, tudo é muito mais simples e fácil. *Como ele pode explicar que tem pânico apenas de se imaginar na frente de pessoas? Ou de que sufoca quando é o centro da atenção? De que gostaria de ir a lugares sem provocar um estardalhaço? E que não sabe o que é ter liberdade de andar sem seguranças? Como alguém como ele, que não consegue gerenciar os problemas com a mãe, pode julgar ou dar conselhos?*

Pega um livro.

Uma ruga surge na testa de Keun e ele sente um aperto no peito. Tem a nítida impressão de que um furacão fez uma limpeza gigantesca

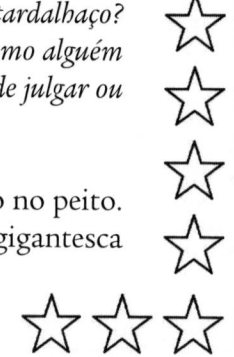

no local. Todos os seus problemas desapareceram e no lugar deles surge o rosto de Sophie. Único, desesperado, solitário, sincero. Cercado por bajuladores e fãs apaixonadas por uma imagem, a honestidade de Sophie lhe atinge em cheio e o deixa sem ação. *Como alguém pode se mostrar, assim, por inteiro diante de um desconhecido?* Ela parece ainda mais perdida e desesperada do que ele e, pela primeira vez na vida, Keun sentiu vontade de enlaçar alguém. Ele o fez e Sophie fugiu assustada. *Foi longe demais?*

Não é um expert em entender o que se passa no seu coração e, por isso mesmo, não desenvolveu a capacidade de traduzir isso para outras pessoas.

Balança a cabeça de um lado para o outro e joga o livro sobre a cama.

Não sabe se fez a coisa certa ao exigir que ela lhe faça companhia todas as noites. Mas quanto mais o tempo passa, mais tem vontade de tê-la por perto.

Keun se lembra das aulas matinais e do empenho de Sophie em mantê-lo interessado nos meandros da caprichosa língua francesa e das risadas dos dois diante da impossibilidade dele em pronunciar alguns fonemas.

"Também tive muita dificuldade no começo, quando saí do Brasil e vim para a França", relembra o que Sophie disse enquanto a imagina na pele de uma adolescente.

Essa foi a primeira informação pessoal que Sophie lhe deu. Ao longo da semana, vieram outras, e a cada uma delas, Keun abria o seu coração e falava dele. Conversaram sobre música, arte, gostos pessoais, diferenças entre as culturas.

Não. Está vendo coisas...

Levanta-se e vai até a janela.

Essa mulher estranha é apenas a sua professora e como tal deve ser mantida à distância. *Mas agora que a chamou apenas de "Sophie" e acabou com o tratamento formal, como agir normalmente sem essa barreira extra de proteção?*

Não sabe o que responder. Como para todas as outras perguntas sobre a sua vida, essa é mais uma grande interrogação sobre a qual não tem nenhuma resposta.

Ela está mesmo separada? Os olhos dela são esverdeados?

Sorri bobamente ao lembrar-se dela no pomar. A mulher franzina e sem vida se ilumina com um halo brilhante ao falar da fazenda.

Por todos esses anos, teve tudo o que quis e nunca, jamais, amou nada ou ninguém dessa maneira total e absoluta. Os seus problemas se tornaram tão pequenos e ele se sente tão mesquinho que tem vontade de desaparecer diante da vergonha que lhe inunda.

Sai do quarto sem um destino fixo. Perambula pela fazenda. Passa pelos arbustos de plantas aromáticas e atravessa o arco de pedra que divide a casa principal do local da reforma.

O vento se acalma e as árvores parecem seres inanimados. As nuvens acinzentadas escurecem o céu que começa a se colorir de amarelo e manchas cor-de-rosa. Vira o rosto na direção de um estrondo que ecoa ao longe seguido por outro, alguns segundos depois. Observa a alameda de ciprestes onde o carro de Michelle permanece estacionado.

Olha de um lado para o outro.

Onde estaria a secretária?

Um vinco surge na testa do rapaz.

O ar pesado está úmido.

Procura com o olhar e encontra a antiga fonte que enfeita a parede de pedra que separa o estacionamento da casa principal. Molha uma das mãos e passa por trás da nuca.

Ouve uma conversa breve, mas não identifica o conteúdo. Tenta se aproximar e inadvertidamente tropeça em um vaso de cerâmica que se fissura. Quando recupera o equilíbrio, vê Michelle entrar no carro e a sombra de um homem desaparecer por trás do prédio onde acontece a reforma.

Um raio ilumina a alameda e a tempestade começa.

O PLANO DE FRANCIS

A MÃO CRISPADA DE FRANCIS PASSA com violência sobre a mesa e derruba quase tudo à sua frente. Canetas, pastas e livros se espalham pelas lâminas de madeira do chão com um estrondo.

O urro de raiva poderia ser ouvido na China se os vidros das janelas não fossem duplos e estivessem sendo açoitados por uma chuva violenta.

No rosto contraído, os dentes aparecem e os olhos vão de um canto ao outro do escritório.

O olhar avermelhado encontra Michelle. De pé, ao lado da máquina de café, com gestos calmos e elegantes (como o vestido que usa), prepara duas xícaras. Em uma delas, deixa cair um cubinho de açúcar em forma de borboleta. Gira a colher lentamente enquanto os seus olhos ganham um tom dourado mais claro e brilhante. Espera-o se acalmar, sem perguntas, comentários ou pressão e revê mentalmente os detalhes do plano que traçou. Analisa cada ação, palavra e gesto para diminuir os riscos e conseguir o maior benefício possível. O sorriso amigável que surge no rosto delicado é uma combinação perfeita de beleza, frieza e perigo, exatamente como um lago gelado.

— Você tem certeza? — A voz de Francis sai trêmula.

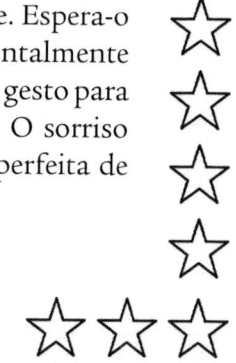

Michelle coloca as xícaras sobre a mesa baixa entre as poltronas em couro, vai até a bolsa, mostra os pedaços do envelope pardo e os joga no lixo.

— Sophie rasgou o documento. Não consigo imaginar nada mais eloquente do que isso. — Senta-se confortavelmente e começa a saborear a bebida que fumega.

Francis esmurra a mesa e passa as mãos sobre os cabelos.

— Agora eu entendi porque ela está irredutível. Qual foi a solução que ela encontrou?

— Não me disse. — Bebe um novo gole. — Sente-se e tome o seu café, vai esfriar.

Ele fecha os olhos por um momento.

— Acha mesmo que é um bom momento para tomar café? — Afrouxa a gravata e abre um botão da camisa.

— Qualquer momento é bom para um café. — Aponta para a xícara com o bico da sandália.

Francis se aproxima da mesa baixa, pega a xícara e a vira de uma só vez.

— Onde ela conseguiu um empréstimo? — murmura ao passar a mão sobre o queixo. — Fiz o possível para atrapalhar todos os outros.

— Não faço ideia. — Michelle morde o interior da bochecha. — Você acha que ela se lembra de alguma coisa?

— Por que essa pergunta agora?

— Sempre que a vejo, tenho medo de que ela se lembre do que aconteceu. — Descruza as pernas. — Vocês são casados há um bom tempo e qualquer mulher teria desconfiado que há algo estranho na nossa relação e nas inúmeras e longas viagens que você faz.

— O que está insinuando?

— Se ela sabe sobre nós e age como se não soubesse, posso imaginar algumas hipóteses. — Levanta a mão e mostra os dedos com a manicure impecável. — Um: ela é uma mulher dos anos 50, que viaja pelo tempo e por isso não se incomoda se o marido a trai. Dois: lembra de tudo o que aconteceu aquele dia, mas finge que não se lembra, ou seja, é tão dissimulada quanto eu e por isso imprevisível e perigosa. Três: como você, ela também tem um amante.

— Não seja ridícula, Michelle, ela simplesmente não se lembra. — Francis ri. — Um amante?! Não há o menor risco para que isso aconteça.

— Por quê? — Ela olha para as unhas longas, em azul brilhante.

— Você conhece Sophie, eu não preciso lhe explicar.

— Conheço. Sophie é inteligente, perspicaz, trabalhadora e tem um sorriso muito bonito.

— Você se apaixonou por ela? — Senta mais perto da jovem.

— Não, você se apaixonou...

— Isso foi há muito tempo... — Limpa a garganta. — Não sinto mais nada, a não ser repulsa. — Faz um gesto com os ombros como se tivesse levado um choque. — Um amante... — Ele ri ainda mais alto.

— Hoje, eu vi um homem sair da fazenda.

Francis franze o cenho.

— Deve ser algum trabalhador. A reforma é muito grande e temos pedreiros, carpinteiros, pintores a semana toda circulando por lá. Por que você acha que viajo tanto nesses últimos meses?

Michelle balança a cabeça para cima e para baixo, pensativa.

— Para fazer amor? — responde levantando um ombro e deixando a alça do vestido deslizar. — O que quer fazer exatamente, Francis? Até agora ainda não entendi o porquê de toda essa complicação. Poderia ter vendido a fazenda logo depois do acidente.

— Você sabe que isso não seria possível sem uma assinatura de Sophie.

Michelle contorce os lábios.

— E, agora? Por que ainda não conseguiu a assinatura?

Francis encara Michelle.

— Estou trabalhando nisso. Você sabe que não posso vender a fazenda antes de ajeitar tudo por aqui. Não posso perder tudo o que consegui até agora. Com essa grana e o dinheiro da fazenda, vamos viver muito bem. Não é isso o que quer?

Michelle se afasta e vai até a janela. Passa um longo momento em silêncio. Pensa no momento que passou no escritório de Francis enquanto Sophie estava no quarto. Lança um breve olhar para a bolsa de marca e sorri de canto com o conteúdo precioso que conseguiu obter.

Abre um botão da blusa e encara Francis.

— Você sabe muito bem o que eu quero. — Faz uma pausa e sorri. — Me casar com você.

— Eu também quero me casar com você.

— Se tivesse tido coragem para se separar mais cedo, poderíamos ter evitado aquela tragédia.

Francis levanta os olhos para a secretária.

— Você sabe muito bem de quem é a culpa pelo que aconteceu. A sua imprudência criou todo aquele quiproquó...

Michelle passa a mão languidamente pela nuca.

— A sua imprudência, você quer dizer, não? Eu não escrevi aquele e-mail.

— Mas o enviou para a pessoa errada!

Francis se senta. Mexe na gravata e fecha os olhos por um momento enquanto Michelle anda de um canto a outro do escritório.

— Tivemos sorte naquele momento, Michelle, agora temos que ter muito cuidado ou vamos perder a fazenda. Sophie é ingênua, ela acredita no melhor das pessoas, mas pode se lembrar do que aconteceu a qualquer momento.

— Isso não seria melhor para todos? — Michelle mexe no anel do falso noivado (na verdade, um presente de Francis) e se senta ao lado do amante.

Francis coloca um braço sobre os ombros da moça e toca o pescoço dela com delicadeza. Ela deixa a cabeça cair sobre o espaldar do sofá.

— Eu lhe contei o que aconteceu quando o meu primeiro casamento terminou: perdi os meus bens e, até hoje, pago uma pensão para as crianças.

— Justo.

— Você acha mesmo?! Precisei de anos para me recuperar ou você acha que aceitei morar naquela fazenda apenas para agradar os meus sogros? — Ele faz um carinho nos cabelos dela. — Aquele local é muito isolado, longe do meu trabalho, grande demais, e um poço sem fundo quando se trata de dinheiro.

— Eu acho que a propriedade tem muito charme.

Francis lhe dá um beijinho.

— Realmente, e ela ficou ainda mais charmosa agora, não?

Michelle ri.

— A proposta do canadense é irrecusável! — Bate palmas. — O terreno é excepcional e com as devidas adaptações, vai se tornar um hotel lindo.

— Ele não quer transformar a propriedade em um hotel, mas em uma casa para a família passar as férias de verão e o Natal.

— Deve ser uma família enorme — ironiza Michelle com a mão sobre a braguilha do amante.

Francis pega a mão dela, a levanta e a faz se sentar em seu colo.

— Eu não posso me divorciar agora, você sabe que somos casados com separação de bens. Se não conseguir fazer Sophie assinar a procuração, não vou poder vender a casa e o nosso futuro vai estar comprometido.

— Uma pena o pai dela ter sugerido o contrato antes do casamento ou você não estaria com esse problema agora. Mas o seu novo salário seria o suficiente para o nosso começo, não?

— Claro que seria. — Ele abre mais um botão da blusa de seda, e, entre um beijo e outro, continua: — A fazenda foi deixada de herança para Sophie e o contrato evita que eu tenha algum direito ao imóvel, como você sabe muito bem. — Ele esfrega a barba sobre o pescoço e o colo dela, que começa a ficar avermelhado enquanto uma das mãos sobe entre as coxas da jovem. — Mas por que abrir mão dos milhões de euros que valem a fazenda?

— Hummm... E se ela não assinar o documento? Vamos perder a venda?

A mão de Francis avança e começa a tocar intimamente a secretária, que geme baixinho.

— Temos que achar outro jeito para obter a assinatura. O canadense aceitou comprar a propriedade com a reforma em andamento. Ele adorou a ideia de ter quartos a mais.

Michelle abre mais as pernas e se senta sobre Francis depois de abaixar o zíper da calça dele.

— Mas, agora que Sophie encontrou um jeito de terminar a obra, o que vamos fazer? — Faz uma pausa e o beija langorosamente.

Francis abre mais um botão da blusa e o sutiã. Beija os seios com volúpia e os mordisca entre uma frase e outra. Ele retira os dedos de dentro de Michelle e a ajeita sobre ele.

— Temos que descobrir como ela conseguiu o dinheiro...

— Mas se a casa ficar pronta, podemos aumentar o preço da venda... — Michelle geme alto. — Talvez seja melhor deixar que Sophie termine a reforma. — Ela mordisca a orelha de Francis.

— Hum... Como sempre, a minha secretária é brilhante. Nesse caso, vamos falar com o comprador. Temos que ganhar tempo e, enquanto isso, achar outra maneira para que ela assine a procuração.

Michelle respira ofegante.

— Subornei um dos pedreiros, ele vai vigiar Sophie. Em breve, vamos saber um pouco mais sobre o que acontece na fazenda e como vamos usar isso a nosso favor.

Francis morde um lábio da moça, a penetra com força e Michelle começa a cavalgá-lo.

OPPA (오빠) "DELÍCIA"

SOPHIE ABRE A porta.

— Oi, Ângela, como estão os alunos? Precisam de alguma coisa?

— Não, minha linda. Está tudo sob controle na "filial". — Ângela entrega uma sacola à Sophie.

— O que é isso?

— Uma surpresa para Keun...

Sophie recupera as compras e vai até a cozinha. Ângela a acompanha.

— Você viu o que os alunos estão postando nas redes sociais? Uma beleza! Aliás, você se lembrou da sua senha? Faz muito tempo que não atualiza as suas contas no *Face* e no *Insta*...

— Do que está falando, Ângela, só tenho a conta do Instituto... — Abre um armário e começa a guardar as compras. — E pedi para uma das professoras da "filial" cuidar disso. Não posso expor o cantor.

Ângela tamborila os dedos na mesa e muda de assunto.

— Tinha razão em insistir e aceitar o gostoso do Keun-Suk: o dinheiro chegou em muito boa hora para pagar o aluguel e os professores. Os novos alunos não perceberam nada do nosso estresse. E a obra?

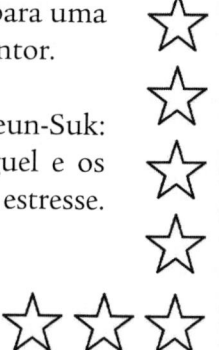

— Consegui pagar pelos materiais e fornecedores. Nem acredito que tudo entrou nos eixos...

— E como vai o nosso cliente VIP?

Sophie sente as bochechas corarem e vira o rosto enquanto coça o pescoço e finge procurar algo no armário.

— Dou aulas teóricas pela manhã e à tarde fazemos algum passeio para exercícios práticos em lojas, cafés, museus... Fomos aos campos de tulipas no *Luberon*, em *Saint-Rémy*, Marselha, *Cassis* e até *Saint-Tropez*...

— O viu sem camisa?

— Que ideia, Ângela! A piscina ainda está protegida com a lona. A primavera deste ano está bem amena, mas ainda não dá para entrar na água nesse momento.

— Não estava pensando na piscina... — Passa a língua pelos lábios. — Como estava o mar?

Sophie vira-se de costas para Ângela ao lembrar dela e Keun passeando na praia, das risadas deles por causa das calças molhadas e de quando ele retirou os tênis dela e limpou a areia dos pés.

Ângela dá uma volta e vem procurar o rosto de Sophie, que encontra da cor do tomate que segura.

— A-há! — Bate palmas. — A moça pudica e prendada está toda corada!

— Boba!

Ângela solta uma risada.

— Onde está aquela delícia?

— Foi correr. Ele começou a fazer isso todos os dias, no fim da tarde. — Olha para o relógio. — Deve estar tomando banho agora.

Ângela se debruça sobre a mesa.

— Hum... pagaria para ver esse espetáculo ao vivo...

— Ficou doida, Ângela?

— Essa cena não pode faltar em nenhum drama coreano...

— Do que está falando?

Keun entra no local com os cabelos molhados e o rosto avermelhado.

— *Bonjour!*

Ângela se aproxima e estala três beijinhos nas bochechas do rapaz.

— Agora, sim, *bonjour oppa* (오빠) "Delícia"!

Keun fica corado e se mexe sem jeito ainda desconcertado pela informalidade e exuberância de Ângela.

— *Oppa* (오빠)? O que é isso? — Sophie pergunta.

— Um jeito carinhoso de chamar um irmão mais velho... — Ângela levanta algumas vezes as sobrancelhas. — Ou namorado... — Solta uma risada. — Sempre quis chamar alguém de *oppa*!

Keun cruza o olhar com Sophie, que abaixa o rosto para tentar esconder o riso enquanto retira mais pacotes da sacola.

— Uau! O que temos aqui? — Keun abre um sorriso ao descobrir a variedade de produtos e traduz as etiquetas: — O *gochujang* (고추장) é uma pasta de pimenta fermentada, molho de soja, *lámen* (라면) com sabor de feijão, *kimchi* (김치), arroz, carne e legumes. Tenho tudo para fazer um *bibimbap* (비빔밥) para o jantar.

— Aquela mistura de carne, legumes e arroz com ovo por cima? — Ângela pergunta.

Keun concorda com a cabeça.

Ângela pega o pote com *kimchi*.

— Repolho fermentado com pimenta. — Balança a mão na frente da boca.

Keun pisca um olho.

— *Merci!* — agradece e volta a observar os pacotes como se fossem presentes de Natal. Nos seus olhos brilham a saudade e o desejo.

— Que bebida é essa? — Sophie pega as garrafas de vidro verde e as arruma na geladeira.

— Um destilado a base de arroz ou batata, o *soju* (소주). — Keun explica enquanto guarda os outros produtos nos armários.

O sorriso do rapaz só é menor do que o de Ângela, que olha para Sophie e levanta as sobrancelhas como quem diz: "Ele amou a surpresa, não?".

— Continuem arrumando, vou no carro pegar mais uma coisa.

Ângela volta para a sala com um violão.

— Nossa!

Keun avança imediatamente em direção do instrumento. Sophie o acompanha.

— Para mim?

Ângela concorda com um gesto.

— Sophie teve a ideia, eu apenas a executei.

Keun encara a professora, faz um leve movimento com a cabeça e abre um sorriso ainda maior. Pega o violão com cuidado, passa a mão delicadamente sobre o verniz brilhante e verifica com minúcia se as cordas estão afinadas. Observa-o por um longo momento, como se quisesse memorizar os traços da madeira antes de se sentar com ele e começar a testar algumas notas baixinho.

— Acho que ele gostou do presente — Ângela sussurra.

Sophie não consegue responder nada e apenas agradece com um movimento de cabeça e um abraço apertado e sincero.

— Tenho que ir agora. Fiz uma degustação de vinho em *Châteuneuf-du-Pape* com um grupo da "filial" e estou exausta.

— Tem certeza de que não precisa de mim, Ângela?

— Absoluta. Somos cinco para fazer a "filial" funcionar. Continue cuidando do nosso VIP e aviso se houver alguma novidade na casa.

Keun acena.

— Acho que está na hora de mostrar um pouco da cultura coreana para Sophie. Quem sabe vocês podem ver alguma série... — insinua antes de acenar. — Bye, *oppa* "Delícia"!

Sophie vê um olhar cúmplice entre os dois e balança a cabeça de um lado para o outro enquanto leva Ângela até a porta. Assim que ela se fecha, Keun volta a se concentrar nas notas. Aos poucos, entre receio e hesitação, elas se unem em uma melodia e começam a deslizar pelo salão trazendo uma certa melancolia ao ambiente.

Sophie se aproxima e se senta ao lado dele no sofá. Os olhares se cruzam, as respirações encontram a mesma sintonia e os corações batem em um ritmo semelhante. O tempo passa lentamente. Tão lentamente que Sophie não percebe que o rapaz vai de uma canção a outra até que a tarde lá fora tire a sua reverência para os favores da noite. A alteração da luz no salão faz com que Keun coloque o violão ao lado da escrivaninha.

— Não sei nem o que dizer. Você toca lindamente...

— Obrigado.

— Não se sentiu à vontade com a minha presença? — A mão de Sophie toca levemente o braço do rapaz. — Desculpe, eu fiquei tão envolvida que esqueci que não gosta de tocar em público. Acho que não foi uma boa ideia. — Retira a mão.

Keun a segura e levanta o rosto em direção aos olhos de Sophie.

— Você não é "público", Sophie.

— O que eu sou, então?

— Não sei, mas não consigo me lembrar se um dia senti o mesmo prazer de tocar para alguém como senti hoje. — Ele aproxima uma mão e toca no rosto da professora. — Muito obrigado.

Sophie percebe que a pequena distância entre eles simplesmente desapareceu. Ela sente o coração acelerar como se quisesse sair voando do peito e estremece ao visualizar o beijo que paira no ar há dias e agora está para acontecer.

Um grunhido estranho surge do estômago do rapaz e os dois caem na gargalhada.

CLICHÊS

KEUN ABRE UMA NOVA GARRAFA de *soju* enquanto Sophie termina a última garfada do *bibimbap*. Ela balança a mão na frente da boca, termina mais um copo de água e seca uma lágrima.

— Desculpe, não estou acostumada com tanta pimenta.

Keun ri.

— E olha que diminuí muito a quantidade. — Entrega um copinho com o *soju*. — Experimente, combina muito bem com a nossa culinária.

— Estou evitando beber.

— Só um não vai causar nenhum estrago.

Sophie aceita e toma a dose com uma careta.

— Uau! Com certeza não é um rosé. — Ri.

Um estouro começa no micro-ondas. Minutos depois, Sophie e Keun estão sentados confortavelmente lado a lado em frente à TV com uma cumbuca enorme cheia de pipoca.

— O que vamos ver?

— Ainda não sei. — Ele se vira para ela. — Série histórica ou contemporânea?

Lê a sinopse e o nome de Keun-Suk como protagonista.

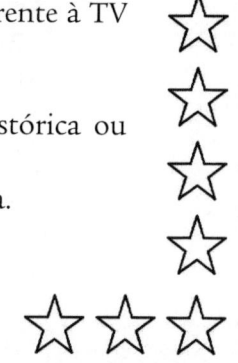

— Essa parece interessante. — Aponta para a tela da *Netflix* onde o ator aparece com um terno bem cortado.

Keun aperta o *play*.

A rotina se instala.

O jantar seguido das séries de Keun começa a ser aguardado com muita ansiedade e *soju*.

De um episódio, passam a dois, três... As maratonas começam a avançar pela madrugada. Por duas vezes, quase adormeceram lado a lado.

Comédias, dramas policiais, médicos, de fantasia e até com fantasmas. O tema não importava realmente, o que ambos queriam era esse precioso tempo juntos que dividiam com troca de informações pessoais e risadas. Em alguns deles, Keun aparece com o uniforme do segundo grau para desespero do rapaz, que vira alvo das brincadeiras de Sophie sobre a eterna juventude dos asiáticos que parecem ter vinte anos para sempre. Ela acompanha as cenas com atenção, mas o seu olhar de canto analisa os traços agradáveis do jovem ao lado.

Keun-Suk comenta algo sobre os bastidores e ri sem tirar os olhos da tela.

Sophie pisca e tenta afastar o pensamento que insiste em tentar compreender o sentimento que aumenta à medida que diminui a distância entre eles. Não pode mais negar que está cada vez mais interessada. Só não sabe dizer se é pela cultura diferente ou pelo próprio Keun.

Uma nova cena com a "caroninha" nas costas faz Keun olhar para Sophie e apontar para a tela.

— Lembra?

Ela levanta a mão sobre o rosto.

— Esse é um dos clichês mais comuns.

— Realmente, vi várias vezes. Quais são os outros? — Ela mergulha a mão na pipoca e encosta os dedos de Keun.

— Esse é outro. — Ri e joga a pipoca na boca.

Sophie retira a mão rapidamente.

— Ângela falou do banho...

Ele avança as cenas e para.

Sophie vê Keun tomando uma ducha em um banheiro sofisticado. Ela coloca uma mão sobre o sorriso e lança um olhar de soslaio para o rapaz.

— Ângela comentou mais alguma coisa?

— Que os beijos demoram a acontecer e parecem sem graça. — Arregala os olhos ao perceber que falou sem nenhum filtro. *"Merda..."*, pensa.

Keun-Suk ri, troca de série e avança algumas cenas.

— O que acha desse?

Sophie vê Keun empurrar uma moça contra uma parede e o queixo cai. Por alguns instantes esquece que ele está ao lado dela.

Se isso é sem graça, não sei o que seria o "com graça"...

— Não precisa ficar com ciúmes. São beijos técnicos, sem nenhuma emoção. — Keun levanta uma mão e aproxima o rosto de Sophie. — Mas posso lhe mostrar um beijo de verdade...

O perfume masculino a envolve e Keun abre os lábios em um meio sorriso. Aproxima-se mais, mas para quando Sophie retira a mão dele.

Ela se levanta, ajeita a saia e olha para todos os lugares, menos para os olhos expressivos diante dela.

— Desculpe, Keun, mas acho que se enganou completamente.

Keun franze as sobrancelhas.

— O que quer dizer?!

— Não há nenhuma necessidade de se forçar a fazer algo apenas porque bebeu um pouco e quer matar a saudade das belas atrizes com quem contracena. Não preciso da sua gratidão e muito menos da sua piedade.

Ele se levanta.

Sophie o vê fechar os olhos rapidamente e virar o rosto de lado. Depois de um momento, ele continua sem convicção:

— Sophie, p-por favor, eu não sou bom com p-pessoas, nunca f-fui... — gagueja. — Eu gostaria de conhecê-la melhor. Eu realmente quero me aproximar de você. — Ele dá um passo à frente.

Sophie recua e levanta uma mão.

— Sinto muito, Keun. Não posso deixar isso ir mais longe. Não precisa se forçar a nenhum gesto como esse. Por favor, lembre-se de que não me deve nada, ao contrário, sou eu que tenho uma dívida com você. Vamos fazer de conta que nada disso aconteceu. Boa noite.

Ela deixa a sala com passos apressados e o corpo trêmulo.

Não olha para trás. Tem certeza de que não conseguiria avançar se o fizesse.

Chega ao quarto com o coração aos saltos e se joga na cama com as mãos sobre o rosto para mais uma noite onde vai ser companheira da lua.

FLORES DE CEREJEIRA

— DE JEITO NENHUM. — SOPHIE CRUZA os braços contra o peito. — Nós vamos de carro.

— Não vamos, não. — Keun pega um capacete dentro do bagageiro e o entrega para Sophie. — Depois de vários dias com chuva, o dia está perfeito para sair de moto. A temperatura está agradável e nunca vi um céu tão azul. — Levanta o rosto em direção do sol que forma duas estrelas nos reflexos dos óculos espelhados.

Sophie observa por um momento as montanhas que se elevam como gigantes sombrios, os elegantes ciprestes estáticos e tranquilos como guardiões em um dia onde o vento se calou, a grama por onde aparecem aqui e ali delicadas margaridas e os raios solares que pintam de dourado o começo da manhã. Faz um enorme esforço para não sorrir para o quadro diante dos seus olhos ao mesmo tempo que resiste ao rosto que se torna cada dia mais encantador. Fecha os olhos em frestas.

— Eu acho que lhe expliquei, Keun. Nunca andei de moto e isso não vai mudar hoje. Além disso, o clima oscila muito na primavera. A previsão é de chuva para essa tarde. — Finca o pé em um desafio. — Afinal, quem manda aqui sou eu.

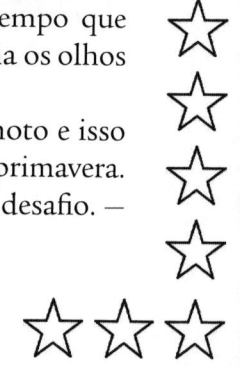

Keun se aproxima. Ajuda-a a descruzar os braços e coloca o capacete na mão dela.

— Você disse... — Levanta uma mão: — Três vezes. E eu lhe respondi que sempre há uma primeira vez para tudo. — Coloca o capacete, monta na moto e oferece a mão. — Não há mal nenhum em se deixar levar de vez em quando...

Sophie pode ouvir o seu cérebro gritar: não aceite a mão dele! Mas o coração e outras partes do corpo recomendam exatamente o contrário.

No rosto contraído e nos lábios cerrados um contra o outro, lá está ela de volta: a contradição atroz; a disputa violenta entre o certo e o errado, que se agita dentro do peito como uma tempestade ao mesmo tempo que vive uma experiência mais agradável do que a outra. Conversas interessantes sobre costumes do outro lado do mundo, almoços preparados em conjunto, vinhos sendo degustados sem a necessidade de palavras. Keun-Suk toma para ele o espaço deixado por Francis.

Sophie engole em seco diante de algumas evidências que lhe incomodam cada dia mais. A solidão em que vive é a mais difícil de aceitar. *Como pôde passar tanto tempo dessa forma?*

Lembra do marido estranhamente silencioso. A última mensagem foi há semanas: Francis fez perguntas sobre o tipo de casa que deveria alugar na *Réunion*. Não respondeu. Algumas lutas devem ser travadas pessoalmente e apenas quando chega a hora.

Nessa batalha contra Keun, ela perdeu.

Levanta a mão e se deixa levar para a garupa da moto. Ajeita o capacete e procura um lugar para se segurar.

— Coloque as mãos em volta da minha cintura, é mais seguro.

— Ótimo! Se eu cair, levo você junto.

A frase dita com uma voz firme e desenvolta contrasta com o que se passa pela sua cabeça, onde desejos estranhos, pensamentos inadequados e um medo que nunca sentiu antes surgem sem autorização. Fecha os punhos na veste do rapaz quando escuta o som agradável da risada do Keun abafada pelo ronronar da *Harley*. Sophie esquece toda discrição e aperta o rapaz ainda mais quando ele se inclina e atravessa o portão.

— Não precisa se preocupar, eu faço isso há anos.

Ela dá um tapinha no ombro dele e volta a se agarrar, ainda com mais força. A velocidade deixa a paisagem distorcida e, em um primeiro momento, seu estômago dá voltas.

Finalmente entende o porquê de tanto receio para aceitar esse convite: a proximidade que tanto temeu. Abraçada ao jovem, percebe que o seu corpo inteiro reage a esse momento.

Fecha os olhos e tenta pensar em outra coisa. Algo desagradável como o espelho de um dos banheiros que chegou quebrado e precisa ser trocado; a infiltração em uma das janelas ou o problema com o marido. A distração dura poucos segundos. A mão de Keun toca a sua e, em seguida, aponta para um campo de cerejeiras onde as árvores alinhadas estão cobertas de flores que variam do branco ao rosa pálido.

A moto para minutos depois às margens da estrada. Keun a desliga, retira o capacete e ajuda Sophie a descer. Ela estremece ao toque e mexe aflita no dedo anular esquerdo.

— O que houve, Keun?

— Lembrei de casa...

Sophie levanta uma sobrancelha.

— Não sabia que havia tantas cerejeiras por aqui. — Retira o celular do bolso.

— A *Provence* é um dos maiores produtores da fruta na França. Quer que faça uma foto sua?

— Também temos essas árvores espalhadas por toda a Coreia. Mas as que plantamos por lá são ornamentais. No ano passado, gravei algumas cenas no festival da cerejeira de *Jinhae-gu* (진해구), um dos maiores do país. Quem sabe um dia vá visitá-lo... — Faz uma pausa. — Comigo. — Keun entrega o celular para Sophie, aproxima-se dela e a segura pela cintura para que façam uma *selfie* juntos.

— Não, não precisa.

A mão do rapaz aumenta a pressão ainda mais e ela não tem outra opção a não ser encarar a câmera e sorrir. Keun a solta e começa a caminhar entre as árvores. Levanta uma mão com a palma para cima em direção das pétalas que voam e dão a impressão de serem borboletas.

— O que está fazendo?

Uma pétala cai na mão de Keun e ele a fecha com um sorriso.

— Verificando uma tradição.

— Qual tradição?

— Quando conseguimos pegar uma pétala durante o voo, vamos ter o nosso amor correspondido. — Encara Sophie.

— Que interessante! — Sophie lança um olhar para Keun. Por um momento, o único pensamento que lhe passa pela cabeça é: quem quer que ela seja, tem muita sorte.

— Por que não tenta?

Sophie levanta os olhos, sorri e começa a andar pelas árvores com as mãos espalmadas. Uma pétala cai na mão dela.

Keun dá um passo à frente e se aproxima de Sophie.

As pétalas continuam seguindo o ritmo delicado do vento. O silêncio e o perfume os envolvem e Sophie tem a certeza de que entrou em uma bolha temporal. Nada mais importa ou existe fora dela. O olhar de Keun parece ser o centro desse novo mundo e, nesse momento, ela percebe que a situação confusa em que está aumentou de tamanho. Aumentou *muito* de tamanho. Sente a respiração do jovem e percebe que os seus lábios se entreabrem sem que ela tenha dado nenhuma ordem. Precisa de toda a força de vontade que ainda existe dentro do peito para recobrar um pouco de consciência.

— Vamos?

Keun concorda com a cabeça, dá um passo para trás e eles retornam para a estrada.

O trajeto, agora em linha reta, margeia outros campos de árvores frutíferas intercalados por longas extensões de vinhedos e fazendas antigas.

Mas Sophie não consegue ver absolutamente nada enquanto tenta analisar friamente o que está acontecendo. Conseguiu estabelecer uma rotina eficiente de aulas. Pela manhã, ensina os mistérios da gramática, as nuances dos fonemas, as conjugações dos verbos. As tardes são preenchidas com passeios, onde a teoria cede lugar à prática. Tudo funciona muito bem, bem demais. A conexão entre eles foi imediata e manter a distância exigida entre professor e aluno é um exercício cada dia mais extenuante, principalmente à noite quando jantam juntos e veem as séries, ou pelo menos viam, até aquele dia fatídico quando ele tentou beijá-la.

Suspira.

Tem a impressão de andar em uma corda bamba que liga duas montanhas sobre um desfiladeiro.

"Será que vou conseguir manter o equilíbrio ou cair na falésia?", pensa.

BEIJO

KEUN ESTACIONA EM UMA RUA de *Aix-en-Provence*.

Sophie retira o capacete. Tenta, mas não consegue segurar o sorriso que ilumina o seu rosto.

— Foi tão ruim assim? — Keun ironiza enquanto guarda os capacetes no bagageiro.

— Péssimo! — responde revirando os olhos.

— Nesse caso, vou pedir um táxi para você voltar para casa.

— Não se preocupe, vamos usar a moto mesmo. — Sorri e indica o caminho com a mão.

— Aonde vamos?

— Temos algumas opções: restaurantes tradicionais, com estrelas no guia *Michelin*, asiáticos...

O rapaz nega com a cabeça.

— Prefiro algo local.

— O que acha de almoçar em um monumento histórico? — Mostra a tela do celular.

Keun se abaixa e concorda. Em alguns minutos, estão diante do portão de ferro secular e imponente emoldurado por colunas em pedra. Keun arregala os olhos e tira uma foto. No peito de Sophie, a

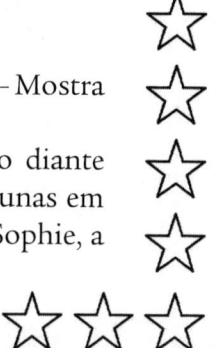

lembrança da mãe surge com força. Ela era apaixonada pela história da *Provence* e tinha orgulho de ministrar suas aulas práticas em lugares como esse.

Entram, passam pela segurança, atravessam o pórtico e chegam ao pátio onde levantam os olhos em conjunto. Com três andares e ornada por um balcão central feito de ferro com detalhes dourados, a fachada quadrada e simétrica é de uma elegância refinada.

— Onde estamos?

— No *Hôtel de Caumont*.

— Qual é o período?

— Século XVIII. Depois de restaurado, foi transformado em um centro de arte.

Keun empurra a porta de vidro e sente o impacto da beleza do prédio. Os seus olhos passeiam pelo chão onde losangos de mármore branco e preto lembram um tabuleiro de xadrez; pelos quadros de época e finalmente encontram a escadaria monumental. Com degraus talhados na pedra e corrimão com curvas, folhas e flores de ferro forjado, dá acesso às exposições e aos salões históricos restaurados – sala de música e quarto da última marquesa.

Sophie toca no ombro do rapaz.

— Venha, temos uma mesa.

Entram no salão com paredes cobertas por um brocado azul pálido e acetinado onde espelhos e telas com molduras douradas refletem as luzes que se infiltram pelas janelas amplas. Keun avança até um dos sofás arredondados com estofados confortáveis no mesmo tom dos muros, mas Sophie nega com a cabeça e ele a segue até o restaurante. Atravessam a imensa porta dupla e se sentam em uma mesa de canto com vista para o jardim onde castanheiras seculares fazem sombra em torno da fonte baixa e redonda. Mas os olhos de Keun se concentram no papel de parede de inspiração asiática que mostra passarinhos coloridos, flores e gueixas.

— Era a moda na época. — Sophie pega o cardápio e aponta para o prato que escolheu. — Você é quem vai falar com o garçom.

Keun faz o pedido e minutos depois são servidos.

Sophie observa os movimentos do jovem e a conversa flui naturalmente. A sensação de estar dentro de uma bolha retorna e, aos poucos, tudo o que existe no exterior desaparece. O tilintar dos talheres e as conversas paralelas silenciam, o vai-e-vem dos garçons perde o interesse, os perfumes que se misturam em uma sinfonia de gostos se diluem.

O olhar de Sophie está focado diante dela. Lentamente, vai das mãos de Keun para os seus olhos amendoados, continua pelo nariz afilado, passa pelos lábios generosos, que se contraem um no outro e brilham com o molho da salada, e voltam para os dedos longos que se movimentam com delicadeza para dar ênfase a alguma frase. *Quando esse rapaz ficou bonito desse jeito?* Não tinha resposta para mais essa pergunta e começa a ter receio de que perde a sua capacidade de pensar nesse turbilhão que a leva cada vez mais fundo e não para de girar.

— Sophie?!

A bolha faz "pop" e ela vira o rosto.

— Ah! *M*. Bonneau... — Deixa cair o garfo enquanto os seus olhos se arregalam e sente todo o seu sangue escorregar até os pés ao reconhecer o velho amigo do pai. — *M*. Bonneau... — repete depois de lançar um olhar rápido em direção de Keun e, com os músculos do rosto tensos, abre um meio sorriso amarelo. — Como vai Antoine?

— Tudo bem. Como estão os preparativos para a mudança? — A pergunta é feita para Sophie, mas os olhos dele analisam Keun de cima a baixo.

O rapaz não se deixa intimidar e o encara com um leve sorriso de canto antes de dizer um breve *"Bonjour"*.

— Como sabe sobre a mudança?

— Francis me contou.

— Quando se encontrou com Francis?! — Tenta um sorriso e continua apressada em terminar a conversa: — Não vou mais para a *Réunion* e muito obrigada pelo vinho.

— Vinho?

— Antoine passou na fazenda para me entregar. Mandei uma mensagem agradecendo.

— Ah... — O rosto do homem alto e robusto se crispa por um momento. — Claro, não foi nada. — Olha para o relógio. — Eu tenho uma reunião agora. Bom apetite. — Abaixa a cabeça em um cumprimento elegante para o jovem.

Keun faz o mesmo e acompanha com os olhos o *M*. Bonneau deixar a sala. Vira o rosto para Sophie e o encontra abaixado.

— Peço a conta?

Ela concorda e eles deixam o prédio em silêncio.

Uma chuva fina começa. Sophie agradece interiormente e eles aceleram o passo entre as poças que se formam pelos paralelepípedos irregulares. Tentou, mas não conseguiu esconder o quanto ficou desestabilizada ao encontrar com o amigo do pai. Tudo, da expressão do seu rosto, aos movimentos do seu corpo, a traíram. Só alguém muito inexperiente ou tapado não teria percebido a tensão que circulava naquela mesa e M. Bonneau não é uma coisa nem outra.

Um raio ilumina o céu e ela cobre a cabeça com a bolsa quando chegam na frente da fonte circular decorada com uma coluna e onde quatro golfinhos apontam para as ruas que dão acesso à praça.

— Aonde vamos?

— Ao museu *Granet*...

— Visitamos o museu outro dia.

Keun a pega pelo punho, dá alguns passos, sobe um degrau e a cola contra uma porta protegida por uma marquise a cobrindo com o seu corpo.

— Ei!

— Por que fugiu?

— Eu não fugi, por que fugiria? Você é o meu aluno, estávamos em uma aula. — Levanta o rosto e o encara. — Professora e aluno, em uma aula, apenas isso. — No seu rosto estão expostas a raiva, que cria uma ruga entre os olhos; a vergonha, nos lábios trêmulos; e o desejo, nas pupilas dilatadas.

— Exatamente. Até agora, não entendi por que não me apresentou. Sou o seu aluno e estávamos em uma aula. E mesmo se não fosse o seu aluno, não haveria nenhum motivo para fugir ou ficar sem jeito na minha presença. Você está separada do seu marido, não está?

Os olhos de Sophie se arregalam. Não tinha parado para pensar nisso. Sim, ela pediu a separação, não pediu? Em dias, semanas ou meses vai estar separada oficialmente do Francis. Estremece e não sabe se é de alívio ou receio.

Keun pega na mão esquerda dela.

— Não há mais aliança aqui. — Aponta para o coração dela. — Não há mais aliança aqui — repete.

O cantor se aproxima ainda mais e abaixa o rosto lentamente. A hesitação dura reles segundos e o movimento de Sophie em sua direção acaba com a indecisão. Os seus lábios se encontram. Em um primeiro momento, delicadamente, com movimentos suaves. Ele se afasta e a observa por instantes, como se pedisse uma autorização para ir mais longe. Sophie segura as lapelas da jaqueta e o puxa contra si para um novo beijo sem barreiras, que evolui e incendeia mãos, braços e corações.

COVARDE

SOPHIE TOCA OS LÁBIOS AINDA sem acreditar como deixou aquilo acontecer. O "aquilo" em questão foi o beijo delicioso, que a levou para um lugar estranho e que, com certeza, nunca visitou antes.

A mesma mão encosta na testa algumas vezes e a sua boca solta palavrões silenciosos.

Bate os punhos fechados na cama, levanta-se e sente o frio da lajota rústica agredir os seus pés nus. Tem a impressão de acordar de um sonho para voltar a viver no mesmo e conhecido pesadelo.

Coça a cabeça, o pescoço e os braços. Observa-os por um momento com os lábios contraídos. As placas regrediram e parecem menos inflamadas. Algumas desapareceram completamente. *Mesmo assim, como conseguiu, por um segundo que fosse imaginar que teria alguma chance com Keun? Uma professora, mais velha do que ele, ainda casada e com uma pele dessas?!*

"*Chance com Keun.*"

Ri de nervoso da piada que não tem graça nenhuma. Não, ela não queria nenhuma "chance" com Keun ou qualquer outra pessoa. Não era o momento para começar nada antes de terminar a sua história

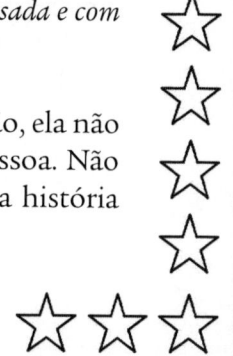

com Francis. Ainda mais com alguém que mora do outro lado do mundo, certo?

Mas, e agora? O beijo aconteceu.

Como iria recuar? Queria recuar? Podia recuar?

Balança a cabeça de um lado para o outro sem ter a menor ideia de qual caminho deve seguir.

Levanta os olhos para o teto e arrasta os pés até o banheiro.

Abre o chuveiro e deixa a água esquentar.

Mergulha a cabeça e encosta as mãos espalmadas na cerâmica. Perde a noção do tempo enquanto tenta desatar os inúmeros nós que se sobrepõe e se enroscam em torno dela a impedindo de dar qualquer passo. A obra continua sem sobressaltos como se o universo tivesse lhe dado uma trégua nesse sentido. Francis não deu sinais de vida ou de novos problemas há dias (será que aceitou a separação?). Diversos pedidos de inscrição para a escola começam a chegar e ela os trata quando Keun está correndo. Quando achou a ponta do fio para desenrolar o novelo e tudo começou a entrar nos eixos, conseguiu complicar a situação ao se envolver com o rapaz que salvou a sua escola.

Encosta a testa na cerâmica.

— Merda! Merda! MERDAAAAA!

Sai da ducha e se enxuga sem pressa.

Será que não está misturando tudo? Um amálgama de sentimentos? Desejo, paixão e amor no lugar de curiosidade, gratidão e reconhecimento?

Passa a mão pelo espelho e cria uma faixa brilhante diante dos seus olhos.

O que ele deve pensar dela nesse momento? Uma professora sem escrúpulos e muito menos respeito pelo casamento.

Com certeza ele vai achar que tem algum poder sobre mim. Que essa foi uma forma que encontrei para "agradecer" o que fez pela fazenda.

Cobre os olhos com as mãos. A vergonha volta a se insinuar como uma serpente, que desliza sutilmente por cada centímetro de pele e, aos poucos, consegue imobilizar e sufocar a vítima.

Dá as costas ao espelho; esse velho inimigo que lhe joga na cara comentários jocosos e sarcásticos sempre que olha para ele: *"você é feia! Tem uma pele horrorosa! Nem o seu marido lhe suporta!"*.

Espalha a pomada com gestos mecânicos e joga o tubo com força dentro da gaveta.

Quando terá paz consigo mesma? Do que adianta cuidar do corpo, se o espírito permanece em tormento?

Veste um pijama e meias fofas enquanto ouve o seu estômago reclamar do abandono.

Depois do beijo, voltou para casa de táxi e se trancou no quarto como uma garotinha assustada. Se olhasse para o espelho nesse momento, ele diria: *"que mulher babaca!"*.

Ele tem razão. Eu fui covarde, covarde, covarde!

Nem as batidas vigorosas na porta ou os inúmeros argumentos que Keun-Suk usou a fizeram abrir. Ainda se lembra das mãos trêmulas que colocou sobre as orelhas para impedir que caísse de novo na tentação. Sim, esse rapaz, que apareceu do nada para bagunçar ainda mais a sua vida, é apenas uma breve e temporária tentação a qual deveria ter resistido.

Mas por que esse vazio estranho e doloroso se formou dentro do seu peito quando Keun parou de insistir e a casa mergulhou em um profundo silêncio?

Olha para os ponteiros do relógio: 23h42.

Ele deve estar dormindo.

Um grunhido mais doloroso a faz colocar uma mão sobre o ventre.

Abre a porta com cautela e olha para os lados do corredor como se estivesse em uma casa estranha. Desce as escadas com passos cuidadosos para evitar o ranger dos degraus. Para no meio e deixa o olhar vagar pelo salão mergulhado na escuridão.

Keun teve o bom senso de fechar as janelonas e o luar mal consegue atravessar as frestas finas e delicadas. Avança quase deslizando para não fazer barulho até a porta da cozinha quando uma voz rouca a paralisa e faz o seu corpo se arrepiar inteiramente.

— Acho que temos que conversar.

Sophie fecha os olhos por um momento. Os reabre e se vira em direção da voz.

Keun faz um movimento para a frente e Sophie o vê sentado na poltrona larga e com um espaldar alto ao lado da lareira.

Ela olha para os lados como se procurasse uma saída, mas o jovem premeditou a reação e com alguns passos, está diante dela. Sophie cruza os braços sobre o peito.

— Venha, vamos jantar. — Ele aponta o interior da cozinha com o queixo.

— Não comeu nada até agora?

Ele nega com a cabeça e entra. Sophie o segue.

Em cima do fogão, duas panelas estão tampadas e a mesa está posta com várias cumbuquinhas.

— Gosto de cozinhar para esfriar a cabeça.

Keun se senta e serve o prato de Sophie.

— Não... — Sophie começa e para. Encara Keun. — Não acho que temos o que conversar, Keun, o que aconteceu mais cedo foi um erro. Apenas isso.

Keun mistura o *kimchi* no arroz e coloca mais um pouco de carne no prato de Sophie antes de comer em silêncio sem levantar os olhos.

Sophie se mexe na cadeira e passa uma mão atrás do pescoço. Dá uma garfada no arroz.

— A minha situação é complicada. O meu casamento ainda não terminou e...

Ela para a frase no meio.

Ele levanta os olhos em direção de Sophie.

Algo no olhar dele tem o poder de aquecê-la e transportá-la para um lugar agradável e seguro. Sophie abaixa a cabeça, mastiga em silêncio por um momento. Engole sem sentir o gosto de nada. Não saberia dizer o que comeu.

— Como estava dizendo, gostaria que esquecesse o que houve mais cedo. Por favor, não imagine coisas a meu respeito. Sou a sua professora e isso poderia ser prejudicial para a minha escola. — Termina a porção e limpa os lábios com o guardanapo. — Ouviu alguma coisa do que disse, Keun-Suk?

Ele coloca os talheres sobre o prato, serve um copo com *soju* e bebe em um só gole.

— Ouvi tudo perfeitamente. — Inclina a cabeça de lado e a observa por um longo momento.

— Então, concorda que foi um erro?

— Não.

— Não?!

A surpresa é tanta que os lábios de Sophie permanecem abertos. Keun a encara com tanta firmeza que ela tem a impressão de ver minúsculas faíscas douradas brilharem nos seus olhos ainda mais fechados.

— Como pode dizer isso? É claro que nos deixamos levar por... — Olha aflita para os lados e volta a encará-lo. — Por... pelo momento. A chuva... Enfim, só precisamos esquecer, não é?

— O que aconteceu não foi um erro, mas algo que queríamos fazer há algum tempo. — Levanta-se, dá a volta na mesa e se aproxima de Sophie. — Algo que eu queria fazer desde a primeira vez que a vi.

Ele está tão perto que Sophie pode identificar as notas cítricas do perfume misturadas ao cheiro quente de pele. Procura desesperadamente toda a força que existe dentro dela para controlar a vontade de se jogar nos braços dele e a encontra em um quadro pendurado atrás de Keun com fotos dos antigos alunos.

— Sinto muito, Keun. Não sei o que aconteceu exatamente, mas independente disso, a culpa é toda minha.

Keun contrai os lábios, abaixa a cabeça e dá um passo para trás.

— Se quer esquecer o que aconteceu, que seja. Prometi que não iria criar nenhuma situação constrangedora e vou manter a minha promessa. — Ele se inclina diante dela. — Desculpe se passei dos limites. Não vai acontecer de novo.

Sophie não consegue identificar o que sente, se um grande alívio ou uma decepção ainda maior.

Um bip anuncia a chegada de uma mensagem. Sophie vê Keun tirar o celular do bolso para guardá-lo em seguida com uma ruga na testa.

— Keun, o que houve? Você está bem?

Ele olha para Sophie por um breve momento.

— Sou apenas o seu aluno, não deve se preocupar com a minha vida privada.

Faz uma leve reverência e deixa a cozinha.

PROMESSA

KEUN PARA NO MEIO DA PRAÇA cercada por prédios históricos. Vira-se de costas para Sophie. Os seus olhos percorrem, mais uma vez e sem pressa, a larga fachada em pedra branca do palácio dos Papas, em *Avignon*.

— Não pensei que fosse tão...

— Grande?

— Imponente — comenta com um semblante curioso e volta a mergulhar no guia com as explicações históricas sobre o monumento que usou em toda a visita ao interior do prédio.

"Não olhe para ela, independente do que ela fizer, vestir ou falar", pensa mais uma vez em uma repetição que se tornou diária como um mantra ou uma oração. Não é nenhum dos dois; e, em vez de paz, piora o aperto que incendeia o seu peito e o impede de respirar normalmente.

Manter-se preso às páginas do livro; nos detalhes dos muros em pedra ou de qualquer outra coisa, como as pessoas que começam a circular com roupas mais leves, é a sua nova estratégia.

A imagem do beijo e do gosto dos lábios de Sophie permanecem impregnados em sua memória e em sua pele. O perfume, os gestos, o olhar; tudo nela parece ter sido feito para ele. Ela foi feita para ele. Sem

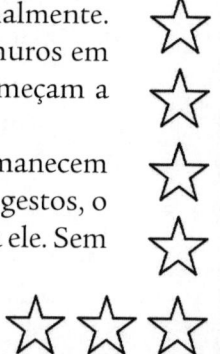

saber se, como ele, ela tem consciência disso, Keun respeita a promessa e a consequente e dolorosa distância.

O convívio em casa e durante as aulas é mantido em uma espécie de acordo tácito, mas o desejo latente que sente e que tem certeza de que é correspondido aumenta com o passar dos dias.

Progressivamente, os movimentos entram no mesmo ritmo como se dançassem alguma dança embalada por notas inaudíveis. Os olhos rebeldes procuram o objeto do desejo apesar da interdição e as mãos insistem em se aproximar aproveitando ou criando qualquer oportunidade para isso. Ah! O corpo, amigo fiel ou inimigo declarado. Qualquer que seja a nossa relação com ele, pode ser tão ou mais difícil de controlar do que a própria vontade.

— Venha, vou lhe mostrar uma vista incrível.

Sophie interrompe os pensamentos de Keun. Com uma mão e um sorriso profissional, indica a direção a seguir.

Como ela consegue ser tão fria?

Começam a subir uma ladeira larga e arborizada. Lado a lado. Próximos, quase se tocam.

Keun sente o perfume de Sophie lhe envolver como uma névoa, que o leva para um lugar encantado. Um local que despertou todos os seus sentidos e que, se pudesse, retornaria agora mesmo.

Os seus olhos, mais rápidos e sagazes do que a sua vontade, se viram rapidamente. Em um relance, vê o perfil afilado e as bochechas rosadas da professora. Não sabe se foi causado pelo esforço na subida ou o leve roçar com a sua mão. Observa o muro e como gostaria de imprensá-la contra ele.

Abaixa a aba do boné e acelera o passo. Precisa aumentar a distância entre eles e disfarçar a ereção.

— Você ainda acha que pode ser reconhecido?

Keun olha rapidamente para Sophie e se pergunta novamente como ela consegue se manter tão distante e impassível. Reconhece nela a força de uma mulher determinada e um controle de si mesmo sem falhas. Reconhece nele o desejo de tomá-la em seus braços que luta para manter sob rédea curta todas as horas do dia.

Sem que perceba, os seus passos ficam mais lentos como se o seu corpo fosse incapaz de se manter longe dela. A proximidade cria uma energia estranha. Quase tangível, ela gira em torno deles em um abraço carinhoso que mexe com todo o seu corpo. A respiração fica entrecortada.

Volta o seu rosto para o céu sem nuvens, que se abre quando chegam no alto da colina.

— Eu não me sinto à vontade quando estou no meio de muita gente e, para piorar, não paramos de cruzar grupos de asiáticos por aqui.

— Exatamente: são tantos asiáticos que dificilmente alguém pensaria que é mesmo Lee Keun-Suk.

Sophie sorri de uma maneira tão cândida e sincera que Keun precisa virar o rosto ou a beijará agora mesmo, na frente de todas essas pessoas. Fecha os olhos e os punhos por um breve momento. Precisa manter o controle; ele prometeu que não vai criar nenhuma situação constrangedora, não prometeu?

— Não tinha visto por esse ângulo — concorda com um movimento de cabeça e olhar fixo em algum ponto perdido entre o ontem e o hoje. Mais precisamente na conversa que teve com o agente. Kim usou um tom grave para contar que Hana informou à imprensa coreana que o tratamento que ele fazia na França era um sucesso e anunciou as datas e os locais dos novos concertos. Até o casamento com Min-Ah foi fixado. A atriz não respondeu às suas mensagens nem telefonemas. A sua mãe também permanece incomunicável.

Um breve tremor atravessa o seu corpo. Controla a ânsia que sobe até a garganta e passa as mãos em suor sobre as coxas.

Keun fica em silêncio por um longo momento e continua em um murmúrio:

— Talvez tenha razão, não tenho com o que me preocupar. — Levanta levemente um canto dos lábios e se aproxima da beirada do muro.

A paisagem mostra um rio que segue o seu curso tranquilo, uma fortaleza medieval do outro lado da margem e uma ponte que estranhamente não chega até ela.

— A ponte está quebrada?

— Ela foi destruída pelo rio inúmeras vezes e reconstruída a cada ocasião, até que ele ganhou a guerra e a ponte deixou de ser refeita. — Sophie folheia o guia que tem na mão e aponta para o quadradinho com os detalhes da história da ponte de *Saint-Bénezet*.

Keun lê por alguns minutos, aliviado por encontrar uma nova distração. Isso fará com que o seu coração volte a um ritmo normal. Faz um esforço de concentração, mas as palavras alinhadas se tornam traços que desenham uma face. A página ganha vida e o rosto de Sophie surge como ele o vê: delicado, fino, com bochechas altas, belo. Fecha o guia com as duas mãos e puxa uma longa respiração.

— Oh! Lee Keun-Suk!

O gritinho faz com que Keun arregale os olhos ao ver uma jovem baixinha vestida com roupas curtas e coloridas diante dele. Ela estende o braço, pede para que faça uma foto com ela e sorri enquanto saltita.

Keun segura o telefone e sente as mãos ficarem geladas. Os seus movimentos perdem toda a naturalidade como se os seus músculos fossem irrigados por cimento no lugar de sangue. A ameaça que paira sobre a sua cabeça e que colocou de lado por um momento volta a assombrá-lo. O seu destino está ali, diante dele. A moça aproxima-se de Keun e o observa de uma maneira insistente. A turista diz alguma coisa, mas ele não consegue ouvir nada. Nos olhos da fã, vê refletido todo o medo que o consome por dentro. O rosto arredondado e simpático se transforma em um monstro grotesco com uma boca que parece querer engoli-lo. Ele abaixa ainda mais o boné para esconder os olhos que lacrimejam. Coloca uma mão sobre o peito. Não consegue mais respirar.

Com o canto dos olhos, vê Sophie pegar o celular e o entregar à moça com um pedido de desculpas em inglês.

A vida ganha outro ritmo.

Tudo parece estar em câmera lenta.

Keun sente sua mão ser envolvida por dedos finos, mas firmes e todo o seu corpo é chicoteado por uma nova energia que dá asas aos seus pés. Vê o rabo de cavalo de Sophie balançar de um lado para o outro enquanto abre o caminho entre os inúmeros turistas e corre na frente dele. Ela o faz dar a volta pelo lago por onde cisnes nadam tranquilos; passa por um parque onde crianças se divertem com gritinhos animados e desce uma escadaria que parece não ter fim.

O movimento hipnótico à sua frente faz com que as pessoas, a natureza paradisíaca e até o ancião gigante de pedra onipresente pelo seu tamanho e importância histórica ao seu redor percam o foco.

Ele se deixa levar e aperta ainda mais a mão de Sophie. Dessa vez, não a soltará mais.

Keun vê o rosto dela se virar para trás. Os seus olhos se encontram ao mesmo tempo que Sophie o puxa para um canto encravado e escondido na rocha. Ele deixa o peso do seu corpo ir contra o dela encostado ao muro. As respirações ofegantes estão no mesmo ritmo e os seus lábios se abrem em um sorriso cúmplice. Ele percebe o movimento dos olhos de Sophie sobre o seu ombro e o som de passos passarem por eles sem parar.

No instante seguinte, as mãos dela o puxam para um beijo intenso. Nos seus braços, Keun sente Sophie se entregar. Ela não poderá mais negar ou dizer que cometeu um novo erro. Não, definitivamente não é um erro.

Essa mulher estranha, que tem o poder de apaziguar e ao mesmo tempo embalar o seu coração, é a melhor e mais certeira opção que poderia fazer e ele não deixará que os medos dela, dele, ou qualquer outra coisa, atrapalhem essa escolha.

PRESENTE

A VOZ FORTE DE LUÍS RESSOA NO AMBIENTE. O mestre de obras usa as mãos, inúmeros sorrisos e o seu melhor ângulo para mostrar os avanços na obra que, finalmente, chega aos detalhes finais. Seguido por Ângela e Sophie, Luís tem olhos apenas para a primeira, que observa preocupada a segunda. Ângela franze as sobrancelhas quando a amiga repete a mesma frase pela quarta vez.

— Obrigada, Luís. Poderia nos dar licença, por favor?

Ângela o acompanha com o olhar por um momento e volta a se concentrar em Sophie, que anda pelo espaço sem ver nada.

— O que acha de instalarmos a banheira aqui? — Aponta para o local previsto para o armário da sala de aula.

— Pode ser, vai ficar bom...

— E o fogão, aqui? — Mostra o espaço embaixo de uma janela no meio do quarto.

— Claro, claro... — Sophie passa os dedos sobre a poeira que cobre algumas caixas.

— Cortinas pretas ficariam ótimas, não acha?

— Com certeza...

Ângela se aproxima, pega Sophie pelos ombros e a sacode.

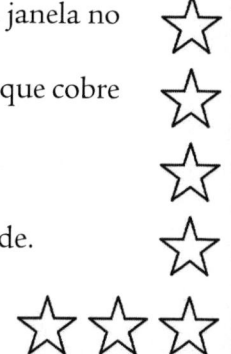

— Ei! Acorde! O que está acontecendo?

Sophie se afasta.

— Nada.

— Nada?! Não me venha com "nada"!

Ângela pega Sophie, a coloca sentada sobre uma caixa e se senta em outra.

— Você não vai sair daqui sem me explicar tudo.

— Acho que fiz uma enorme besteira, Ângela. — Balança a cabeça de um lado para o outro. — Não, não acho. Tenho certeza, fiz uma enorme besteira. Mais uma...

Com os pés, Ângela arrasta a caixa para mais perto.

— Você estava bêbada? Eu vi que as garrafas de *soju* terminaram.

— Não.

— Estou ouvindo.

— Beijei Keun. Duas vezes...

Ângela se levanta de supetão e solta um grito:

— Finalmente! Demorou. — Volta a se sentar diante de uma Sophie de boca aberta. — E isso é motivo para ficar nesse estado? Só dois beijos, sério?! O que está esperando para experimentar aquela delícia de corpo inteiro?

— Você não pode estar falando sério...

— Mas é claro que estou!

— Você esqueceu?

— O quê?

Sophie se levanta e começa a andar de um lado para o outro, mas sem sair do lugar. Exatamente como está se sentindo.

— Não existe apenas um problema, mas vários! — Levanta as mãos para o alto e coça a cabeça. — Apesar do estranho sumiço de Francis, eu AINDA estou casada!

— Ele não sumiu, ele saiu de casa porque você pediu a separação. Ou seja, você ESTÁ separada. — Usa a mesma entonação e gesto de Sophie. — Só falta assinar os papéis.

— Não foi isso o que Francis disse na sua última mensagem. Ele insiste na minha mudança com ele para a ilha.

— Isso foi há semanas, Sophie. É incrível como esse homem tem o poder de lhe incomodar até com a ausência. — Ângela chuta uma caixa. — Quando é que vai se desvencilhar totalmente desse encosto? Procurou um advogado?

— Eu quero me libertar de Francis e desse casamento que não me satisfaz mais, Ângela. Mas sempre que penso nisso, sinto uma angústia profunda. Uma dor que me sufoca, como se ela fosse a origem de um horror inominável. — Passa uma mão sobre o peito.

— Toda separação é difícil. Vivi algumas. Impus outras. Sobrevivi a uma em especial há algum tempo.

— Eu sinto muito.

— Não sinta. — Ângela abre um sorriso. — Fomos felizes, como são as pessoas que se permitem amar sem barreiras, medos ou limites. — Pega na mão de Sophie e dá alguns tapinhas. — Eu vi o que une você e Keun antes mesmo que tivessem consciência disso. Por que não viver o que está sentindo?

Sophie dá alguns passos e chega até a janela. Uma brisa quente balança os seus cabelos e leva o perfume de terra molhada para dentro do quarto.

— Esse rapaz é meu aluno, ele é mais novo do que eu e mora do outro lado do mundo.

Ângela sorri com ternura.

— Keun é aluno de um curso de francês, que veio para cá em um contexto diferente. Quanto à idade, ele é apenas alguns anos mais jovem. Pelo que me lembro, o seu ex-marido é muito mais velho do que você. Francis pode, mas você não? — Inspira e assopra fazendo um barulho com o lábio inferior. — Quanto ao fato de que ele mora do outro lado do mundo: você está saindo de um casamento e já pensa no próximo?

Sophie solta uma risada nervosa.

— Casamento? Já foi uma sorte Francis ter se interessado em mim. Com o meu problema de pele, como poderia deixar um jovem como esse se aproximar, Ângela? — Abraça a si mesma.

— O seu problema não tem cura, mas pode ser diminuído com o tratamento correto e paz de espírito.

Ângela espirra por causa da poeira.

— Venha, vamos para o jardim.

A primavera faz as flores eclodirem e deixa os dias cada vez mais quentes.

Entrelaça o braço no braço de Sophie e começa a andar a passos lentos.

— Sabe como eu vejo tudo isso?

— Não.

— Como uma oportunidade.

Sophie diminui as pálpebras em uma fresta e Ângela continua:

— Apesar de difícil, você conseguiu colocar um ponto final no casamento com Francis, ou, pelo menos, caminha nessa direção. — Aponta para o prédio que enche o campo de visão das duas. — O antigo espaço que tanto incomodava a sua mãe está sendo transformado em um lugar lindo, por onde, em breve, vão circular novos estudantes. Você conseguiu realizar o seu sonho que também era dela! — Sophie aperta a mão de Ângela. — Keun é uma estrela, mas no bom sentido. Ele tem luz própria e, quando você olha para ele, é esse brilho que você reflete.

Sophie pensa por um momento. Na companhia de Keun, o tempo passou sem que percebesse. Ela sorri com a ideia de visitar os campos de lavanda com ele.

Será que ele vai ficar até o começo da floração?

— No momento em que fizer as pazes com você mesma, o seu corpo vai melhorar. Não sei se Keun é o homem para você, se trocaria a vida que tem por uma inteiramente nova com ele, mas isso tudo é futuro. — Aponta para uma borboleta amarela que sobrevoa as flores espalhadas pela relva e Sophie segue o movimento. — Feche os olhos — ordena.

Sophie executa.

— Agora abra.

A borboleta não está mais lá.

— Você está tão preocupada com o futuro que não vê o presente excepcional que a vida lhe deu. Não deixe que ele desapareça.

— Mas e se ele me rejeitar?

— Eu pensei que tinha medo de outra pergunta.

— Qual?

— E se ele a aceitar exatamente do jeito que é? — Ângela dá um beijinho na bochecha da amiga e se afasta.

OUSADA

S OPHIE OLHA PARA o relógio.

A essa hora, Keun-Suk voltou da corrida.

Ela entra na fazenda com passos rápidos e para na frente do quarto dele. Bate levemente, mas não obtém resposta.

Abre e escuta o chuveiro.

Entra.

Hesita. O medo lhe impele a sair correndo, mas finalmente fecha a porta do quarto.

Retira as sandálias.

Dá alguns passos sobre o tapete de pele de carneiro.

Tem uma ideia ousada.

Segura a maçaneta da porta do banheiro.

— Ei! — Ele arregala os olhos e se vira de costas para ela. — O que está fazendo?!

Sophie fecha a porta atrás dela e aciona a tranca.

O "clique" faz Keun se virar novamente.

Ela levanta o queixo e o encara com firmeza.

A surpresa dá lugar ao desejo quando Sophie retira o casaquinho. Os movimentos são lentos, quase estudados.

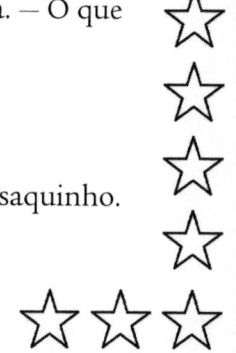

Ela nunca imaginou viver isso de novo. Desnudar o seu corpo era tão difícil quanto desnudar a sua alma.

Mexe nas alças do vestido, elas deslizam pelos ombros e ele cai lentamente até o chão. Se mostrar inteira com todos os seus defeitos chega a ser doloroso. O medo de ser rejeitada como aconteceu todas as vezes antes de conhecer Francis volta a fazer o seu coração bater descompassado.

Fecha os olhos por um breve instante.

Retira o sutiã e a calcinha.

Volta a encarar Keun. Procura nos olhos do jovem algum traço de asco ou repulsa, mas não encontra nenhum.

Solta o ar dos pulmões e sente os ombros relaxarem.

Keun-Suk estende a mão em um convite implícito.

Sophie observa os dedos longos e sorri diante dos olhos que fazem uma pergunta silenciosa.

Segura a mão de Keun e entra no boxe.

Ele a puxa contra si e a beija. As mãos dele passeiam pelas curvas molhadas de Sophie. Ela se retrai em um movimento involuntário, se afasta e vira de costas sem saber onde colocar as mãos. O rapaz a enlaça por trás e encosta o queixo em seu ombro.

— Do que tem medo?

Ela se vira e o encara.

— A minha pele...

Sophie sente os olhos e os dedos de Keun passearem pelo seu rosto, pescoço e colo.

— Você quer saber o que eu vejo?

Sophie concorda com a cabeça.

— Eu vejo uma mulher determinada a lutar por um sonho, a ter um homem melhor, a encontrar o que a faz feliz. A sua pele, como os seus olhos ou sorriso, não definem você, Sophie.

Finalmente, a abraça com força e sussurra em seu ouvido:

— Não sei até onde podemos ir, mas eu gostaria que fosse o mais longe possível. — Ele se afasta e sorri. — Aqui ou no quarto, se preferir. Está ficando frio.

Sophie sente a tensão ir pelo ralo e ela ri junto com Keun até que as pupilas dilatadas procuram ansiosas o objeto do desejo e os lábios afoitos se entremeiam esfomeados.

Ela se deixa tocar sem pudor até esquecer o tempo lá fora.

Lábios, seios, sexo.

Os carinhos que começam com os dedos são finalizados com a boca. Keun a vira de costas para ele e com a coxa abre passagem. Com movimentos ritmados, cada vez mais velozes e profundos, leva o casal a uma entrega total e o êxtase os completa.

LISTA DE DESEJOS

A MÃO DE KEUN SE MEXE sobre o lençol frio.

Abre os olhos. Sophie não está mais na cama.

O quarto ainda está mergulhado em escuridão e silêncio. Não acredita no que aconteceu no banheiro e se reproduziu horas depois durante a noite que passaram juntos. A única pergunta que lhe vem à mente é: *e agora?* Não pode negar que sente algo muito especial por Sophie e muito menos de que, mais cedo ou mais tarde, vai ter que voltar para a Coreia. Cobre o rosto com as mãos. Nunca poderia fazê-la abandonar essa casa.

Veste-se e sai.

Os seus olhos a procuram ansiosos e os seus lábios resistem à tentação de gritar por ela. Encontra-a no salão, de pé em frente a um dos pôsteres.

Keun se aproxima e a abraça por trás.

— Pensou que tinha fugido? — ela pergunta.

Ele abre um sorriso.

— Eu não vou deixá-la ir a lugar nenhum.

Ela abre a coberta com a qual estava enrolada e o envolve com ela. Abraçados no casulo observam a imagem que mostra as auroras boreais.

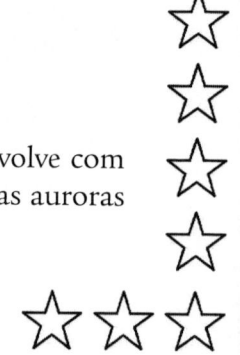

— Já visitou esse local?

Keun pergunta e espera um longo momento por uma resposta, que não vem. Ele sente que Sophie treme como se o vento frio da Islândia tivesse chegado até ela. Finalmente ela murmura:

— Não sei.

— Como assim?

— Eu tenho medo de avião e nunca fui nesse local, mas quanto mais olho para essa foto... — faz uma pausa — mais tenho a certeza de que vivi essa experiência. Essas luzes que dançam, aquela igreja, essa plenitude. É uma sensação estranha, como se uma parte de mim estivesse presa em algum lugar dessa casa.

Keun vê os olhos de Sophie pousarem sobre o velho *buffet* de madeira como se pudessem ver o que há no interior.

Ele se aproxima do móvel e o abre.

— Não! — Sophie chega correndo e fecha novamente a porta. — Não há nada de importante aí dentro.

— Não é o que parece. Sempre que se perde em pensamentos, você olha para cá.

Keun pega uma das mãos de Sophie e com ela abre o móvel. Sophie se abaixa e ele se senta ao lado dela. Ela pega uma das mochilas e retira uma câmera. Uma Nikon com uma objetiva grande-angular. Dentro das outras sacolas: lentes, filtros, luzes, cabos. O equipamento completo de um fotógrafo profissional.

— Não sabia que gostava de fotografar... — Keun sorri.

Sophie guarda o equipamento em silêncio.

— Deixei a fotografia para cuidar da escola — responde secamente. — Devo me lembrar de vender tudo.

— Não precisa fazer isso. Resolvemos o problema com a obra, não?

Keun vê Sophie concordar com a cabeça e um sorriso apagado.

Ele coloca um braço sobre o ombro dela e aponta com o queixo para os pôsteres nas paredes.

— Eu também gostaria de visitar esses locais, mas, para mim, eles permanecem inatingíveis, como se estivessem em outro planeta.

— Por quê?

— Os meus compromissos, os patrocinadores, os fãs, a minha mãe. Eu tenho tempo para tudo isso, menos para mim. E você?

— Eu mesma não sei. Sempre tive vontade de conhecer novas culturas e lugares. Mas a vida me mostrou outro caminho, mais simples e adaptado às minhas condições. — Fecha a blusa inconsciente.

Ele segura na mão dela.

— Não precisa se esconder mais de mim, Sophie. — Ele abre o botão e faz um carinho leve sobre o colo dela.

— Hábitos são difíceis de serem mudados. Eu gostaria muito de poder viver de uma forma diferente ou realizar pequenas aventuras de vez em quando, mas a escola que era dos meus pais é a minha vida agora. — Sophie se levanta e começa a abrir as proteções de madeira das portas-balcão.

Os primeiros raios de sol inundam o salão de um tom amarelo.

— Você me dá um minuto?

Keun se levanta, vai até o quarto dele a passos rápidos e volta com uma folha de papel e uma caneta. Chama Sophie com a cabeça e ele se senta em frente à mesa de centro.

— Eu vou preparar um café.

Keun faz um longo traço no meio da folha em branco e cria duas colunas. Na primeira escreve o nome dela; na segunda, o dele. Sophie volta com uma bandeja e serve uma xícara fumegante ao rapaz.

Ele agradece e lhe entrega a caneta.

— O que você faria, Sophie?

— Como?

Mostra a sala.

— Se pudesse decidir com liberdade e fosse começar tudo de novo, seria essa a vida que escolheria?

Keun vê os olhos de Sophie passearem de um lugar para o outro. Ele tem a impressão de que ela descobre o local pela primeira vez.

— O que quer dizer? Eu escolhi a minha vida...

— Será? Eu tenho a impressão de que, como eu, você também foi levada a assumir uma vida que não é a sua. — Faz um carinho no rosto dela.

Os olhos de Sophie deixam a casa e se concentram em Keun.

— A minha mãe dizia que "era bom ter raízes longas e profundas, mas nada como ter asas". — Bebe um gole.

— O que gostaria de fazer realmente? Qual é a sua lista de desejos? Consegue fazer uma, com apenas dez?

Sophie balança a caneta entre os dedos por um momento com o olhar perdido entre um pôster e outro.

— Dez desejos?

Keun confirma com o queixo.

— É muito? Tentar realizar dez desejos?

Sophie deixa a caneta sobre a mesa e se encosta no sofá.

— Não faço a menor ideia... Essa é a minha vida. Apesar de pensar que foi ela que me escolheu, eu também sou responsável pela falta de vontade em realizar os meus sonhos. Eu não posso culpar ninguém pela minha ineficácia em ser feliz.

Keun se aproxima, lhe dá um beijo delicado e coloca a caneta de volta na mão dela.

— O que realmente gostaria de fazer, Sophie? — Nesse instante, Keun percebe que é a mesma pergunta que vem se fazendo há meses e, mesmo assim, ainda não tem uma resposta. *Será que a encontraria hoje?*

SEGREDOS

KEUN VÊ OS OLHOS DE SOPHIE passearem pelas imagens gigantes nas paredes e pelo *buffet* onde está a câmera. As pupilas se abrem. Sim, ela desejava visitar aqueles lugares. Outras vontades ocultas, desconhecidas até dela mesma, começaram a fazer a caneta dançar sobre o papel.

Ele abaixa a cabeça e abre um sorriso à medida que descobre os segredos da amante.

Sophie tenta esconder a lista com um braço, mas ele faz cócegas até recuperar a folha e começa a ler em voz alta com um olhar matreiro:

— Vamos ver... Um: entrar em um avião. Dois: voltar a fotografar. Três: retornar à Índia... — Ele levanta as sobrancelhas. — Esteve na Índia?!

Sophie passa uma mão sobre a nuca enquanto os seus olhos se mexem exaustivamente como se procurassem alguma coisa, uma lembrança, uma certeza.

Ele continua:

— Quatro: aprender a cozinhar... — Faz uma careta.

Ela levanta os ombros sorridente.

— Não custa nada tentar...

Keun continua:

— Cinco: tomar um banho quente em uma estação de esqui com vista para os Alpes. Uau! Isso aqui é interessante! — Ele pisca um olho e ela lhe dá um tapinha no ombro. — Seis: fotografar a Coreia. — Levanta o dedão. — Sete: dançar nua... — Inclina-se e dá um selinho em Sophie. — Gostaria de realizar esse desejo agora?

Sophie ri e tenta recuperar a folha, mas ele se levanta e prossegue a leitura:

— Oito: viver em outro país. — Arregala os olhos. — Sério?! Conseguiria deixar a fazenda para viver longe daqui?

Sophie fica pensativa por um momento.

— Acho que só é possível conhecer realmente um país ou cultura se estivermos imersos nele.

— Você viria para a Coreia comigo? — Keun se retrai. A pergunta que o seu coração fez foi rápida demais e não deixou o cérebro transformá-la em algo mais sugestivo. A surpresa no rosto e o silêncio de Sophie fazem as suas mãos transpirarem. Ele abaixa os olhos e se concentra na lista. O medo de uma resposta negativa faz a sua voz tremer. Limpa a garganta. — Nove: resolver o impasse com a fazenda. Dez: ver um show meu...

O semblante do rapaz se fecha como se uma nuvem escura estivesse sobre ele. Sophie se aproxima e toca o rosto dele.

— E você, o que faria se tivesse a liberdade de fazer qualquer coisa, Keun?

Ele coloca Sophie na frente dele e a abraça pelas costas enquanto pensa em silêncio por um momento.

— Se eu não sofresse a pressão da minha mãe, da agência, dos fãs, o que eu faria? — Keun se vê de novo diante da mesma questão e sorri.

Afasta-se de Sophie, se abaixa sobre a folha e anota algumas frases. Deixa a caneta e pega a folha de papel.

— Eu não tenho dez desejos, apenas cinco. — Pisca um olho. — Um: gostaria de escrever trilhas sonoras para filmes e séries. Dois: deixaria de subir no palco para fazer longas turnês. Três: continuaria a carreira de ator. Quatro: criaria um gato...

— Um gato?! — Sophie ri, surpresa. — Não me parece tão complicado assim.

— Viajo muito, nunca pude ter nenhum animal de estimação e eu gosto particularmente de gatos. — Sorri e continua: — Cinco: viajaria sozinho com a mulher que amo para algum lugar distante e isolado. — Levanta os olhos e aponta para o quadro com a aurora boreal antes de continuar: — Eu faria um show apenas para ela naquele lugar.

Uma expressão de ternura ilumina todo o olhar de Keun.

Ele segura o rosto de Sophie com as duas mãos e com delicadeza a beija novamente. A promessa selada ganha ainda mais força quando as roupas se espalham pelo salão sem perceber que olhos brilhantes observam cada movimento.

UM CONCERTO MUITO ESPECIAL

S EMANAS DEPOIS, EM UM HOSPITAL de *Aix-en-Provence,* Keun esfrega as mãos suadas sobre o jeans. A coxa direita não para de balançar e todo o seu rosto está crispado. A ruga na testa mostra que ele ainda se pergunta se a ideia de Sophie é mesmo boa e se realmente deve estar ali. O longo suspiro é a prova de que ainda não chegou a uma conclusão positiva.

Sentado em cima de uma cadeira minúscula de plástico amarelo, lembra um gigante desengonçado no meio de uma casa de bonecas.

O olhar nervoso vai de um ponto ao outro do local, iluminado por grandes janelas. Vê estantes baixas com livros coloridos, todos cobertos com plástico transparente; caixas com muitos brinquedos espalhadas e mesas redondas tão baixas quanto a cadeira onde está. Levanta o olhar e descobre a TV instalada em uma das paredes ao lado de inúmeros desenhos. Como a sala, a tela está silenciosa. O único barulho que ouve de vez em quando é o irritante gemido das rodinhas que se arrastam com preguiça sobre a cerâmica fria.

Volta a olhar para o relógio, que tem as mãos do Mickey como ponteiros.

Levanta-se de supetão e faz a cadeira cair ao ver Sophie entrar na sala com duas enfermeiras em uniformes azuis. Uma delas traz uma cadeira para adultos.

Keun ajeita o móvel infantil aos seus pés enquanto fecha e abre as mãos para controlar a ansiedade como aprendeu a fazer.

— Senhor Le-ê, é um prazer recebê-lo no nosso hospital. Muito obrigada por tirar uma tarde das suas férias para nos ver. — A senhora de cabelos claros presos em uma trança lateral e olhar doce, abre um sorriso e indica a cadeira com uma mão. — Vai ficar mais confortável.

A enfermeira mais jovem ajeita as cadeirinhas e improvisa um auditório. Sophie lhe entrega o violão no mesmo momento que aperta a mão do jovem em um carinho e o encara com confiança. Ele tenta um sorriso sem muito sucesso e volta a olhar para a porta ampla.

Um burburinho animado fica cada vez maior até as crianças surgirem uma depois da outra. Algumas entram correndo; outras em cadeiras de rodas; três delas puxam o apoiador com o soro. Uma cama enorme é trazida por uma mãe. O garoto sorridente aponta para a perna amarrada a uma tração com peso e repete sempre que alguém olha para ele:

— Quebrou... perna...

A mãe explica um pouco melhor:

— Ele quebrou o colo do fêmur em casa, pulando de uma cama para a outra. Vai ficar com a perna amarrada nesse peso por um mês. Depois, vai ficar no gesso por dois meses e meio... — Ela faz um carinho nos cabelos loiros do menino.

O olhar de Keun localiza duas adolescentes. Extremamente magras e com expressões tristes e perdidas em algum lugar desconhecido vão para o canto mais discreto da sala.

Keun engole em seco ao ver os rostinhos que o encaram desconfiados.

Sophie faz uma leve pressão no ombro dele e abre um sorriso.

— Bom dia, crianças. Para quem não me conhece, o meu nome é Sophie. Eu tenho um dodói na pele e sempre que ficava internada, vinha aqui para ler histórias. — Sophie pega na mão de Keun-Suk. — Hoje, temos um convidado muito especial, que vem da Coreia.

— Onde fica a Coreia? — Uma menina com marias-chiquinhas tortas e um sorriso sem os dentes da frente encara Keun.

Sophie se abaixa.

— Muito longe, em um continente chamado Ásia.

— Ahh... — A menina indica onde os coleguinhas devem se sentar. — Ele veio de carro?

Sophie ri.

— Não, ele não veio de carro. É preciso um avião para chegar aqui. — Pisca um olho. — Realmente é muito longe...

— Como o castelo do Shrek... — comenta um garotinho que brinca com um boneco do *Buzz Ligthyear*.

Todos riem.

Nesse momento, Keun sente os seus músculos relaxarem. O medo dá lugar ao interesse. Nos olhos curiosos, nas mãos minúsculas, nos risos diante dele, Keun vê esperança. Cada uma dessas crianças luta de maneira corajosa contra um mal poderoso. Ele observa o menino com o osso quebrado. Para algumas, vai ser passageiro, uma etapa logo esquecida. O olhar de Keun procura as mocinhas magérrimas e pálidas, devoradas pela anorexia. Para outras, pode ser uma luta diária e mortal que pode durar anos.

Sente-se envergonhado por não assumir o seu problema e muito menos fazer o necessário para se livrar dele.

Keun aperta e beija a mão de Sophie antes de pegar o violão. Dedilha algumas cordas e se lança em um concerto único. Deixa a força da sua música invadir a sala e, pela primeira vez, não vê "monstros", mas cabecinhas que balançam de um lado para o outro tentando acompanhar o ritmo. O show ganha cor e animação depois que a menininha com marias-chiquinhas cochicha uma sugestão no ouvido de Sophie e Keun começa a cantarolar canções infantis.

O concerto termina com sorrisos e muitos aplausos, que são interrompidos pelo toque do celular do rapaz. Keun pede desculpas e sai para atender.

Sophie se aproxima quando percebe que ele não retorna.

— O que houve?

— O meu agente me avisou que saiu um novo artigo sobre a minha estadia por aqui.

— Os jornalistas coreanos continuam no seu encalço?

Keun concorda.

— Eles fizeram vários artigos intitulados "Caçando Keun". — Balança a cabeça. — Ridículo, não?

— Eu sinto muito... — Sophie toca no braço dele.

— O senhor Kim me enviou todas as matérias. Uma delas falava do hotel em *Aix-en-Provence*. Outra, que tinha sido visto em *Avignon*. — Ele encara Sophie. — Devem ter passado horas mergulhados no *Instagram* procurando pelas *hashtags* com o meu nome.

— E agora?

— Mostraram uma foto com o mesmo modelo da moto que aluguei.

— Como eles obtiveram essas informações?

— Não sei... Cartão de crédito? Celular? Usando o *hacker* certo é possível caçar qualquer um hoje em dia. — Digita uma mensagem para o agente.

— O que vai fazer?

— Avisei ao senhor Kim que vou ficar sem telefone por um momento. — Ele retira a carta memória do aparelho. — Você sabe onde fica o banheiro?

Sophie sorri e pega o chip eletrônico ao mesmo tempo que Keun entrega o aparelho para a menina com marias-chiquinhas.

— É um novo brinquedo.

O ESPINHO NO PÉ

DEPOIS DO TELEFONEMA DE KIM, eles passaram vários dias em casa para evitar as multidões de turistas, mas Keun insistiu em conhecer Gordes. Escolheram um dia no meio da semana e saíram bem cedo. Entre as compras na feira (ele a fez experimentar vários chapéus), à visita ao castelo (onde ele roubou um beijo rápido em frente à lareira medieval) e o piquenique com degustação em um vinhedo (adormeceram no gramado, de mãos dadas), o dia passou como se tivesse minutos.

Sophie sai do carro e se encolhe ao lado do rapaz que segura o guarda-chuva para protegê-los da tempestade repentina. O caminho com pedrinhas do estacionamento da fazenda está enlameado e os tênis estão cobertos de terra. Eles andam rapidamente até o pórtico da fazenda, molhados até os ossos. Sophie procura as chaves enquanto Keun fecha a sombrinha e a coloca de pé ao lado da porta.

Ela abre e retira rapidamente os sapatos. O cantor faz o mesmo.

— Vou buscar uma toal... — A frase de Keun é interrompida no meio quando Sophie coloca uma mão sobre o peito do rapaz.

— O que faz aqui, Francis?

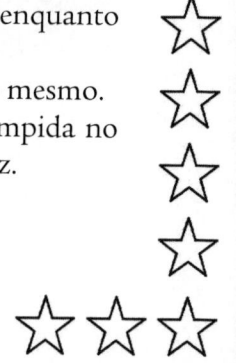

Os olhos arregalados de Sophie vão de Francis a Keun e voltam para o marido em uma fração de segundos. Sophie contrai os lábios para segurar a náusea. Havia completamente esquecido do espinho no pé e, principalmente, da dor que ele causa.

Sentado com os cotovelos sobre as coxas e as mãos cruzadas, Francis observa o casal com um sorriso cínico antes de se levantar sem pressa.

— Essa casa é minha. — Abre os braços e os vira de um lado para o outro. — Por que a surpresa?

Sophie e Keun trocam um olhar.

A língua de Sophie fica mole e ela não consegue emitir nenhum som. Os pés estão paralisados e o seu coração bate freneticamente enquanto as gotas da chuva molham a sala. Dentro da bolha agradável que criou em torno de Keun, esqueceu-se completamente de que ainda tem um marido. Hesitou e não trocou o código do portão, nem a fechadura da fazenda. O arrependimento chega tarde demais. Depois de quase dois meses de silêncio, Francis volta a aparecer como um fantasma abominável.

— Sou eu que devo perguntar o que ele faz na minha casa, não? — Francis aponta para Keun. — Quem é esse *mec*?

Em cada ponta do triângulo no meio da sala, os nossos personagens aguardam quem vai dar o primeiro passo.

Finalmente, Sophie retira o casaco, cruza os braços sobre o peito e consegue abrir a boca:

— Você deveria ter ligado! Não pode mais entrar da fazenda quando lhe der vontade...

Francis dá alguns passos e fecha a porta com um empurrão. Keun se aproxima de Sophie.

— Por quê? — Bate no peito. — Eu tenho todo o direito de ir e vir quando quiser!

— Nós estamos separados! E essa casa nunca foi, nem vai ser sua!

Nos rostos, as emoções desenham rugas, expressões e julgamentos.

— Não estamos, não! — Passa a mão pelos cabelos. — Eu saí de casa para que você tivesse tempo e espaço para pensar na nossa relação. — Coloca as mãos na cintura. — Fui na *Réunion* para começar a organizar a mudança, aluguei uma casa ótima e, quando chego aqui, encontro você com... — Levanta os braços e revira os olhos. — Com esse cara! — Aponta. — Você deveria ter vergonha, Sophie! — grita com toda a força dos pulmões.

No corpo dela, músculos tensos são inundados de adrenalina.

— Quem está agindo de maneira impulsiva e infantil por aqui é o senhor... — diz Keun.

— Eu não estou falando com você, gringo de merda! Você está trepando com a minha mulher!

— FRANCIS! — Sophie grita.

— Vai negar? Está na cara de vocês!

Francis se aproxima de Keun e os tórax inflam.

— Não sei que porra de língua você fala, mas acho melhor cair fora daqui!

Os olhos de Keun se fecham em uma linha ainda mais fina e o maxilar se crispa.

Sophie se mete entre eles.

— Eu não sou mais a SUA MULHER! — A força do grito de Sophie assusta até ela mesma.

Ela sabia que esse confronto iria acontecer mais cedo ou mais tarde. Preferia que fosse bem mais tarde. Os instantes com Keun se transformaram em uma rotina agradável e preciosa da qual ela não queria abrir mão tão rapidamente. Fecha os punhos como se com isso pudesse manter o rapaz ao seu lado e, sem perceber, dá um passo na direção dele.

Francis percebe.

— Eu não acredito! Você quer ficar com esse menino?

— QUERO! — Sophie grita e segura na mão de Keun ao mesmo tempo.

A ira contida ganha cor no vermelho que colore a face e no som do grito que profere.

— Vou mandar o advogado providenciar os papéis da separação!

Francis avança como um touro em pleno combate e pega um atiçador ao lado da lareira. Sophie treme ao vê-lo segurar o objeto e o balançar em várias direções.

— Não, Francis! — Keun a puxa para mais perto.

— Quem é você para me dizer o que fazer? Vou colocar essa casa abaixo!

Com um movimento rápido, atinge todos os porta-retratos que ainda estão no local.

Sophie levanta as mãos para proteger o rosto, mas consegue ver as fotos dos pais se espalharem contra o chão.

Keun a segura entre os seus braços.

A realidade volta a bater com força. A violência contida de Francis finalmente aparece com toda a sua fúria e feiura. A cena grotesca continua com o atiçador atingindo madeira, metais e vidros. Móveis e objetos se tornam alvos, o som estridente ecoa pela sala e até a fazenda parece sofrer com a situação com o gemido que faz o velho assoalho sob os sapatos de Francis.

Sophie volta a dizer algumas palavras, mas Francis não escuta. A estupidez nasceu surda e o bom senso, apesar de altruísta, é normalmente tímido e não gosta de levantar a voz.

Keun leva Sophie para um canto afastado do salão e pede para que ela não se mexa.

Francis levanta a arma improvisada e começa um novo gesto, agora em direção ao pôster com a aurora boreal. Outro atiçador o impede de continuar o movimento. Francis trava o maxilar e toda a sua raiva é concentrada no olhar que lança faíscas. Muitos centímetros mais alto, com a juventude e horas de academia e artes marciais a seu favor, Keun consegue desarmá-lo com um golpe ágil. A peça de metal usada por Francis quica pelo chão com um estardalhaço ao lado dos pés do cantor.

O homem não se dá por vencido e, apesar das diferenças, usa a raiva como propulsor para a série de golpes. O punho de Francis encontra o rosto de Keun, que recua alguns centímetros. Mas o jovem se recupera rapidamente e volta ao ataque com uma série de socos.

Acuada, Sophie tira o celular do bolso e digita o número de emergência.

Um novo soco de Keun faz Francis berrar. Ele coloca a mão sobre o rosto.

— Cretino, FILHO DA PUTA!

Sophie vê o filete de sangue, que começa a escorrer sobre a boca de Francis.

— Você quebrou o meu nariz! — Francis revida ainda mais enfurecido.

Keun se defende, mas continua a usar os punhos em uma série de socos e termina a luta com um gancho de direita.

Francis cai pesadamente no chão ao mesmo tempo que Sophie.

DÉJÀ-VU

ENVOLVIDA EM UMA NÉVOA DENSA, Sophie oscila entre o consciente e o inconsciente.

Ouve uma sirene estridente. Ordens seguras, em uma conversa confusa que mistura francês e inglês. Estalos de metal e rodinhas contra o chão de pedras da fazenda.

Sente o calor de uma mão contra a sua e de uma coberta que brilha com o luar.

O cheiro de álcool é acompanhado de outro que tem dificuldade para identificar. Como algo tão primitivo como o odor é tão difícil de nomear? Perfumes são estranhos. Vivem conosco a vida toda, mas não sabemos como chamar a grande maioria. Alguns deles são fáceis e deliciosos como a lavanda; outros trazem a alegria da infância, como o caramelo. Muitos alertam perigo e evitam situações de estresse. Mas esse, em especial, que envolve Sophie e pulsa em notas frescas de hortelã pimenta, esconde no coração a delicadeza da rosa, a doçura da canela e a força da madeira e tem como pilares a força do couro, do âmbar e do exotismo de terras longínquas, esse é inesquecível. Esse cheiro é de Keun. O homem que ama.

A descoberta faz Sophie abrir um breve sorriso.

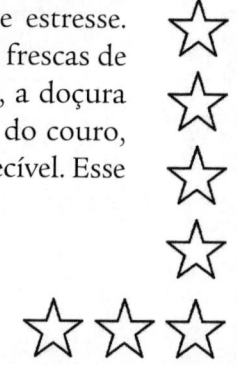

Algo entra em suas veias. Em um primeiro momento, é doloroso. Depois se torna quente, agradável.

As suas pálpebras começam a ficar pesadas. Ela pisca algumas vezes. Lentamente. Os olhos se fecham e ela mergulha em uma lembrança estranha.

Um *déjà vu.*

Indiferente aos solavancos das rodas contra o asfalto e do som agudo e repetitivo da sirene, a mente de Sophie retorna para a sala da fazenda.

Como se estivesse diante de uma peça de teatro, volta a ver os mesmos movimentos violentos que testemunhou, mas com outros atores. No lugar de Keun, aparece o seu pai. Jules, normalmente calmo e elegante, mostra no corpo os movimentos de uma fera ferida e, no rosto, uma profunda decepção.

— O que você fez foi inadmissível, Francis! — Afrouxa a gravata para tentar respirar normalmente.

— Jules, você entendeu tudo errado, eu...

— Você acha mesmo que eu sou tolo a esse ponto?! — Jules levanta ainda mais a voz e esmurra a escrivaninha. Um bibelô cai no chão.

— Pai, por favor... A sua pressão...

— Sophie — Jules a impede de continuar com um movimento da mão. — Esse cretino não merece o menor respeito e consideração. Não interceda por ele!

— Podemos conversar com calma, não acha?

— Não há o que conversar! — Aponta para Francis. — Você vai sair daqui ainda hoje! — Jules pega um atiçador ao lado da lareira e o levanta ameaçador.

Sophie se abraça à mãe. Parada ao lado da lareira, Rita chora e segura a alça da mala com força. Os nós dos dedos estão tão brancos quanto o seu rosto. A beleza da juventude ainda está presente e firme no maxilar delicado e no nariz pequeno e altivo. Apenas os olhos mostram o quanto aquele golpe a envelheceu. Os lábios contraídos um contra o outro impedem que palavrões piorem a situação e a façam sair ainda mais dos trilhos.

Rita diz alguma coisa para o marido. Ele a ignora e tenta atingir Francis com o atiçador.

— Não! Pai, não! NÃO!

Sophie sente uma onda de energia a chicotear no momento que ouve o som de cerâmicas quebrando. A coleção de louça da mãe se espatifa pela sala. A sua respiração falha, mas os seus músculos agem com bravura. Ela corre, puxa o pai com força e o afasta de Francis.

Jules pega uma mala, aponta o dedo para Francis e grita:
— Se eu encontrar você aqui quando voltar, é um homem morto!
Francis revida no mesmo tom:
— Você acha que isso vai ficar assim?! — Dá um chute em uma cadeira. —
Eu vou denunciá-lo! Essa agressão não vai ficar por isso mesmo. Você vai perder
tudo o que tem, Jules! Eu lhe garanto!

Os pedaços do passado se apagam como as luzes da ambulância que cessam de brilhar.

A noite escura os recebe na emergência, mas o que Sophie percebe é um clarão brilhante. Atrás dele, vê um estetoscópio em volta do rosto, que começa a entrar em foco ao mesmo tempo que um sorriso se forma.

— Seja bem-vinda, Sophie.

A ESCOLHA DE SOPHIE

SOPHIE APERTA UM BOTÃO E empurra a imensa porta de madeira do antigo casarão do século XVIII. Lança um olhar para a escadaria monumental com corrimão de ferro e sobe sem pressa. Chegou meia hora mais cedo no escritório do advogado. Esperou um mês, mas finalmente iria resolver a situação com Francis.

Depois da briga, Sophie ficou com medo das represálias do marido e pediu para Keun voltar para a Coreia ou ir à casa da Ângela. Ele recusou veementemente as duas propostas. "Não poderia deixá-la sozinha com um louco". Foi o que disse.

Chega ao terceiro andar e faz uma pausa. Olha para os degraus que faltam e recomeça com um passo mais determinado.

Sophie trocou o código e a fechadura da fazenda e precisou de muita disciplina para manter a calma e o mínimo de rotina diante do desastre. Apesar do esforço, a briga entre Keun e Francis reavivou essa estranha lembrança que voltava à sua mente incontáveis vezes durante o dia.

Desde que saiu do hospital, procura entender o que significavam as imagens. Vasculhou cada canto da fazenda sempre que Keun não

estava por perto. Uma pista importante podia estar escondida em algum móvel ou objeto.

Dentro dela?

Tropeça e se segura no corrimão. Faltam dois andares.

As imagens que a assombram desfilam diante das suas pálpebras. Revê os socos violentos, o sangue que escorre, a sua mãe com os olhos em lágrimas e as mãos sobre a boca. Porém, mais uma vez, não entende por que o seu pai aparece no lugar de Keun. E tampouco porque a sua mãe também está presente.

A cena se repete inúmeras vezes e a confusão persiste enquanto limpa a casa, cozinha, faz uma reunião com Ângela e os outros professores que cuidam da "filial" ou prepara um e-mail para um novo aluno interessado na escola. Em nenhum desses momentos consegue descobrir nada além do que sabe. Quer, acima de tudo, montar esse quebra-cabeça, mas peças continuam faltando e, sem elas, não é possível ter uma visão completa do quadro.

Entra na sala de espera e se apresenta.

As janelas imponentes com molduras de gesso mostram o *Cours Mirabeau*. A principal avenida de *Aix-en-Provence* se abre como uma passarela elegante margeada por plátanos, bares e restaurantes.

A secretária faz um sinal e Sophie entra.

Francis torce a boca e não se levanta para cumprimentar Sophie como faz o *M.* Bonneau.

— *Bonjour*, Sophie...

— *Bonjour*, *M.* Bonneau. O que faz aqui?

— Sou o chefe do cartório onde o seu pai assinou os documentos de compra da fazenda.

— Eu sei, nos vimos quando papai passou tudo para o meu nome e providenciou o contrato de casamento com o Francis. Mas não viemos tratar da fazenda...

— Trabalho em conjunto com o escritório de advogados que o seu marido contratou para o divórcio.

Sophie junta as sobrancelhas.

A alta estatura e a fisionomia agradável do homem com cerca de sessenta anos permanecem as mesmas, mas algo mudou desde que se encontraram no *Hôtel de Caumont*. A expressão simpática e sorridente com a qual se acostumou, foi trocada por uma carranca sombria.

Ela o cumprimenta e lança um breve olhar para o marido. Regozija-se internamente ao ver o rosto ainda inchado, com um curativo de aparência rígida sobre o nariz arroxeado.

— O advogado ainda não chegou?

Francis encara o *M.* Bonneau:

— Pode nos dar licença?

— Claro. — Ele inclina levemente a cabeça e deixa a sala abarrotada de livros, pastas e papéis.

Francis retira dois envelopes pardos de uma sacola e coloca sobre a mesa. Encara Sophie e aponta.

— Neste aqui, está uma proposta de compra da fazenda que aceitei e que você vai validar. Claro que vamos dividir o dinheiro meio a meio. — Cruza as mãos sobre a mesa. — Não sou o crápula que você imagina.

Sophie sente o sangue descer até os pés ao ter uma intuição do que está no outro envelope.

— Exatamente, você adivinhou. — Abre um sorriso que faz Sophie recuar. — Aqui dentro estão todas as provas da agressão: ida à emergência, informações médicas sobre a cirurgia, medicamentos. Tudo para prestar queixa contra o seu amante.

Francis empurra os dois na frente de Sophie.

— Se optar pela venda você perde a fazenda, mas o gringo pode voltar para casa sem problema. Se escolher o gringo, você fica com a fazenda, mas eu não assino o divórcio e aquele cretino vai ver o sol nascer quadrado aqui na França.

Francis se encosta na cadeira e abre mais as pernas.

— "A escolha de *Sophie*". — Ri. — Lembra desse romance de William Styron onde uma mãe precisa escolher entre o filho que vai viver e o que vai morrer? — Cruza os braços sobre o peito. — Sabe qual é grande lição do livro?

Atônita, Sophie consegue movimentar a cabeça de um lado para o outro.

— Qualquer que seja a sua escolha, nunca vai ter a certeza de que fez a certa.

VISITA SURPRESA

O OLHAR DE SOPHIE FIXA O ROSTO de Keun adormecido ao seu lado. Hoje, termina o prazo dado por Francis. Ela ainda não decidiu o que fazer. Analisou a situação de todos os ângulos possíveis. Conversou inúmeras vezes com Ângela. Pensou, inclusive, em denunciar a chantagem, mas o resultado seria o mesmo: Francis faria a queixa.

Cobre o rosto com as mãos.

Há algum tempo teria escolhido a fazenda sem hesitar um segundo. Foi Keun o responsável por terminar a obra e manter a propriedade. Não poderia deixar Francis arruinar a vida dele.

Uma mão pousa sobre a sua coxa nua. Sophie faz um carinho e a aperta com força.

— Pensando em quê?

Sophie vira o rosto para segurar o choro e limpa a garganta. Encara o rapaz.

— Em como você é bonito.

Ele avança e lhe dá um beijo rápido. As mãos de Keun se tornam mais afoitas e ele a puxa para mais perto. Sophie geme e retribui com

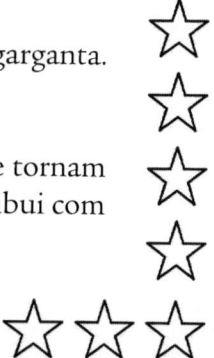

287

a mesma intensidade. Ele decide ir mais além, mas ela coloca um dedo sobre os lábios do rapaz.

— Não, senhor, de novo, não... — Ela lhe dá um tapinha no ombro. — Vamos deixar isso para mais tarde.

Ele a vira de costas para a cama e a cobre com o seu peito.

— Por que não?! Sempre acordo com fome de você. — Abaixa o rosto e mordisca o pescoço dela.

— Nós acabamos de fazer amor!

— Isso não é uma boa desculpa... — Ele a beija.

— Duas vezes!

— Essa também não. — Ri. Ele para e a encara com seriedade. — Alguma novidade sobre o divórcio?

Sophie se senta e responde de costas para o rapaz:

— Não.

— Em breve deve receber alguma notícia do advogado. — Ele faz um carinho nos cabelos dela. — E aquele pesadelo sobre a briga do seu ex com o seu pai, voltou?

— Não, mas também não consigo me livrar da sensação de que não foi um sonho, mas uma lembrança. — Abaixa o olhar. — Pior do que isso, tenho certeza de que esqueci algo muito importante. — Levanta o rosto e o encara. — Algo ligado aos meus pais.

Ele a puxa contra si e a abraça.

— Ângela ligou.

— O que ela queria?

— Ela marcou uma hora com o seu psicólogo e vem buscá-la hoje pela manhã.

Sophie torce a boca.

— Eu encontrei com a Ângela várias vezes essa semana e avisei que não iria ao *psi*...

— Ela acha que pode lhe ajudar com essas estranhas memórias...

— Se são realmente lembranças de um passado do qual não lembro, um dia vão ressurgir. Não preciso de *psi* para isso. Eu não estou louca... — Sophie faz um carinho no rapaz. Mas nos seus olhos brilham a incerteza de que realmente é sã de espírito.

O som metálico do bip anuncia que alguém está no portão da fazenda.

— Ângela! — Keun e Sophie dizem ao mesmo tempo.

Sophie verifica que já passou das nove horas, joga as cobertas para fora da cama e começa a tomar uma ducha rápida.

— Desço para abrir o portão? — Keun passa a mão pelos cabelos desgrenhados.

Sophie grita de dentro da ducha:

— Ela tem o novo código!

Sophie sai da ducha e começa a escovar os dentes.

— Vou esperar por você... Mantenho a cama quentinha. — O rapaz volta a se esparramar no colchão.

Sophie se aproxima enrolada na toalha, puxa a coberta e lhe dá um beijinho.

Algumas gotas caem sobre o rosto do rapaz. Ele lambe os lábios dela.

— Hum... Tem certeza de que precisamos nos levantar?

— Mais tarde eu volto a cuidar muito bem do senhor, mas agora tem que sair dessa cama! — Joga um travesseiro na cabeça dele.

— Isso não se faz...

Keun solta o travesseiro com um suspiro, se levanta fingindo reclamar e arrasta as pantufas até o banheiro.

Sophie ri enquanto faz uma maquiagem rápida. Ao tirar o batom da gaveta, faz rolar a pomada para a pele. Termina de abotoar o vestido. Olha para os braços e colo nus, não se lembra da última vez que usou uma roupa como essa, um presente de Keun quando estiveram em *Saint-Tropez*, e muito menos da pomada.

Olha de relance para o jovem que abre a ducha e lava os cabelos. Sorri ao se lembrar das cenas dos doramas que assistiu com ele. Sempre há uma cena debaixo de um chuveiro e agora ela entende perfeitamente o porquê. Admira o tórax definido até que o barulho dos pneus derrapando nas pedrinhas chega até a janela.

Sophie vai até ela e a abre, mas não consegue ver o carro que termina de estacionar.

Ela acena para Keun, desce as escadas com pressa, abre a porta e sai para a varanda.

Encontra Ângela, Júlia e uma desconhecida que desce de um táxi com uma mala. Ela tem os mesmos olhos que Keun.

A NOIVA DE KEUN-SUK

—— **B**ONJOUR, ÂNGELA. — SOPHIE DÁ dois beijinhos nas bochechas da amiga e se vira para Júlia enquanto a estrangeira se aproxima. — A sua tia quis que você viesse até aqui para me levar ao *psi* em pleno feriadão, né?

— O feriado começa amanhã e, como lhe disse quando nos encontramos na casa da titia, vou ficar 15 dias. Posso muito bem cuidar de você por uma manhã. — Pisca um olho.

— Ela veio com vocês? — Sophie pergunta sem tirar os olhos da moça.

Ângela nega com a cabeça.

— O táxi dela entrou logo depois do nosso carro.

Todos os olhos se voltam para a jovem que faz uma reverência.

—*Bonjour...* —Vestida com uma saia bem curta, botinas altas e uma camisa com mangas bufantes, procura algo com olhos amendoados e expressivos. — Eu me chamo Oh Min-Ah. Quem é a responsável? — pergunta em inglês.

Finalmente abre um imenso sorriso quando encara Keun, que chega nesse mesmo momento.

— Bom dia, Keun, eu vim buscá-lo.

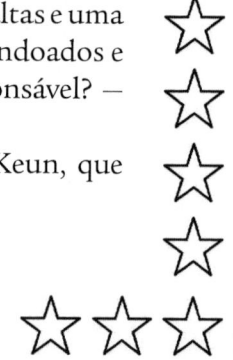

Em um primeiro instante, apenas Keun entende o sentido da frase, mas Min-Ah a repete em inglês e, nesse momento, o olhar que a jovem troca com o cantor ganha um novo sentido. A expressão dos olhos arregalados e a boca aberta em um grito mudo do rapaz fazem Sophie sentir um arrepio que atravessa a sua coluna e a deixa sem ação.

Ele coloca as mãos nos bolsos e começa a andar de um lado para o outro sem tirar os olhos da moça, que dá alguns passos em sua direção com um sorriso amplo.

Sophie tem a impressão de que o tempo parou nesse momento. Os seus pés estão presos ao chão e a sua língua perde a capacidade de falar. Apenas os seus olhos continuam funcionando. Ávidos, acompanham os movimentos das botinas caras levantarem poeira e das mãos que seguram o rosto do jovem e fazem um carinho. Ele dá um passo para trás e os seus olhos se encontram com os de Sophie. Ela pode ver uma imensa confusão mergulhada em um profundo desespero. Todos os medos de Sophie fazem com que a sua pele, em paz nas últimas semanas, volte a queimar. Ela começa a coçar o braço.

Desejada ou não, aquela era uma enorme surpresa e uma interrogação ainda maior para ambos.

Sophie sente a mão de Ângela no seu ombro.

Júlia percebe a tensão, dá alguns passos à frente, estende a mão e improvisa uma conversa em inglês.

— O meu nome é Júlia. Qual é mesmo o seu?

— Oh Min-Ah...

Ângela se adianta e aperta a mão.

— Óh Minháh... — Angela tenta repetir. — A senhorita mandou alguma inscrição? — A pergunta é acompanhada de um sorriso charmoso e educado.

— Não. Eu não vim estudar aqui, mas buscar o meu noivo. — Ela segura o braço de Keun. — O nosso casamento está marcado para o mês que vem.

REFÉM DO PASSADO

KEUN FAZ A BARBA E SE VESTE. No reflexo do espelho, há o rosto de um homem feliz com essa nova rotina. Sim, rotina. Algo que nunca pensou em ter um dia e que começava a apreciar sem nenhuma retidão. Uma rotina ao lado de Sophie.

Um sorriso ilumina o seu rosto. Pela primeira vez, Keun descobre o que lhe faz bem.

Desce cantarolando e saltando os degraus.

Abre a porta e vai até a varanda.

Vê Sophie conversar com uma moça que usa roupas coloridas.

Ela está de costas, mas ele tem a impressão de que conhece aquela jovem. Dá alguns passos.

Quando ela vira o rosto em sua direção, um líquido frio congela as veias dele e impede qualquer movimento.

Sim, ele a reconhece.

Os seus pulmões param de funcionar.

Sim, ele está diante de Min-Ah.

Quando ela se aproxima e o toca, Keun não consegue dizer uma única palavra.

Os seus pés agem sozinhos e se afastam em um impulso.

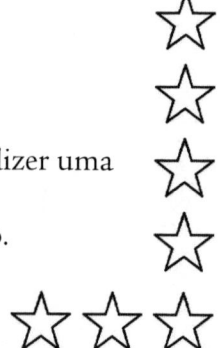

Precisa puxar o ar com força para voltar a respirar.

Os seus olhos procuram os de Sophie. O olhar apaixonado que trocaram horas antes foi substituído por outro cheio de angústia.

O toque gelado de Min-Ah sobre o seu braço faz com que o seu cérebro volte a funcionar. Em um impulso, a pega pelo punho e a leva para o quintal.

A solta alguns metros depois com um movimento rápido. Tem a impressão de que o toque lhe causou uma queimadura.

— Você pode me dizer o que veio fazer aqui?! — grita.

Min-Ah dá a volta em uma árvore e se senta em um banco de madeira.

— Eu lhe disse: vim buscar você. — Sorri. — E, de quebra, vou melhorar o meu inglês. — Franze as sobrancelhas ao mesmo tempo que aponta com o dedo. — Todas elas falam inglês, não? A magricela não disse uma palavra...

Keun passa as mãos pelos cabelos e se aproxima.

— Como me achou?

A jovem solta um longo suspiro e se encosta no banco.

— Estou cansada. Cheguei ontem muito tarde e dormi em um hotel antes de vir para cá. — Fecha rapidamente os olhos. — Podemos conversar depois? Gostaria de tirar essas botas e tomar um banho...

Ele dá alguns passos sem sair do lugar e decide se sentar.

— Quem lhe contou onde eu estava?

— O seu agente. Quem mais?

— O senhor Kim teria me avisado que viria...

— Ele deve ter tentado, como eu tentei. — Dá de ombros. — Deixei várias mensagens no seu celular...

Keun se lembra do celular que ficou no hospital.

— Kim tinha o número fixo da fazenda. Por que não ligou?

— Ele me disse que ligou, mas a diferença horária é muito grande...

— Conta nos dedos. — Oito horas, eu acho. Ele não conseguiu achar você em casa. — Olha para as unhas, cruza os dedos entre eles e os estala.

— Eu também não. Os e-mails também permaneceram silenciosos.

Ele abaixa a cabeça.

— Não abro a minha conta há dias...

— E as redes sociais? Também mandei mensagens pelo seu *Instagram* e *Facebook*.

— Você sabe que é a equipe de Kim que cuida disso.

Min-Ah se vira na direção dele.

— Eu sinto muito, Keun. Mas a sua mãe está irredutível. — Faz uma pausa e abaixa os olhos. — A senhora Lee conseguiu convencer o meu pai. Ela remarcou as datas do casamento e da nova turnê. — Ela coloca uma mão sobre o braço dele. — Eu e o senhor Kim conseguimos convencê-la a esperar o seu retorno, mas se não voltar comigo dentro de uma semana...

— O que vai acontecer?

— A senhora Lee virá buscá-lo pessoalmente.

Keun se levanta e volta a andar de um lado para o outro. Imagina Hana chegando na fazenda. O encontro dela com Sophie e a violência desse choque. Passa a mão pela cabeça, que lateja e parece estourar.

— Sinto muito. Mais uma vez, você não tem nenhuma chance de ganhar — diz Min-Ah com um tom sincero na voz trêmula.

— E você, o que ganha com esse casamento?

— Um astro famoso, rico e bonito — responde com um sorriso que parece falso e triste.

Keun a encara e abaixa o tom de voz.

— Min-Ah, você me ama?

— Claro que não.

Ambos viram o rosto em direção do barulho de passos contra as pedrinhas.

— Nem sempre podemos ficar com quem amamos de verdade, não é? — Min-Ah conclui antes de se levantar e abrir um sorriso treinado para Sophie.

IRONIA DO DESTINO

O S PÉS DE Sophie ganham asas; as mãos, gotas de suor; e o cérebro dela deixa de pensar claramente. A velocidade e a amplitude dos passos diminuem quando começa a ouvir as vozes que se elevam em uma discussão acalorada.

Para.

As suas pernas voltam a se mexer com mais prudência quando as vozes se acalmam e um silêncio pesado se instala entre elas.

Sophie diminui ainda mais o ritmo e, por um momento, se vira em direção da fazenda. Não tem mais certeza de que interromper aquele encontro é a melhor coisa a fazer, afinal ela é a noiva de Keun.

Os passos que se aproximam interrompem o seu pensamento.

— Precisamos conversar, Sophie.

O rapaz a pega pela mão e a leva para perto do campo das oliveiras. Ela solta o punho com um movimento.

— Não há nada para conversar...

Ele passa a mão pelos cabelos e dá um passo em sua direção.

— Eu posso explicar...

— Não é necessário: ela veio buscar você. — Sophie trava os dentes com raiva dela mesma ao sentir o rosto ficar quente e, provavelmente,

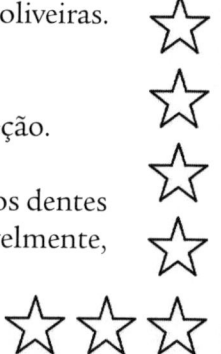

roxo de um ódio mortal que nunca sentiu antes, até mesmo pelo Francis.

Finalmente se rende e levanta as mãos para o céu.

— Você tem uma noiva? — Ri ao se dar conta da ironia da situação. Ela tem um marido.

— Não! Claro que não... — Ele levanta as duas mãos. — Você entendeu tudo errado...

— Ah! Bom... Eu entendi muito bem aquela moça dizer que veio buscar você! — Sophie sente a boca amarga e trava os dentes para evitar dizer coisas das quais pode se arrepender.

Passos leves se aproximam atrás deles.

— Olá! A senhora poderia me levar ao meu quarto? Desculpe não ter reservado, mas isso não é um problema, certo?

Keun se vira e encara Min-Ah, que faz um bico infantil ao mesmo tempo que enrola uma mecha dos cabelos em um dedo.

— Eu pedi para que ficasse fora disso — Keun diz para ela.

— Eu sei, Keun... — Min-Ah se enrosca com o braço de Keun. — Mas estou muito cansada...

Sophie encara Keun enquanto um estranho e incômodo líquido cada vez mais quente atravessa o seu corpo. Quando um calor incontrolável atinge a sua face, tem certeza de que no lugar do sangue, é lava que corre pelas suas veias. Os olhos de Sophie atiram dardos em Keun.

— Eu não sabia que Keun estava noivo...

Min-Ah franze a testa ao perceber a pouca distância e o modo informal que usam para conversar.

— Sim, ele está noivo. A senhora não viu as informações sobre isso na internet? A novidade fez o *buzz* essa semana.

Sophie encosta no tronco da árvore próxima. Ele corre para apoiá-la e ela nega com a cabeça e a mão. Não, ela não procurou por Keun na internet. Ver o rapaz na vida que ele levava do outro lado do mundo a desestabilizava. Foi pela mesma razão que decidiu não ver mais nenhuma série onde era o protagonista. Deixou-se levar pela ilusória sensação de segurança criada pelos muros da fazenda durante o dia e nos braços de Keun, à noite.

A bolha de felicidade que criou em torno deles explodiu.

Engole em seco e finalmente encara Keun.

— Não se preocupe, senhor Lee, foi apenas uma tontura sem importância. Vou deixá-los à vontade enquanto transfiro o senhor para um quarto maior e mais confortável para receber a sua futura esposa.

— Eu prefiro ficar em um quarto à parte, se possível... — Min-Ah sorri. — Não somos casados, ainda. — Pisca um olho para Sophie, que sente a casca da árvore entrar na pele da sua mão.

Sophie não consegue encontrar a voz para responder mais nada. Concorda com a cabeça e, apesar do olhar suplicante de Keun, que segura Min-Ah pelo braço, se afasta a passos rápidos.

Uma mensagem a faz pegar o celular no bolso. Não precisa ler para ter certeza de que é de Francis:

> **Francis:** *O seu prazo acabou.*
> *O que você escolheu: a fazenda*
> *ou o gringo?*

TRIÂNGULO AMOROSO?!

NA CABEÇA DE SOPHIE PASSAM INÚMERAS possibilidades, e todas elas terminam da mesma maneira: Keun mentiu descaradamente, exatamente como Francis fez com ela.

No seu peito, uma dor aguda a impede de respirar normalmente. Entra e fecha a porta atrás de si.

Permanece olhando para o teto.

A respiração está ofegante e irregular. Tem a impressão de que um peso enorme comprime os seus pulmões. A testa transpira e manchas avermelhadas começam a surgir no pescoço. A coceira volta a queimar a sua pele.

Cobre o rosto com as mãos, arrependida de ter mergulhado de corpo e alma em uma falsa lua de mel e, principalmente, de ter deixado a internet fora das suas preocupações.

Passos lentos se aproximam e, quando ela descobre o rosto, encontra os olhares preocupados de Júlia e Ângela.

— Anulei o *psi*... — comenta Ângela.

Sophie ignora o comentário, pega a mala de Min-Ah e vai até o corredor. As amigas a seguem.

— Será que ela vai gostar desse quarto? — Abre a porta ao mesmo tempo que controla a voz embargada.

Júlia deixa os olhos passearem pela decoração simples e elegante com poucos móveis onde o branco é a cor predominante.

— Ele é quase maior do que o meu apartamento. — Senta no sofá de dois lugares e passa a mão sobre uma almofada bordada com pássaros. — Júlia pega o celular e começa a procurar informações sobre Min-Ah. — Ela é atriz e já contracenou com Keun.

Ângela faz não com a cabeça e começa a ajeitar a cama.

Sophie abre a janela para deixar o ar entrar.

Quem sabe assim, volto a respirar direito?

Sophie coloca a mala sobre uma mesinha e começa a mexer em tudo no banheiro.

Ângela a pega pelo punho.

— Você precisa parar com isso!

Sophie concorda com a cabeça.

— Eu realmente sinto muito...

— Pelo quê? — Sophie se afasta de Ângela e se mantém de costas enquanto ajeita os quadros em uma vã tentativa de controlar as lágrimas.

— Até agora não decidiu o que é mais importante para você. — Ângela faz um gesto com a cabeça. — A presença dessa moça pode lhe ajudar a encontrar a resposta...

Sophie se vira.

— Perdi totalmente o controle da situação...

— Será? Eu acho que você finalmente começou a viver intensamente algo que vale a pena.

Sophie solta um riso triste.

— Ah, bom! Em plena crise no casamento, eu me envolvi com um rapaz que vai se casar no mês que vem. — A voz some em um fio inaudível. — Mas o que eu poderia esperar, não é? Sabia desde o começo que essa era uma história sem final feliz.

Ângela se aproxima, pega uma mão de Sophie e se senta com ela na cama.

— Não tire conclusões intempestivas. Converse primeiro. Ele deve estar desesperado para lhe explicar tudo.

— Você acha mesmo necessário uma explicação?! Como essa moça chegou aqui? Com certeza, foi ele que informou o endereço.

— Eu não informei o seu endereço. Foi o meu agente.

Keun aparece na porta, dá um passo em direção de Sophie e para.

— Podemos conversar?

Sophie desvia o olhar para o jardim.

Ângela e Júlia deixam o quarto.

Keun se aproxima e se senta ao lado de Sophie, mas ela se levanta e vai até a janela. Uma brisa leve movimenta os arbustos e espalha um aroma doce e agradável pelo ambiente.

Keun se aproxima e toca no rosto dela.

— Não fui eu que tive a ideia desse casamento.

Sophie retira a mão do jovem e se afasta com um sorriso.

— Não precisa me dar explicações. Sabemos muito bem que o que aconteceu — aponta para si e para ele — foi um passatempo. Não devemos levar nada disso a sério, "senhor Lee".

— Por que diz isso, Sophie? Eu não vou me casar com Min-Ah!

— Mas é claro que vai!

É a vez da jovem chegar no quarto.

— Desculpe, Sophie, não consegui impedi-la de vir até aqui. — Júlia entra esbaforida.

Min-Ah se vira para Júlia e se aproxima a alguns centímetros do rosto da morena.

— Óbvio que não! Quem você pensa que é para me dizer o que fazer? — Ela toca o ombro de Júlia com um dedo e o empurra algumas vezes. — Ninguém me diz o que fazer! Ninguém!

Júlia segura a mão da jovem e a aproxima ainda mais.

— Será? Pois isso é o que vamos ver!

POR TRÁS DAS
MOTIVAÇÕES...

O SENHOR TEM 48H PARA DESCOBRIR por que o pai de Min-Ah insiste com esse casamento, senhor Kim! — As palavras firmes estão em desacordo com a voz trêmula.

— *A filha dele ama você e ela é uma princesa que nunca recebeu um "não"...*

— Ela não me ama e eu não a amo! O senhor e o pai dela sabem muito bem disso. — Sente os ombros se abaixarem com o peso que carrega nas costas. — Existe algo por trás desse casamento e eu preciso que descubra o que é.

— *Eu não descobri isso até agora! Como acha que vou saber quais são as motivações dela em dois dias?! Talvez ela apenas goste mesmo de você, Keun.*

— O pai dela anulou o casamento depois que o meu problema psicológico ganhou as páginas dos jornais. — Keun baixa o tom de voz ao mesmo tempo que se senta no banco do jardim. — Aconteceu alguma coisa para ele ter mudado de ideia.

— *E se não aconteceu nada? Pensou nessa hipótese?*

Keun mexe o maxilar sem dizer uma palavra. Não, não tinha pensado nessa hipótese. Está tão acostumado com as intrigas e manipulações da sua mãe, que não consegue imaginar que a decisão do pai de Min-Ah e dela própria tenham sido tomadas de forma consciente e sem nenhuma interferência de Hana.

Abaixa a cabeça.

— *Keun? Você ainda está aí?*

— Eu me apaixonei por outra pessoa — diz, finalmente.

— *O quê?! Você não pode estar falando sério? Quem é?*

— A... professora... A dona da fazenda...

— *Eu vou entrar no primeiro voo para Marselha.*

— Não, não vai. Preciso do senhor na Coreia. Eu não queria me casar antes e agora isso está totalmente fora de cogitação.

— *Você não pode estar falando sério, Keun... Essa professora é estrangeira...* — Solta um palavrão. — *Quantos anos ela tem? É solteira?*

Keun passa a mão pelos lábios. Abre a boca e a fecha. Hesita por mais alguns segundos antes responder:

— Ela é alguns anos mais velha e está se separando.

— *Você perdeu a cabeça! Um escândalo como esse pode acabar com a sua carreira!*

— Ela não é um escândalo, Sophie é a mulher que amo.

Um longo silêncio faz com que Keun se pergunte se a ligação foi cortada.

— *Você não a conhece...* — diz Kim.

— O que conheço me fez amá-la.

Mais um longo momento de silêncio.

— *Você nunca amou ninguém, como sabe que está apaixonado?*

— Eu simplesmente sei.

Keun escuta um suspiro.

— *Você está em um momento delicado da sua vida* — começa o agente. — *Tem que voltar ao seu tratamento e resolver as pendências com a sua mãe. Precisamos fazer uma reunião para cancelar a nova turnê que ela começou a preparar. Vou pegar o avião e...*

— Eu acho que fui claro: eu preciso que fique onde está. Dê um jeito de cancelar o que minha mãe está organizando e descubra por que Min-Ah e o pai dela concordaram com o casamento.

— *E você?*

— Eu vou tentar resolver o caos que se tornou a minha vida. Mais uma coisa: obrigado.

— *Por quê?*

— Convenceu Min-Ah a vir no lugar da minha mãe...

— *Quando você vai voltar, Keun?*

A pergunta fica sem resposta.

CASAMENTO DE CONVENIÊNCIA

As PÁLPEBRAS ESTÃO PESADAS, MAS OS olhos de Keun permanecem abertos. O olhar está fixo no teto do quarto mergulhado na mais profunda escuridão noturna.

Levanta as mãos e cobre o rosto.

Sophie não está ao seu lado no estreito colchão de solteiro, que parece gigantesco diante do vazio que sente.

A professora sugeriu, sem nenhuma sutileza, que ele deveria ficar perto da noiva e se manteve longe dele todos os dias seguintes.

Os breves olhares a que Keun tinha direito durante o jantar eram tão glaciais quanto as poucas palavras ásperas. Com idas e vindas incessantes para a cozinha e movimentos bruscos, Sophia evitou o rapaz de todas as maneiras. Distância que aumentava depois do café, quando deixava os convidados sozinhos para que ficassem mais "à vontade".

Ângela lhe disse que insistiu para ficar na fazenda com Júlia.

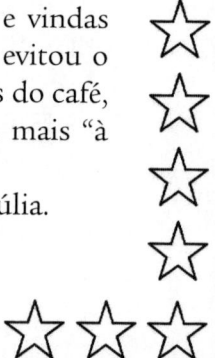

Ele fecha os olhos ao imaginar Sophie sem forças para negar o ombro amigo.

Keun joga a coberta para fora da cama e se levanta em um ímpeto ao se lembrar da postura séria e concentrada da dona da casa à mesa. Sophie estava rígida como um mordomo inglês sofrendo de uma dor insuportável nas costas. Um contraste violento com os sorrisos derretidos e simpáticos de Min-Ah em uma conversa animada com Júlia, que parecia analisar cada gesto da moça. A atriz sorria com os olhos e fazia o possível para tocar o rapaz em todos os momentos.

Vai até o banheiro e lava as mãos de novo.

Fez isso algumas vezes antes de dormir, mas não consegue se livrar da estranha sensação que o toque de Min-Ah despertou em sua pele. Uma sensação desagradável.

Começa a andar de um lado para o outro. Tropeça na poltrona em *patchwork* e quase cai. Esmurra o estofado e segura o grito ainda entalado na garganta.

Acende uma luz de cabeceira e se senta para se levantar segundos depois.

Mexe na estante. Folheia alguns livros, mas não consegue se concentrar em nenhum.

Veste um jeans, joga uma jaqueta sobre os ombros e sai.

Os passos despretensiosos e arrastados o levam diante da porta que dá para o quintal. Está aberta.

Uma onda de otimismo o invade e ele acelera os passos. Quem sabe a encontraria e, dessa vez, não deixaria que ela o ignorasse com um ar altivo como fez antes, quando passou horas trancada no quarto e saiu fazendo o carro cantar pneus.

Continua até ouvir o farfalhar de folhas e ramos. Para e redireciona os passos. Um cheiro suave se espalha. Fecha os olhos em frestas para tentar identificar o vulto que se movimenta de forma lenta.

— Sophie?

Keun vê um isqueiro iluminar brevemente a noite e o rosto de Júlia. A decepção se lê na sua face.

— Quer um?

Hesita por breves segundos, mas se aproxima.

— Não fumo, obrigado.

— Faz bem. — Ela olha para ele. — Eu estou tentando parar. — Olha para o cigarro. — Passei meses sem tocar em um.

— O que houve para ceder à tentação?

Júlia ri baixinho e o encara.

— Às vezes, a tentação é mais forte do que a nossa vontade de resistir a ela.

Keun sorri e olha para o céu estrelado.

Ela se afasta em direção à escadaria de pedra e se senta em um degrau.

Keun permanece parado até que Júlia faz um aceno com a mão e ele se reúne a ela.

— O que vai fazer?

O rapaz olha para o vazio diante dele.

— Não sei. — Abaixa a cabeça. — Como ela está?

— Conversou com Ângela por um momento...

Keun levanta o olhar, como se pudesse ver através das paredes.

Júlia dá alguns tapinhas em sua perna.

— Fique tranquilo. Eu lhe dei um comprimido quando ela voltou. Adormeceu. — Júlia solta um trago. — Há quanto tempo conhece Min-Ah?

Keun franze as sobrancelhas.

— Por que quer saber?

— Você é o noivo dela, não é? Desde quando estão juntos?

O cantor balança a cabeça de um lado para o outro.

— Não estamos e nunca estivemos juntos. Somos colegas de trabalho, apenas isso. Eu tentei explicar à Sophie, mas ela não quis me ouvir.

— Nem ela, nem eu, conseguimos entender essa situação. Se não estão juntos, por que vão se casar? É algo da sua cultura?

— O pai dela é dono da produtora de discos. — Levanta o rosto e encara Júlia. — O nosso casamento vai ser uma ótima peça de marketing.

Júlia joga o cigarro fora e apaga com a botina.

— Quem fechou o acordo? Você?

— Não! Eu nunca estive interessado em Min-Ah! — Abaixa a cabeça. — Foi a minha mãe... — murmura.

— Você sabia desse acordo antes de vir para cá?

Ele concorda com a cabeça.

— Consegui mudar a situação e desfazer o acordo quando estava em Paris. — Encara Júlia. — Não sei o que houve para que o pai de Min-

Ah e ela tenham voltado atrás e mantido o casamento.

— Min-Ah o ama?

Keun nega com a cabeça.

— Já a viu com outros rapazes?

O jovem encara Júlia.

— Não. Ela tem um contrato e não pode aparecer com ninguém...

— Um contrato?! Em que mundo você vive? — Balança a cabeça de um lado para o outro. — E se ela aparecer com alguém?

— Perderia patrocinadores, teria problema com os fãs. Por quê?

— Nenhum namorado, um casamento por conveniência. Interessante...

— Por quê?

— Por nada. — Sorri e dá um tapinha no ombro do rapaz. — Vou me deitar. Nos falamos amanhã. Boa noite.

Júlia se afasta com uma ideia que começa a germinar. A intuição surgiu assim que viu Min-Ah, se reforçou durante as conversas com a moça no jantar e nos passeios diários pelo jardim, enquanto Ângela cuidava de Sophie. Por mais que tente, não consegue entender o que aquela moça faz ali com aquele rapaz. Algo está errado com essa relação, muito errado, e o que quer que seja não tem nada a ver com marketing ou interesses comerciais. Não, o que motiva Min-Ah a se vestir de noiva deve ser outra coisa, mas o quê?

Um arrepio percorre as costas de Júlia e ela para. Diante dos seus olhos, surge uma possibilidade que a faz sentir uma náusea.

Será que foi por isso que Min-Ah aceitou esse casamento?

A NOIVA E O AMANTE

A DOR SE ESPALHA SORRATEIRAMENTE DA parte de trás da nuca para as têmporas. Latejando, chega aos maxilares e atinge os dentes. Em ondas regulares e crescentes, acorda Sophie. A professora abre os olhos com cuidado. Não pretende potencializar a enxaqueca com os delicados raios das primeiras horas da manhã que atravessam as frestas da janela e criam listras no quarto.

Levanta-se com dificuldade. Tem a impressão de que a cabeça pesa o dobro do seu corpo. Um corpo espetado com agulhas.

Com movimentos lentos e automáticos, toma um comprimido e um banho demorado.

Veste um conjunto claro e se maquia.

Agradece aos céus pela força dos hábitos. São eles os verdadeiros heróis da rotina. Invisíveis, sabem tudo sobre nós mesmos e são um alívio quando perdemos o rumo ou a direção da própria vida.

Por um momento, seus olhos se encontram com o seu reflexo no espelho. A máscara que usa está perfeita. Ninguém poderá dizer o que se passa em seu interior. A raiva que faz o seu sangue borbulhar está mantida sob rédea curta. Abaixa os olhos envergonhada. Mais uma vez se sente enganada. Mais uma vez se acha uma imbecil. Mais uma vez

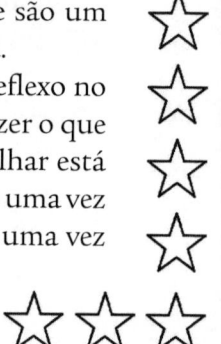

tem a certeza de que não pode confiar em homem nenhum. Sorri sem alegria. *O que esperava? Que Keun iria cair de amores? Que iriam conseguir superar todos os obstáculos e diferenças para começar uma nova vida?*

Balança a cabeça de um lado para o outro.

Desce sem pressa.

Prepara o café da manhã na mesa do terraço com movimentos mecânicos e não percebe Min-Ah se aproximar com passos silenciosos.

— *Bonjour, Madame.*

Sophie levanta o rosto e abre um sorriso forçado.

— *Bonjour*, Min-Ah. Por favor, sente-se, vou buscar o brioche e a manteiga. Preciso deixar tudo pronto antes de sairmos.

Ângela entra em cena.

— Não vai ser necessário. — Sorri em direção de Min-Ah.

— Júlia saiu? — Min-Ah pergunta.

— Estou aqui. Dormiu bem? — Júlia pisca um olho para Min-Ah, que bufa e cruza os braços sobre o peito. — Vou buscar algumas roupas na casa da minha tia, gostaria de vir comigo?

— Não, obrigada. — Levanta o queixo. — Preciso conversar com a senhora Favre.

— A senhorita acordou muito cedo — Sophie comenta enquanto termina de ajeitar pratos e talheres com as mãos trêmulas.

Ângela pega o talher da mão de Sophie.

— Podem ir e não se preocupem com o outro hóspede. Eu cuido dele.

O som de passos que se aproximam faz com que elas mexam as cabeças na mesma direção.

— Se não quiser se encontrar com Keun, acho melhor sair daqui agora — Júlia sussurra no ouvido de Sophie.

— Podemos tomar café na cidade, estou ansiosa para visitar *Aix*. — A moça abre um imenso sorriso e faz um gesto charmoso com o ombro.

Sophie concorda com a cabeça. Elas pegam as bolsas enquanto Ângela impede que Keun chegue rapidamente ao salão.

A ida até *Aix-en-Provence* é preenchida por um longo e inquietante silêncio.

O trajeto se eterniza.

A expressão de tédio no rosto de Min-Ah permanece a mesma quando sai do carro e circula pelas ruas. O rosto da jovem se ilumina apenas diante das feiras pitorescas. A conversa urgente foi trocada pelo entra e sai nas lojas até a hora do almoço, quando o estômago falou mais alto do que a vaidade.

Min-Ah brinca com o garfo no prato quase intocado enquanto sorri ao jovem que serve o *rosé* fascinado. Quando ele se afasta da mesa, ela encara Sophie e, dessa vez, não há nenhum sorriso no rosto bonito.

— Você deve terminar o caso com Keun imediatamente.

Sophie engasga com o vinho e tosse algumas vezes. Talvez a máscara que usa não seja tão eficaz quanto imagina.

— Como?

Min-Ah puxa a cadeira para mais perto.

— Por favor, vamos parar com a pantomima e a formalidade. Eu os observo há dias. Todos sabem o que acontece ou acontecia naquela casa e agora isso tem que parar.

Sophie coloca os talheres sobre o prato.

O seu rosto se contrai em uma expressão determinada e a pergunta sai sem que ela tenha a menor intenção de dizer isso em voz alta.

— Por que eu tenho que terminar o meu caso com Keun?

Min-Ah abre um sorriso e o riso jocoso a faz se encostar no espaldar da cadeira.

— Agora sim! — Termina de beber a taça e a enche novamente. — Estamos prontas para ter essa conversa. Eu sou a noiva de Keun e, dentro de alguns dias, vamos nos casar. Isso não é motivo suficiente?

Sophie sente o sangue borbulhar e lhe dar uma coloração avermelhada à face. Tenta manter o controle.

— Keun me disse que não a ama e que não vai se casar com você. Por que insiste nisso?

O sorriso irônico da moça se apaga junto com o brilho no olhar bem maquiado com as cores da moda. Sophie não sabe dizer o que surge no lugar dele, mas ela tem certeza de que é um sofrimento imenso.

Sophie toca a mão de Min-Ah.

— Você o ama?

A jovem retira a mão.

— Não. — Levanta os olhos para o teto. — O meu casamento com Keun não tem nada a ver com amor, mas com dinheiro, prestígio e celebridade. É um acordo comercial que vale milhões e eu não vou permitir que uma professorinha do interior da *Provence* arruíne a minha vida.

Sophie se afasta e cruza os braços.

— Quem vai decidir isso é Keun. Não sou eu que o impede de partir.

Min-Ah abaixa o olhar e o levanta segundos depois. A expressão é menos agressiva e a voz mais doce.

— Sim, é você. — Termina mais uma taça. — Eu o conheço desde sempre e posso lhe garantir que está apaixonado. E é justamente por isso que precisa deixá-lo partir.

Aproxima o corpo da mesa e baixa o tom de voz.

— Keun vai ser destruído se ficar. Se escolher você, ele deve dizer adeus aos contratos com a produtora de discos, com a agência que cuida da carreira de ator e os inúmeros patrocinadores. — Passa a mão pelos cabelos e bebe mais um gole. — O que acha que ele vai fazer se ficar por aqui? Plantar batatas na sua fazenda?

Min-Ah solta uma gargalhada sem alegria. Termina a garrafa ao encher novamente as taças e pede a conta ao garçom, que traz com um imenso sorriso.

Sophie ouve as palavras, mas tem a impressão de que elas flutuam em torno dela e que não são reais. Sim, Sophie sabe que Keun está apaixonado por ela. Mas a sua autoestima em frangalhos é uma inimiga implacável que não permite que ela acredite que sonhos são possíveis quando queremos realmente.

A nossa relação não tem nenhum futuro. Nada tão bom poderia durar... Certo?

A visão de Sophie está distorcida pela lente da dúvida e embaçada pelo medo. Apesar disso, a vontade é tanta que ela pode enxergar o objeto do desejo bem na sua frente e, mesmo assim, se sente incapaz de movimentar um dedo nessa direção.

Sophie permanece parada enquanto Keun avança a passos firmes sem tirar os olhos dela. O rapaz para diante da mesa, e depois de um longo momento, gira o rosto para Min-Ah.

— O que pensa que está fazendo?

— Conversando com a sua amante.

Keun a pega pelo pulso.

— Você está bêbada. Vou chamar um táxi para levá-la para casa. — Ele olha para Sophie. — Por favor, espere aqui.

Sophie vê o rapaz se afastar do bar com a jovem cambaleando ao lado dele.

Levanta-se decidida e acelera os passos para os acompanhar.

De longe, vê o casal ser abordado por dois fotógrafos. Eles fazem os flashes pipocarem enquanto Min-Ah esconde o rosto e Keun levanta as duas mãos espalmadas. Em um primeiro momento, Sophie pensa que a vã tentativa é para protegê-los. Quando os homens guardam os equipamentos, tem certeza de que as palavras de Keun propõem algo mais lucrativo.

Dá um passo, dois, três, mas para ao ver o olhar suplicante de Keun em sua direção. O jovem balança a cabeça de um lado para o outro em um pedido explícito: "não se aproxime". Sophie recua, mas fica o suficiente para ver o rapaz apoiar Min-Ah pelo braço e se afastar acompanhado pelos jornalistas. Permanece petrificada no meio da rua enquanto a sua razão tenta lhe convencer de que ele fez o que era mais recomendado diante da situação. Infelizmente o seu coração não está de acordo com essa análise. Os batimentos acelerados e descompassados que a impedem de respirar normalmente são a prova.

Envolvida por uma névoa estranha que não permite com que veja e ouça nada claramente, precisa de um tempo para identificar o bip que chama a sua atenção para o celular. A mensagem automática confirma o dia e o horário da audiência no cartório.

Sim, ela escolheu Keun.

O ESTRATAGEMA
DE HANA

KEUN ESTÁ COM AS MÃOS NA CINTURA e o olhar fixo na torre da catedral de *Aix-en-Provence*.

— Essa vista é incrível, não? — Um homem com cerca de quarenta anos, sorriso cínico e nariz largo sentado no sofá, levanta a latinha de cerveja em um brinde. — Gostamos muito da sua escolha e por isso ficamos no mesmo hotel. Essa suíte é vizinha a que usou. — Ele bebe um gole.

Keun se vira.

— Não está aqui de férias e muito menos eu, senhor Cha.

— Ah! Bom, não foi a impressão que tivemos — comenta um jovem de óculos com os cabelos longos amarrados em um rabo de cavalo.

Cha se aproxima com a latinha e bate na do colega.

— Concordo em 100%, meu caro Bae. — Encara Keun. — Vai nos contar quem é aquela mulher que nos seguiu em *Aix* e com quem foi visto em *Avignon* e *Gordes*?

A pergunta do jornalista tem o poder de paralisar as pernas de Keun.

— Ninguém importante. — Ele se aproxima da mesa de centro onde estão as bebidas. — Viemos aqui para negociar...

— Por que a pressa? Min-Ah dorme no quarto ao lado. E, pela cara dela, não vai acordar tão cedo. Temos muito tempo para conversar.

— Não temos o que conversar, senhor Cha. Eu fiz uma proposta. Aceitam ou não?

Cha termina a cerveja, coloca a latinha sobre a mesa e se levanta.

— Eu sou muito bem pago para obter essa história.

— Eu posso lhe pagar o dobro.

— Uau! Que pena que isso não nos interessa. — Bae abre outra cerveja.

O senhor Cha levanta um dedão em direção do colega mais jovem.

— Como disse Bae, não estamos aqui para receber mais dinheiro. O que nos interessa é a sua história.

Keun fecha os olhos por um instante.

— Posso lhes prometer uma exclusiva sobre a glossofobia assim que voltarmos à Coreia. Mas, por favor, esqueçam que viram Min-Ah nesse estado, aliás, esqueçam que a viram aqui.

Os jornalistas caem na risada e Keun os olha sem ação.

— Disse algo engraçado?

— Muito! — Cha pega uma sacola, retira um envelope e espalha algumas fotos sobre a mesa.

Keun abaixa os olhos e vê cenas do dia a dia com Sophie. Do passeio em *Avignon*, em *Gordes*, em *Saint-Tropez* e dos muitos outros que fizeram ao longo da primavera. Mãos dadas, abraços e até beijos estavam registrados. Um suor frio desce pela sua têmpora.

Cha se levanta e coloca o braço em torno do ombro de Keun.

— Confirma que é "ninguém importante"?

Bae limpa a garganta e abre uma página no tablet:

— Sophie Favre, proprietária do INFE, 33 anos, casada com Francis Favre...

Keun tem a impressão de que mexe a boca, mas não consegue ouvir o som da sua voz.

Cha aproxima o ouvido.

— O quê? Pode falar mais alto, não conseguimos ouvir...

— Como descobriram tudo isso?

— O seu amigo apareceu em uma das fotos do aeroporto em Paris. Foi fácil localizá-lo, ele não dá um passo sem postar nas redes sociais. Aliás, foi o que combinou com ele, não? Que postasse fotos suas, mas depois que saísse de Paris? — Cha piscou um olho. — O seguimos por alguns dias e conseguimos ouvir uma das conversas pelo celular.

Bae aponta para um *boom* acoplado a uma câmera.

— Você não tem ideia da potência desse microfone... — Bae aperta o play e Keun vê um trecho do vídeo com San: *"Hummm... Pode ser, mas você ficou aqui em casa e eles nunca vão procurar por você em um três estrelas em* Aix-en-Provence.*"* — Bae começa a guardar as fotos.

Keun coloca uma mão sobre elas.

— Isso não explica tudo. Vocês descobriram sobre *Aix-en-Provence*. E depois?

— Passamos horas analisando as *hashtags* com o seu nome e as redes sociais. No *Insta* do San encontramos as informações sobre a escola onde deveria fazer o curso de francês antes de ir para a faculdade e o hotel onde ele ficou quando esteve aqui. — Mostra o quarto com um dedo. — Nas suas vimos o tipo de moto que gosta de usar e por aqui não existem muitas concessionárias dessa marca. — Dá de ombros. — Muito fácil.

— Vocês me seguiram durante toda a primavera... — Encara o senhor Cha. — Poderiam ter me abordado semanas atrás. Por que agora?

— Sim, sabíamos onde você estava todo esse tempo e por isso não usamos informações mais detalhadas. Isso iria alertá-lo. — Cha aponta para as fotos. — O que temos aqui é ouro, meu caro, Lee Keun-Suk e ouro precisa de tempo para ser garimpado. A chegada de Min-Ah era a pepita que faltava. Combinamos tudo com ela. O dia, horário e o local onde faríamos o "flagrante" de vocês.

— Min-Ah sabia que vocês estavam aqui?

— Ela soube no momento certo. A questão agora é: qual é a história que você quer que contemos? O seu casamento com Min-Ah e o tratamento da glossofobia ou o tórrido romance adúltero com a francesa? As duas, talvez?

Bae dá uma risada.

Keun se controla para não avançar contra ele.

— O que querem realmente? — Fecha os punhos enquanto os seus olhos vão de um jornalista para o outro.

Cha retira o celular do bolso e aciona um vídeo.

A voz de Hana ecoa.

Keun treme e fecha os olhos ao ouvir a primeira palavra.

"Se quiser que a sua amante volte a ter uma vida normal, retorne no próximo voo para a Coreia. Venha preparado para aceitar o casamento com Min-Ah e que isso é o melhor para você. E mais uma coisa, Keun: se enviar uma única mensagem para essa vadia, o mundo inteiro vai saber quem ela é!"

Cha joga um envelope sobre a mesa.

— São os bilhetes do voo que sai daqui em duas horas. — Cha dá um tapa nas costas de Keun. — Eu sinto muito... mesmo.

LAMBENDO A FERIDA

Sophie arrasta a mala e entra na casa de Ângela. A amiga lhe dá dois beijinhos no rosto e entrega a bagagem para Júlia, que a leva para um quarto.

— Venha, sente-se aqui. — Ângela aponta um sofá amarelo ao lado de duas poltronas em tecido branco e preto. — Agora me conte o que aconteceu porque perdi o fio da meada quando ficou fechada na fazenda por uma semana inteira sem receber ninguém ou atender ao telefone.

— Não queria que estivesse ocupado, caso o Keun ligasse. — Sophie deixa a cabeça cair de lado enquanto o seu olhar se fixa em um pôster com uma foto dos campos de lavanda. — Mas ele não ligou, nem mandou nenhuma mensagem...

— Ele deve ter tido uma boa razão para isso, Sophie. — Ângela se aproxima no sofá.

Sophie solta um risinho de deboche.

— Com certeza deve estar muito ocupado com o casamento. — Fecha os olhos ao sentir uma pontada no peito antes de encarar Ângela. — Desculpe, mas precisava desse tempo para entender melhor a decisão que tomei.

Júlia retorna.

— Vou preparar um café.

Sophie cobre o rosto com as mãos e tenta colocar as ideias em ordem. O que ficou impossível depois que voltou para casa naquele dia fatídico depois de dirigir por horas a fio para chegar a lugar nenhum. Voltou para a fazenda com a firme intenção de superar a crise e agir como uma mulher adulta que sabe o que quer.

"Uma mulher adulta que sabe o que quer..."

Sabe mesmo?

A pergunta feita algumas vezes ainda aguarda uma resposta sincera. Querer significa tentar obter e isso exige muita luta e, provavelmente, renúncia. Para brigar pelo desejo desconhecido é preciso abandonar a zona de conforto. Ela estaria disposta a isso?

Não teve tempo para descobrir. Encontrou os quartos de Keun e de Min-Ah vazios. Nenhum bilhete ou mensagem no celular explicava o sumiço e o que não precisa de explicação, explicado está.

Sophie solta um longo suspiro, levanta o rosto e encontra o olhar terno de Júlia, que se aproxima com uma bandeja. Coloca uma xícara entre as mãos de Sophie e sorri. Sophie observa o líquido escuro, como se pudesse ler o seu futuro no reflexo distorcido. Balança a cabeça em uma evidente negativa e permanece sem beber um só gole. Com os olhos abertos ou fechados, a imagem de Keun abraçado à Min-Ah se repete sem interrupção. A raiva que ela desperta faz o coração de Sophie doer.

— Eu amo a fazenda e tudo o que ela representa para mim. — Olha para Ângela. — Mas nunca poderia deixar o Francis acabar com a vida de alguém por minha causa.

— Você aceitou a chantagem do Francis?! — Ângela arregala os olhos e leva a mão à boca. — Você ama mesmo esse rapaz...

Júlia olha distraída para um pequeno Buda de porcelana verde e volta a encarar Sophie.

— Por que não contou tudo para o Keun?

— Como acha que ele teria reagido? Keun nunca permitiria que fizesse o acordo com Francis. Ele terminaria com um processo e isso acabaria com a carreira e a vida dele.

Sophie retira um envelope da bolsa e o coloca sobre a mesa de centro.

Júlia se aproxima da tia e Ângela começa a ler o documento. Com a ajuda de Sophie, encontra a cláusula sobre a propriedade da fazenda.

— O *M.* Bonneau alterou os registros.

Indignada, Júlia olha para a tia, que continua lendo o texto por mais um momento antes de colocar tudo de novo dentro do envelope.

— *Mon Dieu!* Agora a fazenda também é do Francis...

— Exato...

— O que ele quer?

— Vendê-la para um industrial canadense.

— E se você não concordar? — Júlia pergunta.

— Tenho que comprar a parte dele — resume em um murmúrio.

— Devemos mostrar isso ao meu amigo advogado. O que ele fez não foi legal, Sophie.

Sophie guarda o documento na bolsa.

— Na teoria, não. Mas na prática, tudo foi feito com o aval e na presença de um chefe de cartório.

— Você pode denunciá-lo.

— Não posso fazer isso, Júlia. — Cruza as mãos sobre as pernas. — Ele era um velho amigo do meu pai.

Ângela se inclina em direção de Sophie, cruza as mãos e coloca os dois indicadores sobre os lábios.

— Qual amigo?

— O *M.* Bonneau...

— Bernard?! — Ângela levanta os olhos. Procura na memória e encontra a imagem do homem elegante e tranquilo que jantou na fazenda algumas vezes. — Não pode ser! Você tem certeza de que estamos falando de Bernard Bonneau?

— Absoluta — responde sem levantar os olhos.

— Bernard Bonneau do cartório em *Venelles*?

— Isso mesmo.

— Que estranho. — Ângela se levanta e começa a dar alguns passos. — Eles pareciam muito amigos mesmo. Rosa apreciava muito as conversas que tinha com ele. — Volta a se sentar. — A sua mãe o convidava com uma certa frequência.

— Eu também não entendo.

— Você tentou falar com ele?

— Ele não quis me ouvir, Júlia, e se afastou sem se despedir.

Ângela bate uma mão contra a coxa.

— Ele é cúmplice! Só pode ser isso. Deve estar levando alguma vantagem no negócio.

Sophie coloca o rosto entre as mãos.

— Eu não quero estar na fazenda quando Francis levar o novo comprador para uma visita na semana que vem. Se ele gostar, vou ter que assinar o compromisso de venda.

— Você pode ficar na minha casa os dias que quiser. — Ângela sorri.

— É triste como pessoas que viveram juntas por anos podem entrar em uma guerra declarada. — Júlia solta um profundo suspiro.

— Se pararmos para pensar, é o que mostra a história. Ninguém entra em conflito com quem não conhece. — Ângela bebe um gole de café. — Guerra é coisa de vizinho.

Sophie se vira para Ângela.

— Não sei quanto tempo pode durar a transação, mas se a fazenda for vendida, preciso de você para me ajudar a fechar o Instituto e a reembolsar o dinheiro que Keun usou para a obra. — A voz some por um momento. — A fazenda... — Levanta os olhos para Ângela. — Francis conseguiu o que sempre quis — repete, mas agora com outra entonação. — Francis conseguiu o que sempre quis!

A frase pensada é repetida em voz alta ao mesmo tempo que as pupilas de Sophie dilatam. As palavras se tornam a chave para uma porta hermeticamente fechada e a abre. Imagens perdidas e desconectadas, sem forma ou som claros começam a se unir. Finalmente, o quebra-cabeça começa a fazer sentido. A lembrança de um dia que manteve enterrada no fundo da sua memória retorna com força e mostra a verdade que tentou furiosamente esquecer.

ALGUNS MESES ANTES...

O QUE VOCÊ FEZ FOI inadmissível, Francis! — Jules afrouxa a gravata para tentar respirar normalmente. — Como pôde tentar colocar a fazenda no seu nome? Essa herança é da minha filha e apenas dela! Você entendeu, seu canalha? Da minha FILHA! — grita com o indicador apontado.

— *Oh là là!* Não precisa baixar o nível e me ofender, Jules. — Francis levanta as mãos espalmadas sem desfazer o sorriso cínico. — Você entendeu tudo errado, eu queria apenas ter mais liberdade como administrador do bem...

— Desde quando você é "administrador do bem"?

— Vocês vivem viajando! Aliás, não vai se atrasar para pegar o avião?

— Era com isso que contava, não é? Que estaria fora da cidade enquanto você vendia a minha fazenda!

— Eu não iria vender a fazenda...

— Quem me garante? Se não era para vender, era para fazer o quê?

— Essa fazenda também é minha! Eu moro aqui! E sou eu — bate no peito — que cuido da contabilidade e da administração do Instituto.

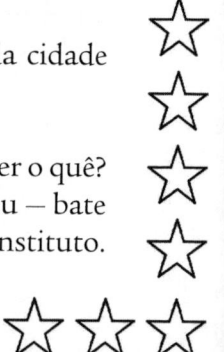

O pai de Sophie levanta ainda mais a voz:

— Isso é mentira e você sabe muito bem disso! Você nunca foi um funcionário do Instituto.

— Se levarmos em conta de que nunca recebi salário nenhum... — ironiza. — O mínimo que esperava é que a fazenda também ficasse no meu nome. Seria justo.

— Você acha mesmo que eu sou tolo a esse ponto?! — Esmurra a escrivaninha. Um bibelô cai e se espatifa no chão.

— Pai, por favor... Deixe o Francis...

— Sophie — Jules a impede de continuar com um movimento da mão. — Esse cretino não merece o menor respeito e consideração. Não interceda por ele!

— Podemos conversar com calma, não acha? — Sophie tenta um tom de voz mais conciliador. — A sua pressão...

— Não há o que conversar! Bernard me mostrou o e-mail que Francis enviou para um colega. — Encara Sophie e continua: — Ele estava tentando saber quem poderia lhe ajudar a passar a fazenda para o nome dele. Se Bernard não fosse um homem incorruptível e não tivesse me alertado, a essa hora a fazenda não seria mais nossa.

Francis bufa.

— Eu pensei que esse tipo de informação fosse sigilosa, mas hoje em dia não dá para confiar nem nos cartórios... — ironiza.

Jules aponta para Francis.

— Você vai sair daqui ainda hoje! — Jules pega um atiçador ao lado da lareira e o levanta ameaçadoramente. — E não vai voltar nunca mais!

Sophie se abraça à mãe. Parada ao lado da lareira, Rita chora baixinho e segura a alça da mala com força. Apesar da palidez imposta pela situação, a beleza da juventude ainda está presente e firme no maxilar delicado e no nariz pequeno e altivo. Apenas os olhos mostram o quanto aquele golpe a envelheceu. Os lábios contraídos um contra o outro impedem que palavrões piorem a situação e a façam sair ainda mais dos trilhos.

— Eu não vou sair daqui hoje, nem amanhã. Eu sou casado com Sophie e, pelo que eu saiba, não estamos nos separando. — Olha para Sophie. — Não é, querida?

Sophie leva a mãe até o sofá e avança na direção do marido.

— Eu vou pedir o divórcio amanhã mesmo, Francis. Eu não posso continuar casada com alguém que tentou passar a perna no meu pai. — Trava os dentes. — Em mim!

— E quem vai administrar a escola? Jules? Que, quando não está dando conferências pelo mundo, passa mais tempo cuidando do jardim e tapando os buracos nas paredes? Ângela, que cozinha de maneira formidável, mas tem um sotaque horrível? Ou a sua mãe, que é uma excelente professora, mas não entende nada de contabilidade?!

Sophie não pensa muito tempo e responde como se as palavras fossem farpas:

— Ângela e toda a equipe são extremamente competentes; e se for preciso, eu deixo de lado a fotografia e assumo a direção. Eu tenho o diploma necessário. Sou totalmente capaz!

Francis dá uma gargalhada sonora.

— Você?! Vai finalmente escolher? Até hoje, divide o seu tempo entre períodos de aula cada vez mais curtos e viagens cada vez mais longas para fotografar lugares estranhos que ninguém visita. Vai conseguir viver sem isso? — Aponta para as fotos espalhadas pelas paredes da sala.

Silêncio.

O olhar de Sophie passa pelos pôsteres e o seu coração aumenta de tamanho. *Será que poderia deixar a fotografia definitivamente?* A ideia lhe causa uma dor profunda. Os olhos voltam a focar o rosto irônico de Francis e os pais em frangalhos. A dor triplica de tamanho. Sim, pelos pais e por tudo o que construíram aqui, ela poderia fazer esse sacrifício. A família sempre vale a pena. Sempre. Decide matar a sua paixão nesse instante e sente os estilhaços explodirem órgãos e rasgarem músculos.

Segura uma cadeira para não cair e volta a encarar Francis.

— Eu mesma! Você sempre repetiu que ajudava na escola, mas que o seu emprego mesmo é a rede de hotéis. — Coloca as mãos na cintura. — Posso tentar conciliar tudo, como você mesmo fez, ou abandonar a fotografia. — A voz sai trêmula. — De qualquer maneira, a minha vida não lhe diz mais respeito. O que vou fazer com o meu futuro ou a minha fazenda não lhe interessam. O nosso casamento acabou!

— Não acabou porra nenhuma! Quem decide o fim das coisas sou eu! E eu não aceito essa separação! — Faz uma pausa enquanto se aproxima de Sophie e baixa o tom de voz. — Eu não tenho a menor intenção de me separar de você e de deixar essa casa, que um dia ainda vai ser minha.

— Francis! Saia daqui, por favor!

— Não! Eu tenho que ficar por perto. Você pode morrer do dia para a noite e eu vou ser o seu único herdeiro. Eu! — Francis bate no peito e abre um sorriso confiante. — É o mínimo que mereço depois de ter suportado uma mulher como você na cama!

Sophie vê um movimento com o canto do olho.

— Não! Pai, não! NÃO!

Rita grita alguma coisa para o marido, que permanece surdo diante da raiva que o devora vivo. Jules levanta o atiçador e envia a arma improvisada na direção do rosto de Francis, que desvia o corpo de maneira ágil e evita o golpe. A peça de ferro atinge uma mesinha com violência e despedaça a coleção de louça de Rita.

Sophie sente uma onda de energia a chicotear no momento que ouve o som dos cacos se espalhando pelo chão.

— Jules, por favor! — Rita geme enquanto sente as pernas perderem a força e desfalece no estofado.

A respiração de Sophie falha, mas os seus músculos agem com bravura. Ela corre, puxa o pai e o afasta de Francis. Jules segura o atiçador em riste como se fosse uma parte do seu corpo antes de acertar uma escultura e uma planta. Aponta o dedo para Francis e grita:

— Me dê as suas chaves!

— Não!

— Agora, Francis! — ameaça com o atiçador.

Francis joga as chaves no chão e Jules as recupera.

— Vou avisar a toda a equipe do Instituto que você não é mais bem-vindo. Você nunca mais vai poder pisar nesta fazenda — diz brandindo as chaves. — Se eu encontrar você aqui quando voltar, é um homem morto!

Francis revida no mesmo tom ao se dirigir à porta.

— Você acha que isso vai ficar assim? — Derruba uma cadeira com um chute. — Eu vou denunciá-lo! Essa agressão não vai ficar por isso mesmo.

— Do que está falando, Francis?! Você não foi atingido...

— Sério, Sophie?! Eu me joguei no chão ou esse louco teria destruído o meu rosto! Poderia ter me matado!

— É o que merece! Mas um cara-de-pau como você não deve ter medo de quebrar o nariz! — Jules revida com sarcasmo.

— Você vai perder tudo o que tem, Jules! Eu lhe garanto! E aquele seu amigo do cartório também!

Francis sai sem fechar a porta. O motor ronca, faz alguns pássaros voarem assustados e os pneus cantam com a largada abrupta.

Em lágrimas e com a garganta travada, Sophie se aproxima da mãe. Sacode os ombros dela e lhe chama entre um soluço e outro.

Jules corre até a cozinha e volta com um copo com água.

Rita recobra a consciência aos poucos, abre os olhos e coloca a mão sobre a testa.

Sophie a abraça.

— Oh! Mãe...

— Como se sente? — Jules faz um carinho no rosto da esposa.

— Péssima... — Ela pisca os olhos lentamente. — O que vamos fazer?

Sophie se levanta.

— Vou ligar para a agência e avisar que não posso ir à *vernissage*.

— De forma alguma! — Rita intercede e começa a se levantar. — Você não vai deixar esse homem inescrupuloso atrapalhar ainda mais a nossa vida.

— Mãe... — Pega nas mãos de Rita. — Você desmaiou e papai está vermelho demais, a pressão deve estar nas alturas. Vou levá-los para o hospital.

Jules coloca uma mão no ombro de Sophie.

— Querida, não pode deixar de participar da sua exposição. — Toca no rosto da filha. — Você tem um talento enorme e merece esse reconhecimento.

— E a fazenda?

— Não se preocupe com ela, vamos dar um jeito. — Sorri com ternura e ajeita uma mecha de cabelos da filha. — Sempre damos um jeito.

Sophie lança um olhar para o relógio.

— O avião só sai daqui a algumas horas, temos tempo de passar em um hospital. Se o médico estiver de acordo, pegamos o voo. Se não for o caso, podemos ir amanhã. E eu faço questão de dirigir, papai não está em condições.

Os pais de Sophie concordam com um sorriso amável, mas trêmulo que esconde raiva e decepção. Rita troca um olhar com Jules, que passa o braço pelo seu ombro e aperta, como se pudesse lhe transmitir toda a sua força nesse contato. Rita sai a passos lentos, apoiada pelo marido.

Sophie precisa de um tempo maior do que o necessário para controlar a mão trêmula e colocar a chave na fechadura. Fecha a fazenda e coloca as malas dentro do veículo.

O crepúsculo pinta as montanhas de amarelo e cor-de-rosa. As nuvens se desmancham com a força do vento e imensas listras largas surgem no horizonte, como se o pintor tivesse usado os dedos em pinceladas irregulares e horizontais.

A noite não vai tardar a cobrir tudo com o seu manto escuro e silencioso.

Dentro do carro, os comentários de aversão e repulsa de Jules são pontuados com os soluços de Rita e o silêncio indignado de Sophie. Ela fecha os dedos com força contra o volante. Nunca poderia ter imaginado uma traição como essa. *Como o homem com quem vivou por anos pôde lhe tratar dessa maneira? Como ela nunca viu ou percebeu nada?*

"O amor não é apenas cego, mas completamente estúpido!", pensa ao mesmo tempo que soca o volante.

A boca fica amarga e os olhos ardem. Por um momento, não sabe se o seu corpo vai poder conter toda a ira que sente. Ainda não entendeu como conseguiu impedir o pai de fazer uma tolice quando ela mesmo queria esfatiar Francis em inúmeros pedaços bem pequenos com as próprias mãos.

Nesse instante, Sophie gira o rosto em direção do clarão brilhante dos faróis do um carro em alta velocidade. Os seus olhos se fecham em um gesto automático e as suas mãos movimentam o volante para tentar evitar o encontro, mas o choque violento os tira da estrada. O veículo capota algumas vezes. Sophie e os pais entram em uma espiral de poeira, pedras, sangue e morte.

CULPADA

U MA MÃO QUENTE SE ENCONTRA COM o braço de Sophie, ainda atordoada.

— Você se lembrou...

Sophie permanece parada com o olhar vítreo em direção de uma parede vazia. Pisca algumas vezes, mas não consegue se desfazer das cenas que acabou de reviver.

Balança a cabeça lentamente de um lado para o outro em um misto de incredulidade com negação.

Murmura frases desconexas e sem sentido.

Tem as respostas para quase todas as perguntas. Quase todas. *Afinal, como pôde permanecer casada? Como pôde faltar com respeito à memória dos pais e continuar com Francis?*

As placas vermelhas espalhadas pelo seu corpo começam a arder. Violentamente. A sensação a faz ter arrepios. Coceira e dor se alternam em uma combustão silenciosa como se enguias lançassem choques elétricos enquanto passeavam pela sua pele. As portas do inferno de Sophie voltam a abrir.

Vira o rosto lentamente e encontra o olhar tenso de Ângela e a expressão preocupada de Júlia.

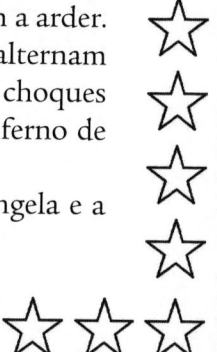

— Lembrei, lembrei de tudo... — Faz uma pausa. — Ou de quase tudo...

Ângela se aproxima no sofá e Júlia corre até a cozinha para buscar um copo com água.

— Do que lembrou?

Sophie se levanta com uma mão sobre a boca.

— Você deve saber melhor do que eu, Ângela — ironiza com uma ponta de tristeza no olhar. — Por que nunca conversou sobre o acidente?

Ângela abaixa o rosto e coloca uma mão contra o peito.

— Oh, meu Deus, Sophie... Eu esperei tanto por esse momento... — Levanta o rosto. — Eu sinto muito não poder ter lhe ajudado mais.

Sophie franze as sobrancelhas e limpa a garganta.

— O que realmente... — A voz falha. — Aconteceu?

Ângela solta um longo suspiro, mas é Júlia quem responde assim que chega com o copo d'água. Ela o entrega à Sophie.

— Você ficou em coma por algumas semanas.

— Não é possível — Sophie nega.

Ângela continua:

— Quando acordou, não se lembrava que estava no carro com os seus pais durante o acidente, nem da sua vida antes disso. Você acreditava piamente que deixou a fotografia para ser a diretora da escola anos antes quando, na sua cabeça, os seus pais morreram.

— E não estranhei estar em um hospital?!

— Você achava que tinha ido tratar de mais uma crise de eczema. Já ficou internada algumas vezes.

Sophie abaixa a cabeça.

— Não, não é possível... Não pode ser! É absurdo! — Passa a mão sobre a testa.

— Foi o que eu disse ao médico, mas ele me explicou que era um processo de defesa e que havia a possibilidade de que se lembrasse de tudo um dia. Ou não... — Ângela sente a voz tremer e faz uma pausa antes de continuar: — Você começou a se vestir apenas com roupas compradas pela internet, usava o carro o mínimo possível, deixou de se maquiar, esqueceu até que era a autora das fotos que tem na fazenda e dessa que está aqui em casa. — Ângela aponta para o pôster. — Ela faz parte de uma das minhas séries preferidas. Foi o seu presente para os meus 40 anos.

— Eu fiz isso?! — Sophie lança um olhar para a foto, que não lhe diz nada.

Ângela faz uma pausa mais longa para controlar o choro e continua:

— Você tem um talento enorme e vendia até para o exterior.

Ela pega o celular, procura por um momento e mostra a tela com o *Instagram* de Sophie.

— Você assinava com os sobrenomes dos seus pais: Simon-Silva.

Sophie passa uma imagem depois da outra e para por um momento ao ver arbustos alinhados em diagonais que encontram o sol em um fim de tarde. As minúsculas flores estão da mesma cor do céu nublado. A harmonia do azul profundo deixa o ponto amarelo ainda mais brilhante como se fosse mais do que uma luz no fim do túnel, mas um portal para dias melhores.

No seu peito, os batimentos estão acelerados e dão ritmo às lembranças que surgem em cascata: as viagens, os sorrisos, as experiências extraordinárias que viveu.

— Como eu pude esquecer de tudo isso?!

Ângela pega uma das mãos de Sophie.

— Foi o trauma do acidente.

— Eu fiz essas viagens?! — Encara Júlia com olhos enormes. — Mas eu tenho horror de avião!

— Você nunca teve medo de avião.

— Claro que sim! Passei muito mal naquele dia com Francis.

— Qual dia? Você lembrou da viagem?

Sophie destrói as unhas enquanto tenta se lembrar, mas o olhar vazio que troca com as amigas é eloquente.

— Exato. Isso nunca aconteceu. O seu médico também nos advertiu que poderia criar lembranças de situações que iriam explicar a nova vida. O seu marido apenas "ajudou" — ironiza — você a acreditar na vida que levava.

— O que quer dizer?

— Foi o Francis que me pediu para retirar as suas roupas modernas e na moda que estavam no seu armário. Eu quase tive um treco quando falou do sári indiano. Naquele momento, pensei que iria começar a se lembrar de algo... — Balança a cabeça de um lado para o outro e continua: — Foi o Francis quem inventou a história do medo de avião.

Ele me disse que, enquanto não se lembrasse de tudo, era melhor ficar por perto.

Sophie anda sem rumo por um tempo indeterminado.

Os seus olhos vão de um canto a outro. Procuram indícios, pistas, lembranças reais que possam ajudá-la a saber quem realmente é: a professora da escola provençal ou a fotógrafa que corre o mundo?

Balança a cabeça e pergunta sem levantar os olhos:

— Por que não me disseram nada?

— Tocar ou insistir no assunto não iria ajudar. Você precisava se lembrar e tudo sozinha. O máximo que podíamos fazer era insistir para que voltasse ao *psi* e continuasse o tratamento que interrompeu. — Segura na mão de Sophie. — Você não tem ideia de como sofri vendo você se afastar do seu sonho, minha linda! — A abraça com força.

— Isso explica porque continuei com Francis... — murmura.

— O quê?

Sophie enxuga uma lágrima e se afasta.

— Como estava o meu casamento antes do acidente, Ângela?

— Não sei lhe dizer. Você sempre foi muito discreta com relação à sua vida privada. As conversas que têm comigo hoje, você tinha com Rita. Sei apenas de uma coisa: você o amava muito, ou pelo menos nos fazia acreditar nisso, e... — abaixa os olhos — tentava ter um filho.

— E ele?

Ângela torce a boca.

— Tinha muito cuidado com você, parecia preocupado com a sua saúde... — Suspira.

— Nesse caso, por que sempre me deu a impressão de que não gosta dele?

— Porque não gosto mesmo. Nunca gostei.

— Isso é verdade... — Júlia reforça enquanto olha para o esmalte verde que começa a descascar. — Ela me disse que não suportava o seu marido. Várias vezes.

— Por quê?

— O excesso de bajulação com os seus pais e de cuidado com a sua saúde sempre me pareceram exagerados, falsos. E se quando os seus pais estavam vivos, ele achava que era o dono da fazenda, teve certeza disso depois que eles morreram.

A frase faz Sophie tremer. Ela volta a andar de um lado para o outro.

— Há quanto tempo exatamente aconteceu o acidente? Encara Ângela. — HÁ QUANTO TEMPO, ÂNGELA? — grita e sente os joelhos vacilarem.

— Ele aconteceu durante as férias escolares de novembro do ano passado...

Sophie fecha os olhos por um momento.

— Não faz sentido... — Coloca as mãos sobre a cabeça ao lembrar da palidez estranha, dos cabelos longos e sem corte, da magreza...

Júlia se aproxima e repete:

— A minha tia me contou que, assim que voltou para casa, você começou a sua vida como se o acidente com os seus pais tivesse acontecido há muito mais tempo e por isso substituiu a sua mãe naturalmente.

— Mas eles moravam na fazenda...

— Esvaziei o quarto e levei tudo para um guarda-móveis. Tinha certeza de que um dia você iria lembrar... — Ângela tenta um sorriso.

— E a reforma?

— Apesar de ter tentado dissuadi-la, você decidiu realizar o sonho da sua mãe e nada a fez mudar de ideia. Verificou quanto tinha nas contas e começou a obra. Finalmente, achei que era uma boa ideia. Iria distraí-la e com o tempo talvez ajudá-la a se lembrar do acidente. O quarto com as borboletas era dos seus pais. Rita gostava de ficar perto dos alunos para evitar bagunça, lembra?

Sophie fecha os olhos por um breve momento, seca uma lágrima e os reabre sem encarar a amiga.

— O que eu fazia exatamente no Instituto, Ângela?

— Pouca coisa, dava algumas aulas de vez em quando... — Dá de ombros. — Apesar do seu diploma, a sua paixão sempre foi a fotografia. Os seus pais a incentivaram a correr o mundo como eles mesmo fizeram. A sua mãe dizia que "era muito jovem para criar raízes. Jovens precisam de asas".

Sophie sente o nó na garganta se formar. Uma nova onda de tristeza a submerge. A dor do luto surge renovada e intensa. Ela coloca uma mão no peito e se curva para a frente como se isso pudesse acalmar o coração que se despedaça novamente em minúsculos pedaços.

Júlia vem ajudá-la, mas Sophie agradece com uma mão. Volta a se levantar com uma profunda inspiração e olha novamente para Ângela.

— Isso também explica por que nunca viu nenhum problema na minha relação com Keun...

Ângela concorda com a cabeça e continua:

— Você nunca trabalhou de verdade no INFE. Na prática, não conhecia os funcionários e muito menos o funcionamento da escola. — Continua com a voz embargada: — Não foi fácil manter a escola aberta...

Sophie anda pela sala, mexe em um porta-retratos e se aproxima do pôster. Deixa o olhar escapar pela imagem e passa um longo momento em silêncio. Agora entende melhor porque instaurou uma rotina militar naquele velho e famoso quadro branco no escritório. Precisava convencer a si mesma que era a diretora da escola. Não estava habituada àquela rotina, não tinha os conhecimentos necessários para administrá-la. Nunca parou para pensar nem em quantos funcionários trabalhavam no Instituto.

Passa a mão pelos cabelos.

— O que o Francis fez enquanto eu estava dormindo?

Ângela solta um longo suspiro.

— Demitiu quase toda a equipe do Instituto e assumiu o controle da conta no banco.

Sophie abre a boca, mas Ângela conclui:

— Também acho que ele esvaziou a conta. Não acredito que o INFE tinha problemas como Francis contou e me mandou confirmar. — Faz uma careta. — A sua mãe era uma administradora eficiente e nunca me falou sobre nenhuma dificuldade.

Sophie cobre os olhos com as mãos.

— Eu consegui permanecer e convencer o Francis a guardar pelo menos as outras professoras para terminar o ano letivo. Comecei a ficar de olho na administração da escola, mas nunca tive talento para a contabilidade. Ele me garantiu que eu não deveria me preocupar, que cuidaria de tudo sozinho. Perdoe-me, Sophie, eu deveria ter lhe contado... — Soluça. — Nunca imaginei que ele queria vender a fazenda...

— Eu sei. — Encara as amigas. — Foi por isso que brigamos no dia do acidente.

Ângela franze a testa com uma pergunta silenciosa e Sophie continua com a voz trêmula:

— Tivemos uma discussão na minha casa. Papai descobriu que Francis tentou colocar a fazenda no nome dele. Ele o mandou embora e avisou que no dia seguinte toda a escola saberia que era um bandido. — Abaixa os olhos. — Foi horrível, Ângela... Nunca vi papai naquele estado... — Tenta controlar a tremedeira que toma conta das mãos. — Mamãe desmaiou... Ao acordar, ela não admitiu que fosse perder a *vernissage* da minha exposição em Paris. Eu quis dirigir porque papai não tinha condições para isso. — Coloca as mãos contra o rosto e continua: — Apaguei o acidente da minha memória porque fui eu que matei os meus pais, Ângela! Eu insisti para pegar na direção. Fui eu! FUI EU! — grita desconsolada.

CHANTAGEM

N O ESCRITÓRIO SOFISTICADO iluminado por grandes janelas, as quatro pessoas presentes não conseguem se olhar nos olhos. Temem que os seus pensamentos encontrem a luz do dia.

Hana, em pé, mantém uma das mãos na cintura. A outra se abre e fecha de vez em quando como se pudesse capturar o ar. O estalar dos saltos agulha sobre a cerâmica e a voz estridente que insiste nos benefícios da união de Keun e Min-Ah fazem eco no peito vazio do cantor.

Sentado na ponta da poltrona confortável, o rapaz contorce as mãos e parece pronto para correr a qualquer momento. Ele usou todos os argumentos possíveis para convencer a todos de que aquele o casamento, ou contrato como a mãe chamava, estava fadado ao fracasso. Hana precisou apenas jogar as fotos dele com Sophie sobre uma mesa de centro e enterrou o assunto. Keun jamais permitiria que Sophie se tornasse o alvo de um escândalo.

Min-Ah acompanhou a discussão sem dar nenhuma palavra. Em pé diante de uma janela, mantém o olhar perdido e sem foco nas cores do crepúsculo, que começa a escurecer o dia do lado de fora. O sol se prepara para adormecer e levar embora com ele toda possibilidade de

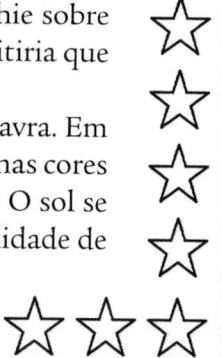

solução. O silêncio da atriz foi de encontro aos interesses dos pais e o acordo foi selado definitivamente com um contrato. Mas a segurança que mostrava dias atrás se transformou em poeira espalhada pelo vento. Leva uma mão ao peito e segura o choro.

Ao seu lado, com as mãos nos bolsos, o senhor Oh a observa. O maxilar está travado. O olhar dele se encontra com o do senhor Kim, que balança a cabeça de um lado para o outro, desolado.

Nesse exato momento, todos estão cientes de como Hana conseguiu convencer Min-Ah e o pai a aceitarem o acordo. Ela descobriu o mais bem guardado segredo da jovem.

O senhor Oh toca o braço da moça.

— Você tem certeza de que é a melhor solução?

Ela fecha os olhos por um momento e deixa a cabeça cair sobre o peito antes de voltar a encarar o pai.

— Eu até poderia destruir a minha carreira, mas nunca a sua empresa. Conversamos sobre isso. O senhor estava de acordo com a minha decisão. O que houve? Por que mudou de ideia?

As pupilas de Keun se abrem e ele lança um olhar esperançoso em direção à Min-Ah.

O pai da moça faz uma longa pausa e continua:

— Eu precisei de muito tempo para entender, e mais ainda... — Limpa a garganta. — Para aceitar.

Kim troca um olhar surpreso com Keun enquanto Hana junta as sobrancelhas e trava os dentes ao ouvir a frase seguinte:

— Eu respeitei a sua decisão, mas o caminho que escolheu é o mais fácil. Tem certeza de que vai continuar escondendo quem você é?

Min-Ah olha para o pai. O queixo treme e uma lágrima traça um caminho brilhante pelo rosto bem maquiado.

— Eu não tenho outra opção.

— Claro que não tem! — Hana grita. — O que acha que vai acontecer com a empresa do seu pai e a sua família se todos souberem o que sabemos? A sua carreira vai terminar, ninguém mais vai comprar nenhum disco seu e o seu pai vai falir!

— Não pode garantir isso! — Kim se levanta e se aproxima de Hana.

— Não?! Acredita nisso mesmo? — Coloca as duas mãos na cintura e bufa antes de apontar com uma unha longa pintada em vermelho-sangue. — Ela é homossexual! Quem nessa Coreia vai continuar sendo fã dela depois que essa verdade estourar?!

O pai da moça bomba o peito.

— Ela pode perder os fãs do mundo inteiro, mas sempre vai contar comigo e com a mãe dela.

Os lábios de Min-Ah se abrem em uma surpresa muda. É a primeira vez que o pai a defende, com unhas e dentes. *Será mesmo que poderia contar com a família? Teria que destruir a carreira e a empresa do pai construídas com tanto trabalho para poder viver em paz?*

Os lábios estão trêmulos, mesmo assim tenta um sorriso.

— É justamente por isso que eu não posso destruir a sua empresa e muito menos a nossa família. — Pega a bolsa. — Eu sinto muito, Keun, mas esse casamento vai acontecer.

LUZ NO FIM DO TÚNEL

S OPHIE LEVANTA A CORTINA da porta-balcão.
Michelle deve chegar a qualquer momento.

Ela se afasta da janela e passa uma mão contra a nuca. Ela não faz a menor ideia do motivo desse encontro solicitado pela secretária do Francis.

Assim que recobrou a memória do acidente, visitou o túmulo dos pais, recuperou alguns objetos da mãe no guarda-móveis, doou roupas e sapatos e retornou ao tratamento. As sessões com o psicólogo e o psiquiatra começavam a lhe ajudar a entender melhor o escudo criado pela sua memória. Uma maneira de se proteger da dor causada pela certeza de que era a culpada pelo acidente que matou os pais.

Ângela insistiu para que ficasse na casa dela por mais tempo, mas Sophie decidiu retornar para a fazenda. A obra foi concluída e ela precisava pagar a empresa. O lado positivo da situação é que, com a venda do bem, teria muito dinheiro para reembolsar Keun e recomeçar. O que quer que fosse que quisesse recomeçar.

Fecha os olhos por um instante e se lembra da última conversa com Ângela:

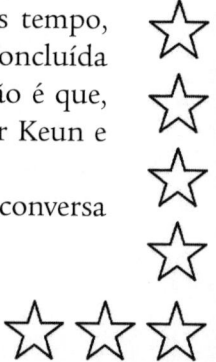

— *E o Keun? Não acha que deveria enviar um e-mail ou tentar ligar para entender o que aconteceu? Vai desistir dele assim?*

— *Foi ele quem desistiu de mim.*

O barulho de pneus sobre as pedrinhas a faz ir até a porta.

Sophie abre e encontra o sorriso de Michelle. Pela primeira vez acha que a moça está sorrindo de verdade. Ela dá espaço para a jovem entrar e franze ligeiramente a testa ao ver que está acompanhada.

— *Bonjour*, Michelle... — Estende a mão. — Não sabia que viria com o *M*. Bonneau e Antoine.

— Desculpe não avisá-la, Sophie, mas até ontem não tinha a certeza de que eles iriam participar da minha ação.

— Ação?

Michelle avança para o salão enquanto Sophie fecha a porta e se junta a eles.

— Por favor, se sentem. Gostariam de um café?

— Mais tarde. Precisamos terminar isso rapidamente ou vamos perder a coragem... — comenta o *M*. Bonneau abrindo o paletó e se sentando ao lado do filho no sofá.

Michelle retira um documento da bolsa e o vira na direção de Sophie. Ela pega o papel e reconhece o compromisso de venda. Sophie olha para o *M*. Bonneau.

— O que está acontecendo? Por que esse acordo está aqui e não no seu cartório?

O *M*. Bonneau estira a mão, pega o documento e o rasga em pedaços.

— O que está fazendo?!

Os olhos de Michelle se iluminam com um brilho e ela abre um sorriso.

— Salvando a sua fazenda.

— O quê?!

Bonneau dá um tapinha na coxa do filho.

— Acho que essa é a sua deixa...

Sophie encara Antoine, que mexe nervosamente nas mãos.

— Eu sinto muito, Sophie, muito mesmo... — Lança um olhar para o pai, que o incentiva com um sorriso triste. — Você sabe que somos vizinhos e que... — limpa a garganta — usamos a mesma estrada...

As pupilas de Sophie se dilatam e Antoine continua:

— Naquele dia, eu saí com uns amigos... — Abaixa o olhar. — Eu perdi o controle do carro... — murmura — Sinto muito mesmo...

O cérebro de Sophie encaixa a última peça do quebra-cabeça. Um clarão brilha diante dos seus olhos e a imagem que falta do acidente surge em sua mente.

— Os faróis de um carro me cegaram antes dele sair da pista na minha direção... — Os seus olhos vão de Antoine para o *M.* Bonneau, que levanta o rosto para o teto em uma tentativa de esconder a emoção. — Oh, meu Deus! Não... Antoine... — diz em um lamento.

— Francis estava escondido no portão da fazenda — Michelle continua. — Ele esperou vocês saírem para recuperar a segunda chave, que ficava no pote de flores. Ele ouviu o acidente e correu para ver o que aconteceu. Fez algumas fotos dos veículos, das latas de cerveja dentro do carro onde estava o rapaz adormecido e das placas. Em seguida, ligou para Bernard.

— Francis não me falou sobre a gravidade do acidente e eu pedi para ele trazer o meu filho para casa. — Passa a mão sobre a boca. — Eu fiz a ligação entre a morte dos seus pais e o acidente de Antoine muito tempo depois.

— Quando Francis veio chantageá-lo... — Sophie supõe.

— Isso mesmo.

Bernard aproxima o torso e coloca as mãos cruzadas sobre os joelhos.

— No começo, fiz o que pude para evitar o que aquele crápula estava tramando. Mas Antoine é menor e isso iria complicar a vida dele... Perdoe-me...

Sophie se levanta e dá alguns passos pelo salão. Sente o seu peito apertado e tem a impressão de que os pés não tocam o chão.

— O senhor quis proteger Antoine. — Cruza os braços e encara Bernard.

O rapaz abaixa a cabeça e continua em um fio de voz:

— Eu bebi naquela noite. Não lembrava de ter visto o carro e muito menos Francis.

— Até Francis aparecer com as fotos e me obrigar a participar da farsa da assinatura dos documentos — Bernard conclui.

Sophie concorda com a cabeça.

— Antoine poderia ser condenado por homicídio involuntário — Michelle continua. — E com os agravantes da bebida, do excesso de velocidade e da fuga, ser preso por mais de dez anos, além de pagar uma multa de cento e cinquenta mil euros.

— Por que Francis não usou essa chantagem mais cedo? — Sophie encara Michelle.

— Por algumas razões. Francis achou que a sua perda de memória e a velha vontade de ter um filho seriam suficientes para que fosse com ele para a ilha e com isso ele poderia fazer você assinar qualquer documento e vender a fazenda sem dificuldades. — Faz uma pausa. — Quando chegasse à ilha, ele iria providenciar a separação, como lhe propôs com todas as letras, para fugir para um local mais longe e escapar das sanções.

— Fugir?!

— Francis montou um esquema para roubar dinheiro da rede de hotéis. Eu alertei a direção e, com o aval dela, recolho provas contra ele há muito tempo. Mas quando ele entendeu que você não iria vender a fazenda, ficou sem saída e por isso usou as fotos do acidente para convencer o *M.* Bonneau a lhe passar a perna.

Uma sombra passa pelo rosto de Sophie.

— Você sabia de tudo desde o começo...

Michelle concorda com a cabeça.

— Fui eu que contratei o pedreiro para vigiar você. Ele me avisou que estava tendo um caso com o coreano e eu passei a informação para o Francis.

O rosto de Sophie ganha um tom vermelho vivo.

— Você fez o quê?!

Sophie se aproxima e pega Michelle pela gola do vestido a forçando a se levantar. Bernard se interpõe entre elas.

— Você é tão filha da puta quanto o Francis!

Michelle retira as mãos de Sophie e ajeita o vestido.

— Eu precisava fazer Francis acreditar que estava do lado dele. — Sorri. — Poderia ter contado sobre o seu caso muitas semanas antes, mas deixei você aproveitar a lua de mel...

— *Garce*[4]! — Sophie grita e dá um tapa em Michelle antes que Bernard possa segurá-la. — O que você veio fazer aqui?! — Olha para Bernard e Antoine. — O que vieram fazer aqui? — repete.

---

4   Palavra francesa que pode significar malvada, desagradável ou mulher da vida fácil.

Michelle passa a mão no rosto e lança um olhar para Antoine. O rapaz mexe nos cabelos.

— Quando estive aqui naquele dia com as garrafas de vinho, não tive coragem para lhe contar tudo, mas Michelle me procurou e nos convenceu de que era o certo a fazer...

A secretária tira um envelope da bolsa e joga sobre a mesa.

— Conseguiria um acordo para Antoine se ele concordasse em testemunhar contra Francis. Com todas as provas que reuni, temos tudo o que precisamos para colocá-lo na cadeia por muito tempo.

— Cadeia?!

Michelle olha para o relógio.

— Nesse exato momento, ele deve estar sendo algemado.

— Quer que a parabenize?! — Sophie tenta ironizar para esconder a surpresa e o mal-estar que surge no peito. Francis merece, mesmo assim foi o homem com quem conviveu por anos.

— Não precisa — comenta Michelle.

Sophie a encara e Bernard continua:

— Queremos apenas que guarde a procuração da fazenda.

Sophie olha para o envelope pardo e o seu coração erra um batimento. Dentro dele está a escritura da fazenda, a mesma que entregou à Francis para que ele pudesse efetuar a venda. A que dizia que a fazenda era dela antes da alteração feita por Bernard.

— A fazenda nunca foi vendida, Sophie, mas eu precisava fazer o Francis acreditar que o plano dele estava funcionando perfeitamente.

— E o que a fazenda tinha a ver com tudo isso?!

— Como não conseguia descobrir para onde Francis enviava o dinheiro desviado e ele insistia em vender a fazenda, achei que ela seria a melhor isca. — Cruza as pernas e Antoine baba. — O comprador canadense era um policial que me ajudava na investigação. Ele propôs a transferência — encara Sophie — da soma global e Francis informou os números da conta no paraíso fiscal.

— Ele iria ficar com todo o dinheiro da venda?!

Michelle apenas concorda.

— Oh, meu Deus! E os papéis do divórcio?! Eu assinei tudo no mesmo momento. — Sophie olha para o *M.* Bonneau.

— Não se preocupe, eles foram encaminhados e, em breve, o seu casamento vai estar terminado.

Michelle empina o peito orgulhosa.

— Você deve estar se perguntando o que ganhei com isso, não? — Mexe a cabeleira ruiva. — O posto que ele tanto sonhava com um salário duas vezes maior.

Sophie encara Michelle e finalmente faz a pergunta que estava entalada na garganta há muito tempo.

— Você foi amante do meu ex-marido?

— Claro! Não existe meio mais fácil para manipular um homem. — Pisca um olho.

Sim, Michelle era uma raposa.

ESPERANÇA

O S OLHOS DE KEUN ESTÃO fixos no tapete.

As mãos cruzadas sobre os joelhos permanecem juntas, quase em uma prece. Todo o seu futuro depende das próximas horas e ele não sabe o que esperar.

Lança um breve olhar para o relógio de pulso; os ponteiros continuam no ritmo tranquilo e indiferente de quem é mestre. Sem o seu comando, os olhos seguem para a tela escura e calada do celular. Torce a boca para a porta desse mundo estranho onde é um astro inatingível e do qual tem verdadeiro horror. Suspira diante da minúscula esperança que continua a gritar que existe outro fim possível. Uma simples mensagem e a tortura teria fim, mas o telefone continua mudo.

O cantor leva uma das mãos à têmpora que lateja. A dor se tornou tão companheira quanto a sua sombra e o silêncio no qual mergulhou desde que atravessou a fronteira. Perdeu a vontade de continuar sendo essa pessoa sem vida, manipulada e explorada; e com ela, a voz. Finalmente chegou no fim do caminho de um doloroso processo de autoconhecimento e decisão. Devia cortar os fios que o unem à mãe e isso seria feito hoje.

Os últimos dias foram um pesadelo do qual era impossível esquecer. Não conseguiu se despedir de Sophie e muito menos explicar o que aconteceu. Min-Ah preparou o "encontro" com os jornalistas. Se não funcionasse, eles tentariam mais tarde na fazenda. A atriz forneceu o endereço. Não era mais possível ficar na *Provence*.

Apesar do retorno intempestivo, os fãs o aguardavam no aeroporto. Como um fio de pólvora, sua audiência explodiu nas redes sociais. A mídia usou e abusou de velhas fotos e comentários para tentar explicar a ausência e o súbito retorno. Graças à Hana, o casamento com Min-Ah voltou a ser o assunto do dia.

Saltos estalam na cerâmica.

Keun levanta os olhos e encontra o rosto sorridente e triunfante da mãe.

— Esse *hanbok* (한복) não é lindo?

Hana rodopia e ajeita a saia ampla do traje tradicional em um rosa vivo.

Não saberia dizer quais sentimentos atravessam o seu peito nesse momento. *Como ela pôde fazer isso? Usar uma chantagem sórdida contra alguém que eles conhecem há anos? Ignorar o que ele quer realmente? Como uma mãe pode acabar com a vida do filho?*

— Mãe... ainda dá tempo de pararmos com essa loucura... — Fecha os punhos. — E eu queria muito que essa decisão viesse da senhora...

— Não sei de qual loucura você está falando. Agora se levante e vá se preparar. — Ela mostra o terno sob medida.

A voz de Keun trava novamente e o que quer que ele pretende dizer, se perde em um profundo silêncio.

Um bip curto informa a chegada de uma nova mensagem.

Keun lê as linhas curtas, fecha brevemente os olhos e engole em seco. Ele fez uma escolha dolorosa e agora só pode esperar que tenha sido a certa.

— Vamos, filho, a cerimônia começa em uma hora e o noivo não pode chegar atrasado.

CARTA INESPERADA

A ROLHA DO CHAMPANHE VOA ATÉ o teto com um estampido.
— Urra! — Ângela coloca uma taça sobre o bocal para evitar o desperdício e logo depois enche uma segunda e vai até Sophie.
— Saúde!

Elas brindam e bebem um gole.

Sophie volta a olhar para a paisagem, que mostra a aurora boreal.

— Agora que tudo terminou, vai fazer de novo essa viagem? Foi uma das suas preferidas. Você voltou encantada desse local.

Sophie pisca um olho e bebe um gole antes de ser interrompida por duas professoras, que se aproximam. Elas as felicitam pela inauguração da nova ala da escola, que ganhou o nome de Rita Simon-Silva.

— Soubemos que vai fazer uma pausa. Quando vai partir? — pergunta a menor, que usa uma veste com as mangas dobradas e uma botina de salto.

— Ainda não tenho as datas definidas, mas não precisam se preocupar. — Sorri. — Ângela vai ficar na fazenda e vai providenciar o necessário para que o INFE funcione.

— Pensamos que esse seria o último ano do instituto... — comenta a professora mais jovem enquanto ajeita os óculos grandes demais para o seu rosto. — Tudo foi muito complicado.

— Verdade. — Sophie bebe um gole com os olhos vagos. — Tínhamos a impressão de estar confinadas em um pesadelo sem fim. — Volta a sorrir. — Agradeço muito pelo trabalho que desenvolveram, vocês foram fundamentais para a continuação da escola. Agora, ele terminou e podemos seguir em frente.

Com um leve movimento de cabeça, ela se despede das funcionárias e continua indo de um convidado a outro acompanhada de Ângela.

— Você acha mesmo que uma festa era necessária? — Aponta para o pequeno grupo espalhado pelo salão, que conversa animado sobre o futuro do estabelecimento e descobre encantado as novas dependências.

— Mas é claro! Você conseguiu, Sophie, retomou as rédeas da fazenda e da sua vida. Francis assinou o divórcio e você está livre daquele crápula. Olhe para você, minha linda, voltou a ser o cisne esplêndido que conheci.

Sophie abaixa a cabeça levemente corada e faz a longa franja em diagonal se movimentar. Passa a mão pela nuca batida e depois pela cintura ajustada do vestido branco com um decote generoso onde um maxi colar multiplica a luz das janelas em milhares de pontos coloridos. As marcas dolorosas do corpo foram tratadas e sumiram; as do espírito, levariam mais tempo.

Encara a amiga com um sorriso.

— Eu engordei.

— Graças a Deus! Não sabia como se mantinha em pé. Agora sim, é uma mulher inteira ou quase... — Ângela faz um muxoxo. — Tem certeza de que não vai procurar por ele?

— Não preciso de ninguém para ser uma mulher inteira, não tenho nenhum pedaço faltando — ironiza.

— Engraçadinha. — Imita uma risada. — Não foi isso o que quis dizer... Nenhuma de nós precisa de um homem para se sentir inteira. Isso foi invenção deles para não cortar o cordão umbilical com a mãe. — Ri. — A costela do Adão custou e continua custando muito caro!

— Sempre exagerada.

— De forma alguma! Mas não mude de assunto: vai procurar por ele ou não?

Sophie termina de beber a taça antes de encarar Ângela com os olhos em frestas. Abre a boca, mas uma mão na cintura da amiga a deixa sem voz.

— *Bonjour, Madame* Favre.

— *Bonjour*, Luís. — Sophie sorri e encara Ângela ao mesmo tempo com uma pergunta silenciosa.

Ângela se aproxima do mestre pedreiro e ele lhe dá um beijinho na bochecha.

— Estamos juntos — ela cantarola.

— Estou vendo.

— Desculpe se não contei antes, mas achei melhor deixar passar o furacão que virou a sua vida de cabeça para baixo. Não me sentia à vontade em dividir a minha felicidade enquanto estava passando tão maus momentos.

— Eu sempre ficaria feliz por você, minha amiga. — Olha para Luís. — Parabéns!

Ele agradece com um imenso sorriso, que faz os olhos fecharem.

— E o casamento?

Ângela revira os olhos e faz um biquinho.

— Ele ainda não fez o pedido.

— Pensei que não quisesse se casar — Sophie ironiza.

— E não quero mesmo! — Levanta um ombro. — Quem disse que quero?! Imagina, eu, casada! Jamais!

Luís sorri e bate no que parece ser uma caixinha dentro do bolso do paletó.

— Vamos decidir a data ainda hoje, *madame*.

Ângela arregala os olhos e abre um sorriso.

— Fico muito feliz por vocês. — Sophie os abraça. — Podem contar comigo na cerimônia. Não perderia isso por nada nesse mundo.

— Pensei que a senhora iria embarcar em breve, agora que o Sr. Favre vai ficar muitos anos preso...

— Ainda não sei, Luís.

— Você merece um descanso, Sophie.

Sophie toma mais um gole.

— Sem a ajuda da Michelle, não teríamos conseguido.

Ângela faz um movimento com a cabeça e o trio se afasta do burburinho e senta em um grande sofá de ângulo embaixo de uma janela.

— Ela mexeu os "pauzinhos" certos. — Ângela ri.

— Não a julgo. Os homens usam as mulheres o tempo todo, não vejo problema nenhum se ela usou o Francis da mesma maneira em uma guerra onde normalmente não teria a menor chance de vencer, apesar de ter tanta ou mais capacidade do que ele.

— Mundo machista! — Ângela faz uma careta para Luís e ele devolve com um olhar de veneração e um sorriso bobo.

— Sem as provas que incriminavam Francis e o testemunho de Bernard, não teríamos resolvido esse problema.

Ângela pega um biscoitinho salgado e se aconchega mais entre as almofadas e o braço de Luís.

— Quem poderia imaginar que era o filho dele que estava por trás do volante no dia do acidente...

Uma senhora baixinha passa por eles e os cumprimenta com um sorriso cordial, antes de acenar para um senhor barrigudo com uma taça de champanhe nas mãos.

Sophie se joga sobre o sofá e deixa os olhos passearem pelo salão animado pelos sorrisos e decoração jovem com um ar triunfante.

— A fazenda é e sempre vai ser minha.

— Eu sei, minha linda, eu sei. — Ângela lança um olhar para Luís, que se levanta e vai buscar uma nova garrafa.

Ângela baixa o tom de voz:

— Agora que resolveu tudo por aqui, não está na hora de procurar por Keun?

Sophie revira os olhos e encara a amiga com uma carranca.

— Ele não deu nenhuma notícia durante todo esse tempo e seguiu com a vida dele. — Cruza os braços sobre o peito. — Não há o que conversar.

— Você também não procurou saber o que aconteceu! Sempre que tentava lhe dar alguma informação, você simplesmente não queria ouvir. Tem certeza de que vai deixar essa história assim, mal resolvida?

— Ângela... — Sophie faz uma pausa. — Keun colocou um ponto final na nossa história quando foi embora com aquela moça e desapareceu.

— Sim, eu sei, mas depois disso...

— Depois disso... — Baixa o tom de voz. — Eu vi as fotos dele ao lado dela, vestida de noiva...

A campainha interrompe a conversa e anuncia que alguém está no portão.

Sophie se levanta, cruza com Luís, que chega com uma nova garrafa, e vai até a tela do interfone. O carteiro abre um sorriso e levanta um envelope pardo.

Sophie abre a porta, observa o jardim florido por um momento enquanto espera a moto se aproximar do novo prédio. Eles trocam algumas frases sobre o bom tempo, ela assina o aparelho com o dedo e agradece com um aceno antes de entrar na sala e parar no meio do caminho ao ler o nome do remetente: Lee Keun-Suk.

RECOMEÇO

K EUN TERMINA DE FAZER A BARBA e se veste. Nos movimentos há a leveza de quem está de bem com a vida que escolheu viver. Sorri para o espelho e vai até o salão onde o senhor Kim tamborila os dedos na mesa e o aguarda para o concerto de despedida da carreira de cantor em uma sala restrita de um teatro elegante. Ele vai se afastar dos palcos definitivamente. Depois disso? Compor e atuar.

O agente ajusta a gola da camisa do rapaz e eles descem juntos até o carro.

— Você fez muito bem em ir vê-la. Ela adorou as flores. Diz para todo mundo que é a mãe de uma celebridade.

Keun abaixa os olhos e observa o dedo anular da mão esquerda por um momento. Ele decidiu seguir o seu coração e para isso pagou um preço alto.

— Estão cuidando bem dela na clínica — comenta sem deixar de olhar para a mão.

— Você perdoou a sua mãe?

Keun levanta os olhos para a paisagem, mas o que vê é a cena que mudou definitivamente a sua vida.

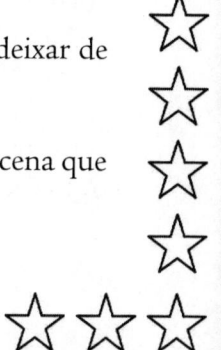

Um bip informa a chegada da mensagem.

Keun fecha os olhos por um breve momento. A ansiedade corroía o seu espírito na espera desse som. Se ele era inexpressivo, o seu conteúdo teria o poder de mudar radicalmente a vida dele e de Min-Ah.

Lê a frase curta e engole em seco antes de sentir os seus ombros relaxarem sem o peso que carregavam. A atriz fez uma escolha corajosa. O seu peito se abre em uma profunda inspiração. Ele optou por um caminho ainda mais doloroso e agora só pode esperar que tenha sido o certo.

Volta a olhar para Hana, que rodopia e ajeita a saia ampla do traje tradicional.

— Vamos, filho, a cerimônia começa em uma hora e o noivo não pode chegar atrasado.

Keun se levanta.

— Não vai haver cerimônia.

Hana junta as sobrancelhas.

— O quê?!

O jovem repete:

— Não vai haver cerimônia, mãe.

Ela olha de um lado para o outro, joga o terno sobre o sofá e começa a gritar.

— Do que está falando? Está tudo pronto! Preparo essa festa há um bom tempo.

Keun faz alguns passos e coloca as mãos nos bolsos.

— O senhor Kim anulou tudo. Não vai haver casamento.

O rapaz escuta os passos se aproximando e, quando se vira, encontra o braço da mãe se levantando para atingi-lo. Dessa vez, ele a segura.

— Não vai me bater nunca mais.

— Você me traiu! Todos me traíram! — Ela puxa o braço e começa a andar desnorteada. — Não é possível, não é possível! Acha que vai ficar assim?!

Pega a bolsa e procura o telefone. As mãos estão trêmulas, mesmo assim consegue ligar para Min-Ah no viva-voz.

— Querida, desculpe, vamos ter um pequeno atraso, mas Keun vai chegar...

— *Senhora Lee, não vai haver casamento.*

Hana fecha um punho e começa a gritar:

— Não! Você está mentindo! Sabe muito bem que posso acabar com a sua carreira se não houver casamento! Vou contar a todo mundo quem você é de verdade! E nunca mais vai atuar por aqui! Eu lhe prometo!

— *Isso não vai ser mais necessário. Adeus, senhora Lee.*

Hana olha para o celular mudo e range os dentes. Bate na tela algumas vezes, procura outros números.

Keun se aproxima.

— Mãe...

Ela o afasta com um braço.

— Alô, senhor Cha? — A voz está trêmula. — Tenho uma bomba para lhe contar. Vai fazer a matéria de capa da sua revista, com certeza!

— *Eu já tenho a bomba do ano, senhora Lee: a anulação do casamento do seu filho! Agora se me permite, tenho que escrever um artigo. E não me ligue mais ou conto a chantagem que fez contra a minha família para a polícia!*

— Alô? Alô?! Espere, não...

Ela olha incrédula para o celular.

Keun pega o telefone dele e mostra a tela para a mãe. Em um vídeo postado alguns minutos antes, Min-Ah, ao lado do pai, informa que vai passar um tempo estudando na Europa. Quando perguntada sobre a carreira, a jovem levanta o rosto e sorri.

— *Vou fazer uma pausa para estudar e repensar quais são as minhas prioridades.*

— *Vai parar definitivamente?* — pergunta um jornalista, que levanta um microfone um pouco mais alto.

— *Isso não vai depender apenas de mim, mas dos meus fãs. Se eles me quiserem de volta quando chegar o momento.*

— *E o casamento? Por que anulou? Seria o grande dia...* — quer saber uma jovem que disputa um espaço entre os colegas.

Min-Ah faz uma pausa e fecha o sorriso.

— *Não seria um "grande dia" para mim e muito menos para Keun. Nos conhecemos há muito tempo e nos amamos, mas como amigos. E isso não é suficiente para um casamento. Quando eu decidir me casar com uma pessoa, o pronome certo vai ser "ela". Eu sou homossexual.*

Todos os jornalistas começam a falar ao mesmo tempo, mas Keun viu o que precisava. Desliga o celular e olha para a mãe, que o encara apalermada. Os olhos estão perdidos em algum lugar distante, provavelmente onde ela imaginou que estaria agora nesse exato momento: sob os flashes dos fotógrafos, sendo o centro da atenção que tanto desejava. Os lábios tremem em murmúrios desconexos até que injúrias grotescas começam a jorrar e ela se joga contra o peito do rapaz o agredindo com os punhos fechados.

— Como pode fazer isso comigo?! Eu fiz tudo por você! Abandonei a minha carreira e o meu casamento por você!

Ele a segura firme e os golpes cessam.

— Não! Você não abandonou nada por mim. Eu conversei com o senhor Gong, lembra dele? Do seu último agente? Não foi muito difícil localizá-lo e muito menos encontrá-lo no Japão.

Hana se solta com força e se afasta, trêmula. Começa a roer as unhas e lágrimas desmancham a maquiagem elaborada.

— Ele me contou que fez algum sucesso com os primeiros *singles*, mas não era boa o suficiente, não soube se reinventar e por isso foi demitida da agência. Como não conseguiu nenhuma outra logo depois, engravidou e usou isso como desculpa para se afastar dos palcos.

Hana coloca as mãos na cintura.

— Isso é mentira!

— Quando voltou à carreira de cantora, começou a aceitar todo tipo de proposta para se apresentar. Qualquer lugar era bom desde que tivesse um palco...

Keun vira o rosto e fecha os olhos por um instante ao franzir a testa.

— Eu fui até aquele local sórdido, mãe, e me lembrei do seu último show...

Hana o encara. Nos seus olhos brilham surpresa, curiosidade e vergonha. Desvia o olhar para o tapete.

— Não sei do que está falando... — resmunga.

— Naquele último show — continuou como se não tivesse sido interrompido —, em um local que fez questão de apagar da sua vida, o público não apenas vaiou a apresentação, mas a humilhou de forma implacável. — Keun contorce as mãos úmidas uma contra a outra. — Finalmente eu me lembrei de quando, onde e como começou a minha dificuldade para encarar as pessoas de cima de um palco. Foi naquela noite que a vi desolada, desamparada, sendo alvo de olhares, comentários maldosos e objetos que eram lançados como armas destrutivas.

Os lábios de Hana tremulam e a voz sai em um fio:

— Você saiu correndo dos bastidores e subiu os degraus para me proteger. Agarrou-se nas minhas pernas. — Abaixa a cabeça antes de continuar: — E começou a cantar baixinho uma canção de ninar. O público parou de me atacar, silenciou e aplaudiu de pé quando terminou.

Vítreos, os olhos de Hana percorrem o salão. Murmura frase inaudíveis. Tenta escolher os melhores argumentos entre as parcas opções para convencer Keun e a si mesma de que tudo o que viveu foi a melhor escolha que poderia ter feito.

— Eu não tive opção, naquele momento eu soube que você tinha o talento que nunca teria um dia.

— Sim, você tinha outras opções, inclusive o de continuar casada.

Ela vira o rosto e cruza os braços sobre o peito.

— O seu pai foi embora.

— O senhor Gong me contou que era amigo do papai. Ele aceitou o seu pedido de separação e respeitou a promessa que lhe fez até ter o infarto. — Faz uma pausa. — Papai só se separou quando ameaçou ir embora comigo para os Estados Unidos. Como não conseguiu a minha guarda, aceitou os seus termos para me manter na Coreia.

Hana desaba sobre o sofá com os lábios e o queixo trêmulos.

— Eu pedi para que ele contasse a todos que tinha me abandonado. — Encara Keun. — Tinha que permanecer perto do palco, nem que fosse através de você e ele nunca permitiria que o levasse para participar de testes tão cedo. — Coloca o rosto entre as mãos. — Estava sufocando dentro de casa... — murmura. — Não era culpa sua... — Abaixa a cabeça. — Nunca foi...

Keun deixa a cabeça cair de lado e a observa por um instante.

A mãe destrói as unhas, uma depois da outra. O olhar vazio procura algo que achava que era seu, mas que perdeu há muito tempo justamente porque nunca o foi. Lágrimas silenciosas banham o rosto.

Hana levanta os olhos.

— Não, não, não... — repete. — Eu era uma estrela, sempre fui! — Olha para Keun. — O seu talento não chega aos pés do meu! — Aponta para o filho. — Você! Você é o culpado de tudo isso! — Levanta-se e começa a andar de um lado para o outro. — Se tivesse me ouvido mais essa vez, tudo teria dado certo. Você teria uma carreira eterna, aquela ingrata continuaria atuando, todos ganhariam muito dinheiro e eu teria a fama que sempre mereci! — A frase termina com um grito e Hana começa a rasgar a saia do vestido.

— Mãe, por favor... — Keun coloca a mão sobre a testa sem saber o que fazer e se vira de costas por alguns segundos com um nó na garganta.

Ver a mãe naquele estado o matava por dentro. O cantor não acreditou quando o senhor Gong falou em irritabilidade, depressão e instabilidade que ninguém nunca viu como sintomas de uma doença, mas como caprichos de artista.

Keun balança a cabeça de um lado para o outro diante da triste ironia.

Pelo reflexo da tela da TV, vê Hana pegar uma faca. Os olhos do rapaz se arregalam e ele corre para impedir o impensável. Chegou quando os dois pulsos já estavam abertos.

Keun solta um longo suspiro e abre os punhos. As palmas das mãos estão úmidas e ele as passa sobre a calça.

A mãe ficou vários dias no hospital antes de ser internada na clínica do doutor Jang por um longo período. Aproveitou para ficar por perto e fazer o seu tratamento contra a glossofobia. O perigo imediato passou, mas o caso de Hana exigia cuidados, medicamentos e muita atenção.

Abaixa os olhos. *Como não viu o óbvio mais cedo?* Hana também era vítima de um transtorno tão terrível quanto o dele, silencioso, insidioso, mal compreendido, perigoso.

Lembra-se do doutor Jang: "Não há com o que se culpar. Transtornos mentais não têm sintomas físicos bem definidos e quem sofre de alterações psíquicas, como Hana, não reconhece que está doente e muito menos que precisa de tratamento. Não foi culpa sua, nem de ninguém".

Sorri aliviado.

Finalmente, vai poder resolver a última e mais importante situação da sua vida: rever Sophie.

Fecha e abre as mãos.

Inspira e expira algumas vezes.

Não obteve nenhum retorno dela desde que enviou a carta. O senhor Kim, que organizou tudo, se mostrava irredutível em manter o segredo. Nem mesmo a ameaça de demiti-lo foi suficiente para que abrisse a boca.

Até o momento, Keun não sabe se Sophie aceitou ou não o convite.

O carro termina o trajeto e ele desce do veículo.

Abre um sorriso maior e mais franco ao imaginar quem estaria na primeira fila do auditório.

Ele está confiante. Sim, ela estará lá.

Apesar do longo silêncio, ela o ama tanto quanto ele e o que são alguns meses para quem se ama de verdade?

Veste a roupa de cena antes de se perguntar mais uma vez se fez o certo quando decidiu arrumar a sua vida antes de voltar a procurá-la.

Será?

Entra no palco e os seus olhos inquietos vão para o número da poltrona onde Sophie deveria estar. A encontra vazia.

CONCERTO NA COREIA

O CORAÇÃO DE SOPHIE soca o seu peito e os lábios formam um arco discreto quando Keun entra no palco. O sorriso sereno reflete a alegria de rever o jovem. Repara que os cabelos dele estão mais longos, o rosto levemente maquiado está iluminado com suavidade e os seus olhos procuram com avidez a poltrona onde deveria estar sentada. Ele não a encontra lá. A decepção é escondida pelos gestos da coreografia bem ensaiada.

Sophie ajeita o corpo na cadeira muitas filas atrás.

Esse foi o acordo que fez com o senhor Kim. Ela viria para o concerto, mas gostaria de se sentar em outro local.

Pensa na dura decisão que tomou. Ao ver o jovem, em carne e osso, ali tão perto, a certeza fraqueja e todo o seu corpo implora para que mude de ideia.

Balança a cabeça de um lado para o outro.

Não é possível mudar de ideia.

Desvia o olhar do astro sobre o palco para a plateia.

A sala está lotada e o público acompanha cada música com fervor. Ainda não acredita que está em um teatro na Coreia assistindo a um show de Keun. O rapaz se mexe com segurança e domina a audiência com uma voz aveludada e gestos seguros de quem sabe o que faz. Em

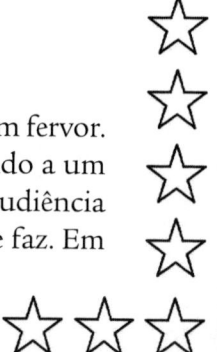

segundos, Sophie submerge às notas e, quando percebe, está batendo as mãos no ritmo da nova canção.

Ela nunca admitiu para Ângela ou Júlia, mas pensou em diversas maneiras de quando e como Keun voltaria a procurá-la. *Um e-mail? Uma ligação? Uma visita surpresa* à *fazenda?*

Os dias passaram e com eles a dúvida de que o que houve entre os dois foi mais do que uma aventura despretensiosa. Sentiu medo de perdê-lo e, ao mesmo tempo, se resignou. Ninguém perde o que é seu. Se Keun pensasse como ela, acharia um jeito de voltar e ela torceu para que isso acontecesse quando pudesse viver de verdade esse amor, depois do divórcio.

Sorri ao se lembrar do momento em que recebeu a carta. Ângela viu em seus olhos quem era o remetente e correu para evitar que ela fizesse alguma bobagem com o envelope. Abaixa a cabeça e ri baixinho ao pensar em Ângela rodopiando em torno dela batendo palmas enquanto abria o documento. Dentro dele, havia três bilhetes de avião para a Coreia, ingressos para o show e uma carta.

Levanta a cabeça e, nesse momento, cruza o olhar com Ângela, que faz um leve aceno antes de voltar a se concentrar no palco. Ao lado dela, Júlia balança a cabeça e começa a aplaudir.

Uma nova canção começa. Os acordes são lentos e melodiosos; e com eles, uma chuva de pétalas de flores de cerejeira voa sobre o palco e o público. Sophie pega algumas e as observa com lágrimas nos olhos. A carta que recebeu, envolta entre dezenas de pétalas como essas, continha a letra da música que Keun canta em francês nesse momento.

Sim, ele a ama, nunca duvidou. Sophie também tem certeza de que o ama. *Mas será que a distância e o tempo não interfeririam no que sentem um pelo outro?* A questão surgiu logo depois de ter consciência da sua nova situação. Se temia o reencontro com Keun quando a sua vida estava pelo avesso, agora que recomeçava a sua carreira como fotógrafa depois de deixar o INFE nas mãos da Ângela, foi dominada por outro medo atroz: abandonar de novo o que mais gosta de fazer.

Coloca uma mão sobre o peito e, por um breve momento, não sabe dizer se chora por causa da música triste ou pela decisão que precisou tomar e rasga o seu coração em dois. Se decidisse ficar com Keun, teria que se mudar para longe do seu país, das suas origens e da fazenda que faz parte dela como raízes profundas. Viajar deixou de ser um problema. Uma mudança definitiva, não.

Retira a câmera da bolsa, ajeita a lente e espera que ele olhe em sua direção para acionar o obturador. Depois de alguns cliques silenciosos, guarda o aparelho, pega a bolsa e deixa o teatro antes que o concerto termine.

"EU FARIA UM SHOW APENAS PARA ELA NAQUELE LUGAR..."

N O CAMARIM, KEUN TAMBORILA OS dedos no apoio da poltrona enquanto a maquiadora limpa o seu rosto. Agradece com um sorriso quando ela sai e se levanta bruscamente para se trocar. Quase cai enquanto veste a calça e enfia a camisa de qualquer jeito para dentro do cós. Amarra os cadarços do tênis antes de começar a dar voltas sem sair do lugar.

Senta-se e as pernas balançam em um ritmo acelerado.

Mexe o lóbulo da orelha ao se lembrar da imagem que fez o seu coração se retrair: a cadeira onde esperava ver Sophie estava vazia. Levanta as mãos e sacode os cabelos. Não podia acreditar que ela não aceitou o seu convite.

Cola um lábio no outro e fecha os olhos antes de soltar um palavrão. *Será que a perdeu?*

Trava os dentes ao pensar em Kim.

Ele poderia ter me avisado.

Levanta-se.

Coloca as mãos na cintura e bufa.

Comprará um bilhete para a *Provence* ainda hoje. *O que precisará fazer para reconquistá-la?* Fecha os punhos. Fará o que for necessário quando chegar lá.

Batidas na porta e o rosto do senhor Kim interrompem os seus pensamentos.

— Podemos entrar?

Keun fecha os olhos em frestas antes de fazer uma reverência ao ver as convidadas. Com um sorriso constrangido e uma mão, indica o sofá.

— Ei! Não espera que me sente sem lhe dar um abraço antes, não é? — Ângela pisca o olho para Júlia e se joga contra o rapaz que não tem outra saída e retribui o cumprimento efusivo. — Estava com saudade de mim, não estava? — Sorri enquanto alisa o ombro do jovem e revira os olhos.

— Tia... — Júlia balança a cabeça de um lado para o outro e estende a mão. — Foi um show incrível.

— *Merci beaucoup!* — Abaixa a cabeça.

Júlia sorri abertamente.

— Você é um grande artista. Não vai sentir falta do palco?

— Vou continuar sendo um artista, mas não sei se "grande"... — brinca. — Vou me dedicar de outra maneira à música para dar prioridade à minha carreira de ator. — Ele sorri sem jeito e sem saber como perguntar por Sophie.

Ângela aponta para um minibar. O senhor Kim concorda com a cabeça, abre a porta e retira algumas bebidas. Ele serve os copos e propõe um brinde:

— Às férias na Coreia!

Novas batidas na porta e San entra com um grande sorriso acompanhado de uma moça mais alta do que ele.

— Meu velho! Obrigado pelo convite! Essa é a Valerie.

— *Enchanté...* — A jovem morena com olhar curioso e sorriso amável responde em francês.

— Prazer... — respondem em coro.

— Estamos no mesmo curso e terminamos a faculdade esse ano.
— A enlaça pela cintura e a aproxima mais. — Vou apresentá-la à minha família.

Keun e Kim batem no ombro do rapaz, como se comemorassem alguma coisa, provavelmente o passo dado na direção de um casamento.

Kim começa a fazer algumas perguntas ao casal. Ângela aproveita a deixa para pegar Keun pelo braço e o leva para um canto do camarim.

— Você deve estar se coçando para saber o que houve, não?

Keun solta um longo suspiro.

— Não sabia por onde começar...

— Quer ter notícias de Sophie ou de Min-Ah? — Ângela comenta sorrindo ao ver a sobrinha se aproximar.

Júlia sorri.

— Ela ficou furiosa comigo quando conversei com ela sobre "sair do armário".

Keun a olha abismado.

— Você sabia?!

— Percebi que essa podia ser a razão em aceitar o casamento ainda na fazenda. Mas Min-Ah negou veementemente e quase me bateu. — Ajeita a mochila. — Quando voltei à Paris, ela me ligou. Conversamos muito. Contei para ela como foi difícil para mim assumir a minha sexualidade e de como sou feliz depois disso. — A voz embarga e ela segura a emoção. — Fiquei muito feliz quando optou pelo caminho certo. A recebi no meu apartamento por alguns dias até ela achar um local definitivo. Ela decidiu fazer um curso de moda em Paris.

Keun faz uma expressão curiosa.

Júlia balança as mãos na frente dele.

— Não estamos juntas, se é o que quer saber. — Faz uma careta. — Ela é insuportável, metida, não ajuda em casa, bagunceira...

Keun sorri.

— Ela veio ao show? Enviei o convite.

— Foi ver os pais e uma amiga de infância. Amanhã, vamos começar um circuito de quinze dias pelo país junto com a Ângela...

— Muito obrigada por esse presente incrível, Keun.

— O senhor Kim me avisou que se casaria em breve. Era o mínimo que poderia fazer. Ele não veio ao show?

Ângela balança uma mão onde brilha um anel.

— Por enquanto estou noiva. Casamento? Talvez, depois dessa viagem, porque não sou boba e o mundo é vasto! — Ri e dá um tapinha no braço do rapaz.

Keun sente as bochechas corarem e passa a mão pelo queixo sem encontrar o momento certo para fazer a pergunta mais importante da noite.

— Por que ela não veio?

— Algumas decisões são difíceis e precisam mais do que tempo e determinação para serem tomadas.

— O que quer dizer? Ela desistiu da gente? Não quer mais que a procure? Eu não pude fazer isso até agora. A minha mãe e o meu tratamento...

Ângela levanta uma mão.

— Eu sei o que houve e ela também sabe. O senhor Kim nos contou tudo quando nos ligou para organizar a viagem enquanto você terminava de gravar a série no Japão. Ele também recusou veementemente me passar os seus dados para começar a pagar as prestações do seu empréstimo.

— Eu disse que não era necessário...

— Sophie insiste...

— Se ela quer me pagar, vai ter que me ver pessoalmente.

Ângela pede um momento, vai até a bolsa, retira uma caixa e a entrega ao rapaz.

O rosto de Keun se fecha em uma expressão de dor.

— Euros e uma carta de despedida? — Ele sacode levemente o objeto adiando ao máximo o momento de abri-lo como se isso pudesse mudar o que havia em seu conteúdo.

Com um movimento do queixo, Ângela o incentiva a ir em frente. Com as mãos trêmulas e o coração em um galope doloroso, ele desata o laço, retira a fita e levanta a tampa.

As suas pupilas dilatam e os seus olhos se tornam brilhantes quando vê o gato em pelúcia. Embaixo dele, uma folha perfumada e dobrada ao meio. Keun treme quando a abre. Uma lágrima cria uma mancha sobre a lista de desejos. Fecha brevemente os olhos ao se lembrar do momento ao lado de Sophie quando colocaram no papel o que gostariam de fazer. Com o dedo, percorre os seus cinco desejos. Ao lado da frase "Eu faria um show apenas para ela naquele lugar", há uma foto das auroras boreais, um endereço, uma hora e uma data.

DOIS ANOS DEPOIS...

S OPHIE OLHA PARA O calendário e a hora.
Esperou por esse dia com ansiedade crescente e, finalmente, ele chegou.

Termina de colocar todo o equipamento fotográfico dentro da mochila.

Passa as mãos úmidas sobre a veste térmica antes de ajustar o cachecol largo em lã, as botas forradas com pele e as luvas acolchoadas.

Apaga as luzes e sai do quarto do hotel.

Os passos lentos e pesados lhe dão a ligeira impressão de que perdeu a facilidade de executar alguns movimentos.

Dentro do elevador, mexe os dedos por um momento.

Será que vou conseguir usar a máquina?

Ajeita a bolsa no ombro e lança um olhar para o termômetro quando chega na recepção. A temperatura está vários graus abaixo de zero. Lá fora, a noite avança lentamente pela madrugada.

Os faróis brilham por um instante e ela deixa o hall rapidamente para entrar no veículo com o corpo curvado e tremendo.

Sophie está de volta à Islândia, mas é como se fosse a primeira vez. Os detalhes dessa e de muitas outras viagens nunca voltaram, como

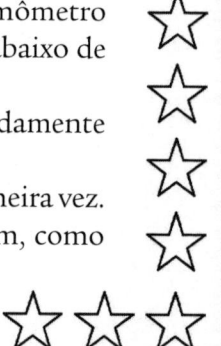

um arquivo perdido para sempre em um computador reinicializado. Nos últimos dois anos, refez uma por uma, mas deixou esse país para uma data em especial.

Esfrega uma mão contra a outra.

O motorista pergunta se deve aumentar o aquecedor.

Ela agradece com um balançar rápido de cabeça e volta a se concentrar na paisagem enquanto se pergunta se irão encontrar as auroras boreais. Não, na verdade ela se faz outras perguntas, mas a principal delas é:

— Ele veio?

Suspira.

O seu peito parece maior para tentar manter a ansiedade sob controle enquanto o carro percorre as trilhas difíceis de serem descritas. A escuridão e o pensamento em outro local não ajudam a concentração.

A decisão que tomou não foi fácil, mas a melhor. Ambos precisavam resolver a última pendência: Keun iria completar 28 anos, idade limite para se alistar; ela tinha que viver intensamente o que deixou para trás sem que tivesse consciência disso. Não foi simples e muito menos fácil, mas, quando conversou com o agente Kim, entendeu que, mesmo que fosse se instalar na Coreia, Keun teria que respeitar os dois anos obrigatórios no exército. Ela não suportaria uma nova ruptura, sozinha, em um país que não conhecia. Não, se ela fosse viver esse amor, teria que ser inteiro e definitivo. Pelo mesmo motivo teve que se conter e não foi vê-lo depois do show. Não teria resistido a Keun se o encontrasse. Fez uma aposta ousada, mas se o que os une é forte suficiente para sobreviver a tantas adversidades, eles vão conseguir dar a essa história um final feliz.

Sorri confiante.

Finamente, iria rever Keun.

O carro faz uma curva e estaciona atrás da igreja, próximo da praia de *Vík í Myrdal*. A madrugada e a areia preta deixam o ambiente mergulhados na mais profunda escuridão.

Sophie desce do carro.

O vento gelado chicoteia o seu rosto com um uivo sinistro. Inspira o cheiro de iodo e ajeita o cachecol sobre o rosto para protegê-lo.

As botas deslizam sobre a neve e ela se segura na porta para não cair.

Coloca a mochila nas costas e gira a cabeça de um lado para o outro.

Para por um momento.

Mais do que as imagens brilhantes e coloridas, ela espera ver Keun. Na lista de desejos que ele escreveu e ela enviou com o gatinho de pelúcia, havia um endereço, a data de hoje e um horário. Levanta o pulso em um gesto automático. Sim, chegou na hora. Não poderia ter sido diferente, espera por esse momento há muito tempo.

Finalmente, Keun faria um show apenas para ela...

Precisou de muita força de vontade para resistir à tentação de ir vê-lo durante as folgas do exército e mais ainda para convencê-lo a esperar o momento certo.

Fecha e abre as mãos algumas vezes e vai até o local onde marcou o encontro. O motorista fecha o carro para acompanhá-la, mas ela pede para continuar sozinha.

Apesar da lanterna do celular, tropeça algumas vezes e ajeita a mochila.

Os passos são lentos, o peso do equipamento e o chão irregular e escorregadio a fazem andar com mais cuidado do que o necessário.

Movimenta os olhos para todos os lados. Chegou no local combinado, mas não há nenhum sinal de Keun.

O queixo começa a tremer e todo o medo e angústia de perdê-lo surgem como a lava de um vulcão a queimando por dentro.

Não acredita que perdeu a chance de viver um grande amor ao pensar, analisar e esperar demais.

Balança a cabeça de um lado para o outro e coloca a mão sobre o peito doloroso antes de cair de joelhos.

O vento frio movimenta alguns arbustos pequenos e raquíticos.

Sophie retira o cachecol do rosto ao sentir que o seu coração se tranquiliza. Não há desespero ou tristeza, apenas esperança. Um sentimento que permanece vivo e que grita com força que ela deve continuar acreditando.

Sim, Keun a ama como disse e repetiu inúmeras vezes nas mensagens e telefonemas que trocaram, quando ele estava de folga e ela em algum lugar com internet.

Ele concordou que essa era a melhor decisão. Ele vai estar aqui.

Sophie se levanta, limpa a areia dos joelhos e volta a movimentar a lanterna do celular.

Antes de dar o primeiro passo, ouve alguns acordes. Suaves, irreconhecíveis, se misturam ao sibilar do vento e criam um som estranho.

Abre um sorriso e acelera os passos. Tenta correr o mais rápido que pode e que a mochila pesada e o chão escorregadio permitem.

Ao chegar mais perto, identifica uma pequena tenda de onde parte uma luz suave e amarelada.

Para em frente à barraca com a respiração ofegante e abre um sorriso.

Keun levanta os olhos, deixa o violão de lado e estende uma mão.

Sophie a segura e se senta ao lado dele.

Não há necessidade de palavras.

A troca de olhares e sorrisos é suficiente como promessa. Ele encosta a testa na dela antes de abraçá-la e beijá-la intensamente.

Keun ajeita um cobertor sobre os ombros de Sophie, pega novamente o violão e apaga a lâmpada de acampamento.

Eles viram os rostos para as luzes esverdeadas, que começam a dançar no céu ao som da voz melodiosa de Keun. Tornam-se círculos, esferas, faixas e curvas. Mudam de velocidade e de cor. O verde ganha brilhos cor-de-rosa e azuis profundos em intensidades diferentes, que pulsam como se estivessem vivos.

Nesse instante, Sophie tem certeza de que, se a música fosse uma imagem, seria uma aurora boreal.

Deixa a cabeça cair sobre o ombro do rapaz e aproveita o espetáculo.

Música e imagem entram no mesmo ritmo, assim como dois corações.

FIM

OS LUGARES VISITADOS PELOS PERSONAGENS

Aéroport Marseille-Provence: é o aeroporto mais próximo de Marselha e *Aix-en-Provence* (cerca de 30 Km). Com mais de dez milhões de passageiros (em 2019) e 130 destinos, é o quinto aeroporto francês em tamanho e número de passageiros (*Marignane*).

Hôtel Louis 2: esse hotel foi a inspiração para o estabelecimento onde Sophie e Francis se encontram e discutem sobre a separação (*2, rue Saint-Sulpice, Paris*).

Place des Vosges: quadrada, com 140m, foi criada no século XVII e é a praça mais antiga de Paris. Ela tem esse nome em homenagem ao departamento de *Vosges*, o primeiro que pagou os impostos durante a Revolução Francesa (*Marais, Paris*).

Café Hugo: esse restaurante e café tradicional me inspirou para criar o local onde Sophie se encontra pela primeira vez com Keun-Suk (*22, Place des Vosges, Marais, Paris*).

Louvre: criado no século XVIII, o museu do *Louvre* conta com mais de 35 mil obras em exposição. Uma das estrelas de Paris, não poderia ficar de fora de uma das visitas de Keun-Suk pela capital (*Rue de Rivoli, Paris*).

Gare de Lyon: uma das seis estações de trem de Paris, é de lá que Sophie pega o TGV para retornar para casa (*Place Louis-Armand, Paris*).

Pont Royal: inspiração para a cena onde as fãs abordam Keun-Suk e ele decide ir para a Provence. Construída no século XVII, essa é a terceira ponte mais antiga de Paris.

Rotonde: situada na entrada de *Aix-en-Provence*, essa fonte de 1860 é uma obra de Théophile de Tournadre. Ela inaugurou a chegada da água na cidade através do canal Zola (pai do famoso escritor de Germinal). Esse monumento é o primeiro contato de Keun-Suk com *Aix-en-Provence*.

Hôtel des Augustins: esse hotel charmoso funciona em uma antiga capela e convento do século XVII. Ele foi a inspiração para a hospedagem de Keun-Suk em *Aix-en-Provence*. A tapeçaria com unicórnio existe mesmo (*3, Rue de la Masse, Aix-en-Provence*).

BNP Paribas: a sede desse banco foi a inspiração para o local onde Sophie tenta o empréstimo (*6, Cours Mirabeau, Aix-en-Provence*).

Estátua do **Roy René**: essa estátua fica em uma fonte no final do *Cours Mirabeau*. O rei segura um cacho de uva *muscat* (que ele importou para a Provence).

Segond: essa doceria foi usada para o encontro entre Sophie e Keun-Suk em *Aix-en-Provence*. Experimentei alguns doces até escolher o que seria representado durante a conversa entre eles, regada a um chá perfumado (*67, Cours Mirabeau, Aix-en-Provence*).

Cathedral du Saint-Sauveur: com mil anos de História, a catedral de *Aix* é um dos meus lugares preferidos na cidade. Usei a lembrança dos concertos com o órgão para escrever a cena de Keun-Suk na igreja (*Rue Gaston de Saporta, Aix-en-Provence*).

Campos de cerejeiras: a *Provence* é o maior produtor de cerejas da França e os campos floridos podem ser admirados no *Vaucluse* durante o fim de março e abril.

Hôtel de Caumont: casarão do século XVIII. Foi inteiramente restaurado para abrigar um centro de arte. Conta com exposições temporárias sensacionais, um restaurante e um jardim à la française.

Visita incontornável, por isso Sophie levou Keun-Suk para almoçar lá (3, *Rue Joseph Cabassol, Aix-en-Provence*).

Place des Quatre-Dauphins*:* a fonte do mesmo nome construída em 1646, fica no centro dessa praça por onde Sophie e Keun-Suk passam antes do primeiro beijo (*Quartier Mazarin, Aix-en-Provence*).

Palais des Papes*:* o maior palácio gótico do mundo ocidental fica em *Avignon*. A cidade foi sede do papado por cem anos. O patrimônio faz parte da UNESCO. Sophie leva Keun-Suk para visitá-lo (*Place du Palais, Avignon*).

Centre Hospitallier du Pays d'Aix*:* esse hospital no centro de *Aix* foi a inspiração para a cena do concerto de Keun-Suk para as crianças. Eu fiz até uma participação especial como a "mãe que empurra a maca do menino". Vivi essa experiência quando Théo quebrou o colo do fêmur aos dois anos e meio. Ele ficou internado durante um mês. Foi nesse momento que descobri a sala de jogos da pediatria, os voluntários que vinham tocar violão e encontrei alguns dos pacientes mencionados (*Avenue des Tamaris, Aix-en-Provence*).

Vík í Myrdal*:* ainda não tive a oportunidade de ver as auroras boreais, por isso essa praia foi escolhida depois de muita pesquisa. Precisava encontrar um lugar longe e especial para marcar o encontro definitivo de Sophie e Keun-Suk. Um final onde as cores tão importantes para uma fotógrafa pudessem inspirar um músico.

AGRADECIMENTOS

Gostaria de agradecer à minha irmã, Kaline Maria, e às amigas, Camila Castro Pereira Costa e Patrícia Campos do Nascimento, leitoras-beta que deram conselhos preciosos sobre os personagens e o ritmo do manuscrito.

Obrigada a Carol Pardini, do @nacoreiatem, pelas informações preciosas sobre a cultura coreana e nomes citados em *hangul*.

Agradeço também às psicólogas Natália Itabayana e Flávia Dalfovo, que deram o suporte necessário e importantíssimo às inúmeras questões de caráter psicológico envolvidas na trama.

Também não poderia deixar de dizer obrigada às blogueiras parceiras, que acompanham o meu trabalho me dando um enorme apoio na divulgação; e, principalmente, aos leitores que são a inspiração e o incentivo em continuar escrevendo.